STEREO'TYPE(S)

Le code de la propriété intellectuelle n'autorisant, aux termes des paragraphes 2 et 3 de l'article L.122-5, d'une part, que les "copies ou reproductions strictement réservées à l'usage privé du copiste et non destinées à une utilisation collectives" et d'autre part, sous réserve du nom de l'auteur et de la source, que "les analyses et les courtes citations justifiées par le caractère critique, polémique, pédagogique, scientifique, ou d'information", toute représentation ou reproduction intégrale ou partielle, faite sans le consentement de l'auteur ou de ses ayants droit ou ayant cause, est illicite (article L.122-4). Cette représentation ou reproduction, par quelque procédé que ce soit, constituerait donc une contrefaçon sanctionnée par les articles L.335-2 et suivants du code de la propriété intellectuelle.

Dépôt légal : Juillet 2023

Illustration et mise en page : ©Audrey Notte

Correction : ©Sarah Conte

Caro M. © 2023

ISBN : 979-8-3965703-1-3

AVERTISSEMENTS

Ce roman contient des scènes érotiques et du langage fleuri, il n'est donc pas conseillé aux mineurs (quoique vu notre époque…).

Il contient également beaucoup d'expressions sudistes, alors préparez-vous à un dépaysement ! (Pour les contrées les plus lointaines).

« *Nous vivons dans un monde où le savoir-faire est plus important que le savoir-être, où l'apparence est plus importante que l'esprit, nous vivons dans une culture de l'emballage qui méprise le contenu...* »

PROLOGUE

Je marche depuis déjà un bon moment. Il fait sombre mais j'avance grâce aux petites lumières des lampadaires qui éclairent la route. Ma peau me pique et est recouverte de chair de poule. J'essaie de marcher plus vite mais mes pieds me brûlent dans mes pantoufles licorne. Le quartier est désert mais les quelques voitures qui passent me font sursauter. Leurs grands yeux jaunes s'approchent de moi en rugissant, je peux même sentir leur souffle quand elles me dépassent. Des frissons me remontent le long du dos. Mes dents commencent à claquer et je tremble, je ne sais pas pourquoi. J'enfonce plus fort mes poings au fond de mes poches de pyjama, pour arrêter les picotements qui m'arrivent au bout des doigts. Ce chemin, je le connais, il m'arrive de le traverser toute seule quand je vais à l'école mais la nuit, c'est pas pareil, la nuit, tous les monstres sortent pour manger, tout le monde le sait. Je les vois partout, ils me regardent, et moi aussi je les vois, ils ne savent pas se cacher. Ils sont là, derrière chaque ombre, chaque bruit, derrière les poubelles qui débordent... J'ai peur qu'ils m'attrapent. Je n'aurais pas dû sortir de la maison, mais il est trop tard, je n'ai plus le choix, je dois la retrouver. Surtout que je sais où elle va chercher le pain et ce n'est plus très loin. J'enfonce la tête dans mes épaules, me ratatine un peu plus sur moi-même, concentrée sur mes pas en essayant d'ignorer les coups frappés derrière mes côtes.

J'arrive enfin à l'endroit où je pense pouvoir la trouver. Il y a beaucoup de monde, bien plus que quand il fait jour. J'ouvre la grande porte vitrée, bien trop lourde pour moi et avance au milieu de la foule, sans me faire marcher dessus. Les gens crient et ça sent pas bon, un mélange de transpiration associée à de l'alcool.

— Pardon, Monsieur, vous avez vu ma maman ?

L'homme à qui je m'adresse fait mine de ne pas me voir, pas grave, je continue. Je n'ai pas fait tout ce chemin pour laisser tomber aussi vite.

— S'il vous plait, je cherche ma maman, elle vient ici chercher le pain…

Une vieille femme saucissonnée dans une robe trop courte et bien trop maquillée, s'avance vers moi.

— Ma petite biche, tu t'es perdue ? me demande-t-elle en collant ses mains sur ses genoux, faisant gonfler ses roploplos fripés.

— Je cherche ma maman…

— Viens avec moi !

La dame m'attrape par la main et m'entraine vers le bar. Puis d'un coup, elle me fait grimper dessus. J'ai peur de tomber, alors je ne bouge pas d'un pouce, essayant de garder mon équilibre malgré les verres posés autour de moi.

— A qui ça appartient, ça ? crie la vieille de sa voix de sorcière.

— Cora !

J'aperçois enfin ma mère, qui n'a pas l'air contente de me voir. Elle me récupère et m'emmène vers la sortie.

— Cora, mais enfin qu'est-ce que tu fais là ?

— Pardon, M'an, j'avais peur à la maison et j'ai mal au ventre...

Je ravale les larmes qui ne demandent qu'à sortir depuis que j'ai quitté l'appartement.

— Cora, tu n'as que huit ans et demain il y a école, je ne veux plus jamais que tu sortes toute seule dans la rue !

— D'accord...

Je crois que maman est fatiguée. Elle a du mal à parler et on dirait qu'elle marche pas droit. C'est bien elle, mais en même temps, j'ai du mal à reconnaître son regard qui n'arrive pas à se fixer sur moi.

— Hey, Sylvia ! crie un grand Monsieur. Tu viens ? On t'attend !

Je regarde Maman qui a l'air d'hésiter à les rejoindre. Mon ventre me brûle tellement que la douleur me fait gémir, je n'arrive pas à retenir l'eau qui coule de mes yeux. Avec l'énergie du désespoir, je prends la main de Maman et la serre car je ne veux pas qu'elle me laisse.

— Non, Hank, je dois ramener ma fille…

Maman est malheureuse. Je souffre de la voir comme ça. À cause de moi, elle ne peut pas aller jouer avec ses copains. Nous commençons à marcher vers la maison, je me sens déjà mieux d'être avec elle, je me sens plus forte, je me serre tout contre son ventre et lui fais cadeau de ces mots :

— Je t'aime, Maman !

Le regard flou, perdu dans le vague, elle me répond :

— Je sais, Cora… Si seulement cela suffisait…

Je ne comprends pas bien ce qu'elle veut dire, mais je m'en moque. Le plus important pour moi, c'est qu'elle sache qu'elle n'est pas seule et que je ferai tout pour lui redonner le sourire.

CHAPITRE 1

La foule bat son plein sous une chaleur dense. Encadrée par deux hommes de la sécurité, je suis escortée jusqu'à ma potence. Vêtue de sous-vêtements rouge sang et de talons de quinze centimètres, je suis sur le qui-vive afin d'éviter les assauts des plus téméraires. Les minutes qui passent me semblent une éternité. Lorsque j'arrive face à l'échafaud, je grimpe sur la plateforme. Mon cœur pulse dans ma poitrine. Avant de m'élancer, j'inhale une pleine bouffée d'air et ressens déjà le feu monter en moi. Le remix de Spectrum, "say my name", envahit mes oreilles. Je m'embrase telle une flamme incandescente et me déhanche au rythme de la musique à l'instar d'une panthère. Mon corps ondule, je bats des cils et lance un regard de braise au petit peuple à mes pieds. Oui, je tire ma force de l'arrogance. Ne pas montrer la moindre faiblesse, surtout dans ce milieu où les corps à moitié nus s'exposent aux regards d'une foule d'inconnus... Mais ne vous y trompez pas, cette pratique, je l'exerce par choix ! Enfin, il a fallu que je trouve une échappatoire face à une mère défaillante et un père pas franchement vaillant…

J'ai vingt ans, voilà quatre années que je suis danseuse en club. Oui je sais, j'ai commencé vraiment très tôt et pas forcément dans la légalité. Mais que voulez-vous, c'est le seul job bien payé que j'ai trouvé…

enfin qui m'a trouvée ! Mon physique avantageux couplé à mon engouement pour les soirées, assuraient de me faire repérer sans grand effort de ma part. J'encercle la barre de pôle dance entre mes jambes pour exécuter une figure de voltige ! J'adore m'envoyer en l'air... Les regards se posent sur moi, certains sont libidineux, d'autres envieux, d'autres encore attendent que je me ramasse... Je prends tout ! Me nourrissant de l'attention que l'on me porte et qui m'a tant fait défaut plus jeune, ici j'existe. J'ai le contrôle, le pouvoir, je me sens ivre de cette liberté que j'exerce à ma guise. Un peu cliché, d'accord, mais bon, on n'atterrit pas dans ce milieu par hasard. Je rejette mes cheveux en arrière pour un effet des plus sauvages, ma longue tignasse rouge profond, hypnotise les mâles autour de moi.

Ma session s'achève et je rejoins ma loge sous bonne escorte. Pour cette soirée, je la partage avec mon amie Stella, une belle blonde avec une crinière de lionne, aux yeux verts et au corps sculpté par les anges.

— Ma caille, t'as des lingettes ? J'ai la moule qui transpire ! me demande-t-elle avec le plus grand sérieux.

Oui, ne vous fiez pas aux apparences, elles sont plus que trompeuses.

— Regarde dans mon sac, lui dis-je avec un signe de tête. Alors, tu rejoins Kevin après le boulot ?

Kevin, videur de métier et assez primitif dans son genre, est le boyfriend du moment de mon amie, qu'elle a rencontré en boîte de nuit. Elle adore son côté possessif et protecteur même si elle ne fait que s'en plaindre.

— Il me rejoint chez moi, je ne vais pas dormir de sitôt, me dit-elle avec un regard coquin.

Le patron du club nous rejoint dans la loge pour nous donner notre cachet.

— Super, les filles, vous étiez au top !

— On dirait que ça t'étonne ? lui rétorque Stella.

— Je vous adore, vous le savez ! J'ai le droit à une ristourne pour la prochaine ?

— Bien tenté, chéri, mais non ! Si tu veux renégocier le contrat, adresse-toi à Marco.

Marco, notre patron, détient l'agence pour laquelle nous travaillons. Un businessman réglo en affaires, mais complètement dépassé en amour. Il enchaîne les conquêtes, avec des danseuses la plupart du temps, qui finissent fatalement par pointer au chômage.

Je range mes affaires en levant les yeux au ciel. C'est toujours la même rengaine, les hommes, en règle générale, en veulent toujours plus, le beurre, l'argent du beurre et surtout le cul de la crémière !

Il est 5 h du mat' quand j'arrive enfin chez moi. Je passe la porte, dépose mon sac dans l'entrée et file sous la douche. Il est temps pour Cendrillon de redevenir citrouille. Je retire mes faux cils, me démaquille et me nettoie en ôtant l'huile pailletée senteur monoï qui recouvre mon corps. Voilà, je me retrouve, Cora, jeune femme de vingt ans, les yeux bleus, chevelure rouge profond au profil de mannequin. En-dehors des projecteurs, je suis d'un naturel sensible, fleur bleue, très loyale avec une âme de justicière. Bien loin de ce que je reflète en scène, sous mes airs de femme fatale, extrêmement confiante.

Je me glisse dans mon lit, prête à passer une bonne nuit ou devrais-je dire une bonne journée parsemée de doux rêves, mais c'était sans compter sur le besoin urgent de mon minou qui a une envie folle de caresses. Je m'exécute et gratouille donc la bête à moitié endormie…

Mon chat miaule de plaisir. Mis à part mon meilleur ami - que je ne caresse pas -, il est le seul mâle qui soit doux, attentionné et fidèle envers moi. Ma vie sentimentale, si fade à cette heure, est assez pulsionnelle, attention, ce n'est pas le néant, mais j'ai plutôt tendance à collectionner les coups d'un soir ou deux… J'aime les hommes, mais ceux-ci ont la fâcheuse tendance à ne voir en moi que la maîtresse, la danseuse, le fantasme, comme si on ne pouvait me résumer qu'à cela… Ne leur en déplaise, ce n'est qu'une partie de moi qui les arrange. Au contraire, je suis bien plus que ça, à commencer par une incorrigible romantique, une amoureuse de l'amour… Cependant, j'ai bien compris que pour l'instant, j'étais condamnée à répondre à l'appel du sexe en espérant qu'un jour, moi aussi j'aie droit à mon happy end. Disney me l'a promis dès mon plus jeune âge, alors je m'accroche ! En plus, je trouve que le sexe, c'est surfait ! C'est un agréable passe-temps, je ne le nie pas, néanmoins je n'ai jamais ressenti l'extase que l'on a pu me décrire. J'en viens même à me demander si la notion d'orgasme ne serait pas un mythe. Si j'en crois mes copines, je suis frigide. C'est bien ma veine…

Lorsque j'émerge, le réveil indique 15 h, je m'étire de tout mon long et me rends jusqu'à la cuisine pour me préparer un chocolat chaud sans lequel je ne peux commencer la journée. Le soleil qui éclaire la pièce me fait grimacer comme une chauve-souris aveuglée par les phares d'une voiture. Vivre en décalé du commun des mortels, c'est éreintant, à savoir en plus que je ne suis pas du matin, ni même de l'après-midi d'ailleurs. Mon nectar avalé, je range mes affaires de la veille, lance une lessive et m'octroie un petit moment de vieille fille en regardant mon film fétiche « le journal de Bridget Jones », team Mark Darcy oblige. Alors que je récupère de mon weekend, absorbée par mon visionnage, mon téléphone sonne, gâchant ainsi ma session glandage. Saucissonnée dans mon canapé avec un plaid pilou-pilou[1], j'envoie d'abord le pied sur ma table basse afin d'avancer l'objet puis tends un bras pour l'atteindre quand ma camisole du dimanche m'envoie au tapis en manquant de me fendre le crâne sur le coin de cette maudite table. La plaie ! Quelle grâce, me direz-vous. Une fois libérée, je consulte mes messages et constate que Marco m'envoie mon agenda hebdomadaire :

---

[1] Vous savez, cette matière toute douce et onctueuse dans laquelle il est très facile de se vautrer, mais trop dure de s'en extirper.

« Salut ma belle,

Voici ton planning de la semaine : Le Plaza mercredi avec Stella et Candice, le Rich club avec Jen jeudi, le Platine vendredi avec Adrian, Lena et Stella et pour finir le Diamond samedi avec Jen. »

Génial... Je vais encore faire le tour du monde. Chaque prestation étant à des kilomètres les unes des autres, je cumulerai les voitures de location, les hôtels et un manque de sommeil évident. Pour certains, cette vie pourrait paraître idyllique mais avec l'expérience, j'ai plus l'impression d'incarner un routier en talons hauts. Enfin, il faut bien payer les factures, surtout que j'ai pas mal d'envies à satisfaire qui s'avèrent parfois onéreuses. L'avantage du célibat, c'est qu'on peut s'autoriser d'être égoïste !

CHAPITRE 2

Mon début de semaine se déroule plutôt bien, en mode détente seulement vêtue d'un jogging, sans make-up, au NA-TU-REL ! Et comme toutes les semaines, j'ai prévu de passer le mardi avec mon meilleur ami, qui s'apparente plus à un grand frère. Il voit en moi ce qu'il y a de mieux, me place envers et contre tout sur un piédestal, gare à celui qui oserait s'en prendre à moi ! Je l'aime d'amour, mon kiki d'anchois (il déteste quand je l'appelle comme ça). A l'heure pour notre rendez-vous hebdomadaire, je tape le code du portail de la résidence et arrive dans le hall d'accueil, puis sonne à l'interphone, une fois... deux fois...

— Humm... allô ?

— Oula ! Je te réveille... Mon poulet, il est midi... L'heure de déjeuner avec ta BFF[2] ! fanfaronné-je.

— Humm !

La porte se déverrouille, me laissant rejoindre la grotte de mon ours mal léché. J'entre dans l'appartement et découvre mon ami Liam en train de se faire couler un café. Son logis est un petit bijou de décoration, une ambiance industrielle, briques rouges au mur, meubles

---

[2] Meilleure amie

en fer et peau de bête au sol (fausse bien sûr, on n'est pas des sauvages !). Le tout, toujours très bien tenu avec un petit parfum d'ambiance qui chatouille mes narines.

— Nuit agitée ? lui dis-je d'un air taquin.

— Mouais, j'ai fini le boulot à 1 h puis j'ai rejoint un plan Tinder, me répond-il.

— Humm, alors comment était-il ?

— Sympa...

— Rooh, allez, tu m'en as trop dit ou pas assez...

Liam est assez discret sur sa vie sentimentale, alors que moi pas du tout, je lui raconte toutes mes nuits de débauche dans les moindres détails. Il me sourit et, me voyant pendue à ses lèvres, finit par céder.

— C'était sympa, voire mignon. Peut-être même un peu trop.

— Bien monté ? m'informé-je.

— Toi, alors ! s'indigne-t-il.

Je ris, mais attends néanmoins sa réponse.

— Oui, bien outillé ! Mais de toute façon, il n'est pas d'ici et moi, les relations à distance, ce n'est pas mon truc. Alors on restera sex friends et ça ira très bien, s'agace-t-il. En plus avec mes heures de boulot, pas facile de trouver du temps.

Liam est directeur d'un restaurant branché. Un job qui lui sied à merveille car il est charismatique, autoritaire (voire tyrannique, mais on ne lui dira pas, chuuut !), juste et loyal envers son équipe.

— Pour midi, ça t'embête si on mange au resto ? Je n'ai pas eu le temps de cuisiner et au passage, j'en profiterai pour récupérer mon chèque.

J'adopte une moue désabusée, car il est vrai que je suis très friande des talents de cuisinier de mon ami, qui n'ont rien à envier aux grands chefs étoilés. Si en plus, on considère ma tenue, il est vrai que je ne tiens pas le standing. Mais soit, l'important c'est que l'on soit ensemble, peu importe où. J'approuve d'un hochement de tête et me pinçant le nez avec un air de dégoût, je lui lance :

— Mais va prendre une douche quand même, tu fouettes la vieille fille négligée !

Choqué de mon attaque, il ne tarde pas à m'en mettre plein les narines en frottant son aisselle malodorante contre moi, je le poursuis ensuite dans tout l'appart armée de mon déo de poche que je finis par me planter dans l'œil : jeux de mains, jeux de vilains !

Une heure plus tard, nous sommes attablés en terrasse de « l'essentiel », la décoration jungle de l'établissement nous offre un havre de paix que j'apprécie sans mal. Tous ces murs végétaux, fontaines et bambous ont été savamment disposés pour nous dépayser le temps d'un repas. Je sirote mon Virgin Mojito et écoute Liam me raconter les derniers ragots jusqu'à ce que déboule dans mon champ de vision, un homme en charmante compagnie que je reconnais bien. Prise par surprise, je m'étrangle avec une feuille de menthe, tousse à m'en décoller les poumons, tapant du poing contre mon buste pour récupérer un semblant de souffle. Bien évidemment, tout le monde nous regarde, y compris le mec en question qui m'interpelle :

— Cora ? Qu'est-ce que tu fais là ?

Écarlate, j'arrange un tant soit peu mes cheveux et reprends contenance, affichant un sourire hypocrite.

— David, salut, ça fait longtemps…

Liam, jusqu'à présent dérouté, comprend peu à peu de qui il s'agit. La femme qui l'accompagne semble chatouiller la trentaine, et me dévisage comme si j'étais une merde collée sous sa godasse. Alors que je pensais le temps des surprises révolu, David, en grand gentleman, effectue les présentations.

— Au temps pour moi, je ne t'ai pas présenté Sophia ? Ma femme.

Uppercut. Face contre terre. KO technique. Je suis paralysée par le choc et ne sais plus vraiment où me mettre. Heureusement, mon ami vient à ma rescousse au moment opportun, il se lève d'un bloc et tend la main en direction de David, visiblement surpris.

— Salut, moi c'est Liam, le mec de Cora.

Une fois ces mondanités échangées, le couple part s'asseoir à une table un peu plus loin, nous laissant à nouveau seuls. Pas besoin de m'étendre en explications quand mon meilleur ami a déjà tout compris.

— Il manque pas d'air, ce connard !

Ma sensibilité est à deux doigts de se déverser, mon cerveau tente de raccrocher les wagons comme si le fait de comprendre pouvait amoindrir ma peine. David est - enfin était - mon parfum du mois. Ce bel homme de 35 ans, élégant dans son costume sur mesure, était mon régulier de ces dernières semaines. Certes, nous n'avons partagé que quelques nuits, néanmoins, l'idée qu'il ait envie de me voir plus d'une fois m'avait séduite et j'imaginais qu'avec le temps, notre relation aurait pu évoluer… Je me prends ma crédulité en pleine face, sans le savoir, j'ai endossé le rôle de la maîtresse ou encore pire, de la cinquième roue du carrosse. Même si sa femme possède déjà les cornes et que j'aimerais lui balancer avec la même condescendance qu'elle a eue pour moi, quel genre d'homme dort dans son lit, il n'en reste pas moins que je me sens honteuse et fautive. En plus, même si je n'ai aucun problème à collectionner les amants, ce n'est pas dans mes habitudes de m'encombrer de tous ces fous de la braguette, qui mentent à leur femme comme des arracheurs de dents et en manipulent d'autres pour assouvir leurs instincts lubriques.

Mon kiki s'empare de ma main pour me ramener au temps présent. Je n'ai plus le cœur à la fête et il s'en rend bien compte, anticipant mon désir, il me devance :

— Je vais demander à ce qu'ils emballent notre repas, on rentre à la maison. Le temps de récupérer mon chèque et on se rejoint à l'entrée.

Je lui souris, reconnaissante. Après m'avoir gratifié d'un baisemain cérémonieux qui m'arrache un hoquet d'amusement, mon best se lève et part en direction des cuisines. Ma respiration se décoince, soulagée de pouvoir me soustraire à la vue de ce mec sans valeurs, je vide la fin de mon verre, attrape mon sac et quitte la terrasse, sans un regard en arrière. Alors que je traverse l'intérieur du restaurant, des pas précipités se font entendre et une pression sur mon avant-bras me pousse à m'arrêter.

— Bébé, tu t'en vas ?

C'est dingue comme ce que l'on peut trouver mignon un jour peut nous sembler abject un autre. Je récupère mon bras d'un geste vif, le fustigeant de mes iris assassins.

— Je pense que tu devrais aller retrouver *ta femme* ! Elle va se poser des questions.

Apparemment, mon ton n'est pas aussi sarcastique que je le pensais, car cet imbécile me répond :

— Oui, tu as raison. Mais avant, je voulais savoir, on se voit ce soir ?

Je ne sais pas ce qui m'horripile le plus, ce tocard n'a absolument pas honte de tromper sa femme, mieux, il compte continuer de jouer sur deux tableaux et pour couronner le tout, mon avis sur la question ne lui semble aucunement nécessaire.... Le sentiment de honte laisse soudain place à la fureur. Salie à plus d'un niveau, je n'ai qu'une envie, lui faire regretter d'avoir croisé mon chemin. J'efface la distance entre nous, revêtant un sourire vengeur sur mon visage. Je m'approche de son oreille comme pour lui confier un secret et quand il est bien attentif, j'empoigne vigoureusement ses bijoux de famille et lui intime :

— Je te conseille d'oublier jusqu'à mon existence si tu veux encore pouvoir t'en servir, si tu prononces ne serait-ce que mon nom, j'enverrai mon mec te sodomiser. T'as saisi, *bébé* ?

Son souffle se coupe, tout mouvement lui est impossible tant la pression que j'exerce sur son entrejambe le fait souffrir. Je prends son silence pour de la complaisance, néanmoins, j'espère lui avoir ôté toute envie à mon égard. Sur ce, je relâche mon étreinte et reprends ma route, satisfaite d'avoir récupéré ma fierté, précédemment piétinée.

Le reste de l'après-midi est beaucoup plus agréable. Une fois rentrés, Liam et moi regardons les dernières séries à la mode en rejouant les scénarios. Rien de mieux pour décompresser et oublier mes tourments. Plus tard, je décide de passer la nuit chez mon ami, même si dormir avec Liam n'est pas de tout repos : il ronfle, m'écrase et parfois même m'envoie des baffes. Il faut avoir le goût du risque pour partager sa couche... Et moi, toute frêle à côté de lui, je le pousse de toute ma force, à l'aide de mes jambes, pour le faire rouler de son côté.

CHAPITRE 3

Le lendemain, de retour à la maison, je prépare mon paquetage assez chargé pour aller bosser. Ce soir, j'endosse ma casquette de performeuse. Non pas que bouger son cul sur un podium soit une prouesse... enfin pour certaines, supposons, mais ce soir, je suis attendue en tant qu'échassière et manipulatrice de feu. Mes aptitudes me rendent fière, je dois bien l'avouer. Posséder plus d'une corde à mon arc s'apparente à une réussite sociale à mes yeux. Une fois ma valise fermée, je passe à la salle de bain pour me transformer en poupée fatale et me munis d'un débardeur noir, d'un legging de la même teinte, d'un perfecto en cuir et de mes bottines à talons aiguilles de quinze centimètres de couleur rouge. Voilà, prête ! Et surtout... en retard ! Merde, merde, merde ! (pas très subtil, je sais). J'attrape mes clefs de voiture, mon sac à main ainsi que mon bagage et sors de chez moi à vitesse grand V. Une fille en talons qui court, c'est drôle surtout quand elle manque de se tordre une cheville au moins trois fois. Heureusement pour moi, en stilettos, je peux tout faire, oui, tout ! Expérience oblige.

Quelques kilomètres plus tard, j'arrive enfin au Plaza et retrouve les filles avec qui je bosse.

— Salut, ma poule ! me dit Stella en m'embrassant la joue.

— Tu es en retard, Cora ! me lance Candice avec son air toujours pincé.

Je me demande si elle ne garde pas un objet phallique très profondément enfoncé dans son postérieur.

— Salut ! Toujours aussi gracieuse ! lui rétorqué-je d'un sourire niais.

La blonde peroxydée fait partie de ces filles qui pensent que la terre tourne autour de leur nombril, dotée en prime d'un air arrogant de première de la classe et d'une niaiserie sans bornes. Démonstration :

— Alors, Candice, tu as enfin trouvé tes pâtes bios ? lui demandé-je.

— Non, la marque que je prends ne se trouve pas dans n'importe quel centre commercial, me répond la pimbêche.

— Moi, je te conseille d'aller directement les chercher à la ferme, c'est plus sûr, dit Stella en se contemplant dans le miroir.

— À la ferme ?

— Oui, une ferme spécialisée dans les champs de pâtes ! lui affirmé-je.

— Ah ouais ? Je ne savais pas qu'on pouvait s'y rendre directement, dit-elle avec la plus grande attention.

— Si, mais tout le monde n'y a pas accès, je crois me souvenir que le patron du club en a justement une, de ferme. Tu devrais aller lui demander de te la faire visiter ? renchérit Stella.

— Carrément ! s'enthousiasme Candice.

Elle se dirige à l'extérieur de la loge, nous laissant seules, Stella et moi. Nous explosons de rire ! Je vous avais prévenu, complètement niaise la fille. C'est sûr, elle n'a pas inventé l'eau chaude ! Méchantes, nous ? Un peu pestes, j'en conviens. Mais merde, être aussi conne devrait être puni par la loi !

— Rien dans la tête, tout dans le cul ! s'étrangle Stella entre deux rires.

Pliée en deux, je prends connaissance du conducteur de la soirée où il est inscrit les passages et costumes de chacune d'entre nous, méticuleusement détaillés. Ce soir, que de la perf pour moi, premier et dernier passages en échasses, deuxième en feu. J'aime la diversité qu'offre ce métier, je ne fais jamais la même chose, au même endroit. Je commence à enfiler mon costume qui se compose d'une combinaison intégrale dorée dans laquelle on ne verra que mes yeux, une paire d'ailes d'Isis et des jambières pour cacher les armatures, le tout de la même couleur. Une fois habillée pour mon premier round, j'enfile mes baskets et commence à me chausser. Ce genre d'exercice est à la portée de tous, du moment que l'on possède un tant soit peu le sens de l'équilibre. Et c'est pour cela que dans notre agence, nous utilisons des échasses de plaquiste[3] qui se règlent à n'importe quelle hauteur, de plus, le pied plat offre une meilleure adhérence au sol et la possibilité de rester en position statique. Chose peu aisée quand on utilise des échasses « tampons »[4].

L'heure approche. Je me fraye un chemin hors de la loge et arrive dans la salle... bondée ! Les gens m'arrivent à hauteur de cuisse, la plupart s'écartent sur mon passage et pour les autres, je joue le clown. L'interaction que suscite ce genre de personnage est géniale. Je fais un tour du club, attentive à tous les obstacles que je peux rencontrer et me prête au jeu des selfies que l'on me demande. Tout se passe bien, je réclame quelquefois de l'aide à certains, pour m'aider à monter ou descendre des marches en leur tendant le bras et s'ils ne le prennent pas, je passe au plan B et prends appui sur leur tête[5]. Une fois au milieu de la piste, je danse avec les gens sur "How deep is your love" de Calvin Harris, faisant jouer mes ailes autour d'eux. L'ambiance est à son comble, l'euphorie contagieuse, jusqu'à ce que je sente une main suicidaire remonter dangereusement mon entrecuisse. Mes alarmes se déclenchent en une fraction de seconde, je la chope et en tords les doigts de toutes mes forces. Je me tourne vers

---

[3] Echasses utilisées principalement par les artisans du bâtiment, qui offrent un maintien du mollet, avec des plateformes pour les pieds ainsi que pour le sol, réglables en hauteur, elles offrent un excellent maintien et un bon équilibre.

[4] Echasses de circassiens où le pied se termine en bâton et qui demande de rester en mouvement constant pour se stabiliser.

[5] Oui, je suis une garce avec ceux qui n'ont aucun savoir-vivre !

son propriétaire : un homme comme la plupart du temps... et lui enfonce mon échasse dans son 43 fillette. Il essaie de se dégager, mais je tiens bon en lui faisant de mes doigts libres un « oups » contre ma bouche. Je lui laisse la joie de découvrir mon majeur érigé de tout son long sous le tissu doré puis relâche ma prise. Il me balance une injure, car je ne vous apprends rien, l'homme de Cro-Magnon ne connaît pas les excuses et encore moins le respect. Écourtant son florilège d'obscénités, je fais signe aux deux bodybuildés qui me servent d'escorte, de ramener cet opossum vers la sortie.

De retour dans les loges, je me remets à terre et enlève cette foutue cagoule dans laquelle je dois avoir imprimé mon visage, tant je sue avec la chaleur qu'il fait. Je fulmine encore de ma mésaventure quand Stella et Candice reviennent à leur tour. Mon amie m'interroge sur la cause de mon air ronchon.

— Ça va, ma caille ? J'ai vu la sécu sortir un mec.

— Oui, ça va, encore une tentative avortée de toucher rectal, tout va bien, lancé-je avec sarcasme.

— Quand on dit qu'une bite n'a pas d'œil, me répond-elle. Je rêverais de leur chier sur le doigt dans ces cas-là !

J'éclate de rire ! Comment une fille aussi jolie peut avoir des idées aussi tordues ! Ma pote est super rafraîchissante dans son genre.

Un peu plus détendue, je me désape et commence à préparer mon matériel pour le feu, lorsqu'on frappe à la porte de la loge. Un barman entre, muni d'un plateau avec des boissons. Il reste une minute sur le pas de la porte, son teint virant au rouge, clignant des yeux comme s'il faisait une crise d'épilepsie. Apparemment, le jouvenceau ne s'attendait pas à être accueilli par trois nanas ultra bien gaulées en string. La pudeur dans ce métier, tu la laisses à la maison, mais si tu n'es pas doté du concept, c'est encore mieux. Que c'est attendrissant, il reste encore quelques ingénus dans ce monde. Il finit par déposer notre commande et au moment de passer la porte, Candice l'interpelle.

— J'avais demandé du pamplemousse !

— Désolé, on n'a que de l'orange, s'excuse le serveur.

Qu'elle est chiante, cette nana ! Je lève les yeux au ciel et m'adresse au serveur :

— Ne t'en fais pas, elle est toujours comme ça. Amène-nous un shot de vodka, ça la détendra.

Il passe la porte et Candice me fusille du regard.

— Relax, Candice, intervient Stella, à force de froncer les sourcils, tu vas faire craquer ton botox !

Elle me gratifie d'un clin d'œil furtif.

Le reste de la nuit se poursuit sans encombre et nous rentrons chez nous, au petit matin.

CHAPITRE 4

Le réveil sonne… Je déteste cette alarme, je déteste être encore fatiguée et je déteste me réveiller en fin d'après-midi. On a beau dire, la récupération de sommeil n'est pas du tout la même quand on dort la journée. Je m'assieds dans mon lit, voyant mon minou étendu de tout son long sur la couverture, ronflant comme un moteur GTI. Il n'a rien d'un grand soutien !

J'ai faim. Mais vraiment ! Je pars à l'assaut de mon frigo, quand je découvre qu'il a encore plus mauvaise mine que moi. Bon tant pis, j'espère que je trouverai quelque chose à me mettre sous la dent sur la route. Parce que croyez-moi, fatiguée et affamée, je suis la prédatrice la plus dangereuse de la planète !

Comme à l'accoutumée, je suis encore à la bourre. Je me magne pour me customiser, enfile un short, un t-shirt oversize et des boots à talons bien sûr.

Quand la sonnerie se fait entendre, je comprends que c'est Jen qui me prévient de sa présence. Elle m'attend devant la résidence car ce soir, on fait la route ensemble. Jen, c'est ma best, une grande sœur de cœur, une nana qui a du chien. Un vrai feeling s'est créé entre elle et moi dès mon arrivée dans l'agence où j'étais encore un jeune papillon qui venait d'éclore. Je me dépêche de la rejoindre dans sa Mini Cooper Sport, m'installe côté passager et la gratifie d'une accolade.

— Salut, ma poulette,[6] comment ça va ?

Belle blonde plantureuse au brushing qui ferait pâlir Pamela Anderson, elle possède un regard vert-noisette qui en dit long. La clope au bec, un bras posé sur la portière et l'autre sur le volant, elle fait rugir le moteur. Une vraie badass, ma pote !

— Je suis super contente qu'on bosse ensemble ! m'extasié-je.

— Moi aussi, trop ! Et apparemment, on n'est pas seules ce soir.

— Une autre fille ?

— Non, un mec !

— Arf... dis-je en faisant la moue.

Les mecs qui pratiquent ce métier le font la plupart du temps par opportunisme. Vous vous rappelez, les hommes qui veulent le beurre, l'argent du beurre et le cul de la crémière ? Si nous, les filles, récoltons souvent la réputation de « faciles », je peux vous garantir que pour les mecs, c'est pire, bien pire. La plupart du temps, ils sont dotés d'un égocentrisme que l'on pourrait inscrire

---

[6] Oui je sais, vous trouverez dans ce livre un champ lexical très varié sur la ferme.

dans le Guinness des records et ne savent pas additionner 2+2. Bref, pas ma came du tout !

Nous arrivons sur le parking du club. Le voiturier nous désigne l'emplacement où nous garer, mais Jen insiste pour avoir une place devant, car il est hors de question de laisser son bolide sans surveillance. Nous sommes accueillies par le responsable qui nous conduit jusqu'aux loges où nous découvrons notre camarade du jour. Bel étalon d'1m85, les yeux bleus, musclé à souhait. Je sens le regard de Jen peser sur lui avec insistance, c'est tout à fait son genre de mec. Le patron nous explique :

— Les filles, ce soir vous bossez avec Sean. La thématique de la soirée est infirmière. Ce qui veut dire que nous avons ce soir deux infirmières et un docteur.

Je peux lire dans les yeux de Jen le scénario qu'elle envisage d'exécuter avec le beau gosse.

— Chaque personne, reprend le boss, qui commandera une bouteille d'alcool supérieur, se verra offrir un massage par l'un ou l'une d'entre vous.

Je dissimule un relent de vomi. Mais quelle horreur ! Il va me falloir un verre pour me détendre et accepter l'idée. Masser des gens, de surcroît des inconnus, s'apparente à un supplice. Je ne peux que constater l'air renfrogné de ma best qui avait visiblement d'autres attentes elle aussi. Nous nous changeons tout en faisant connaissance avec notre acolyte : trente-six ans (pas tout frais, le mec), il fait partie des Body Angels, troupe de chippendales qui se produit principalement sur les scènes des Casinos de France. D'après ce que j'ai compris, il n'est pas venu tout seul, toute sa bande de potes, l'attend en buvant une bouteille dans la salle d'à côté.

Un videur nous accompagne vers des cabines éphémères, installées pour l'occasion dans le fond du club. L'installation est plutôt minimaliste, une armature en fer, des rideaux occultants et une table de massage au centre de chaque box. L'annonce de notre arrivée provoque l'enthousiasme de la foule et naturellement, une file se forme, à en juger par la longueur, je dirais que la recette est plutôt bonne. Un des managers, posté non loin de là, s'assure que tous les clients aient bien leur pass'massage. Nous prenons le parti avec Jen de nous relayer. Elle commence dans une cabine tandis que Sean reçoit une fille dans l'autre. Les sessions ne durent pas longtemps, heureusement. Mon tour arrive, le son électro envahit l'espace, ce qui me réjouit : pas la peine de faire la causette. Je découvre un homme d'une trentaine d'années qui enlève son t-shirt et je dois me contenir pour ne pas tourner de l'œil. Un velu ! Une crinière épaisse dans le dos, digne d'un orang-outan. Je lui verse la crème - ou plutôt le lubrifiant - mise à notre disposition et cherche une solution pour faire glisser tout ça. J'ai l'impression de jouer dans Fort Boyard : trouver un indice à l'aveugle en plongeant ma main dans l'inconnu. Je suis sûre qu'il y a des bêtes. *Bon allez, Cora, courage !* Après avoir pris une profonde inspiration, je me lance et passe mes doigts dans ce dos abandonné depuis des siècles. Je n'arrive cependant pas à effacer la grimace de dégoût de mon visage. Le lubrifiant commence à crouter dès qu'il sèche, beurk ! Jen, passe un œil par le rideau et explose de rire en me voyant me débattre avec l'homme des cavernes. Je parie qu'elle se garde les petits minets pour elle. J'abrège la séance et file me désinfecter les mains. Les sessions s'enchainent et je vois de tout, elle aussi d'ailleurs, je sens que le débrief va être drôle.

— Eh, Jen ! Cela fait un moment qu'on n'a pas vu super mâle sortir de son box, non ?

Elle acquiesce et jette un coup d'œil dans sa cabine.

— À ce que je vois, il n'est pas près d'en sortir, me sourit-elle crispée.

J'ai peur de mal comprendre. Je jette à mon tour un regard rapide dans la cabine et là, le choc ! Sean est en train de monter une fille sur la table de massage, *c'est ce qu'on appelle un massage en profondeur*. Je suis écœurée et énervée. Il ne lui aura pas fallu longtemps pour me conforter dans mes impressions concernant les hommes de ce milieu. J'ai la moutarde qui me monte au nez ! Quelques minutes plus tard, Sean ressort de sa cabine, suivi de près par la miss MST de l'année. Le videur nous raccompagne dans les loges où des boissons nous attendent, je me sers un shot et le descends d'une traite. Je ne peux pas me contenir plus longtemps, j'ouvre les hostilités :

— Non, mais t'es sérieux ? Dis-moi que je rêve ! Sais-tu le mal qu'on a à se faire respecter dans ce milieu ? Que crois-tu qu'il se serait passé si on t'avait vu ? Ils se seraient tous autorisés à nous demander des pipes ! Et puis, tu t'es protégé au moins ? Va faire des tests, mon pote, parce qu'elle t'a sûrement refilé les 7 plaies d'Égypte !

Ah, c'était 10 ? Je m'en fous ! Je le foudroie du regard.

Non, mais tu te prends pour sa mère, sérieux ? me rabroue une voix intérieure.

Ça m'énerve, c'est tout, ce n'est pas le job, ça ! C'est pas éthique !

C'est ton mec ou ton ami, peut-être ? Mouais, pas faux.

Je me calme, remise en place par ma conscience et le vois dépité, la tête entre les mains, il a l'air de s'en vouloir. Il faut dire que je n'y suis pas allée de main morte non plus.

— Je suis vraiment désolé, dit-il, d'habitude, je ne fais pas ça. Elle s'est jetée sur moi et j'ai été faible…

— Surtout que tu pourrais avoir beaucoup mieux… insinue Jen assise sur l'accoudoir de la chaise du puni.

Non, mais elle alors ! Je décide de faire la paix, car après tout, je ne suis pas sa mère et pour ce faire, je nous sers trois verres. J'ai une bonne descente en ce moment ! Une fois ceux-ci avalés, nous décidons d'aller récupérer notre cachet. Nous patientons au bar que le directeur nous rejoigne et j'en profite pour balayer la salle du regard. Une bande de mecs au look de mannequins lancent de grands gestes dans notre direction, nous invitant à les rejoindre.

— Ce sont tes amis ? demandé-je à Sean.

— Oui, une belle bande. Que des mecs bien, c'est rare.

Intérieurement, je doute de sa dernière affirmation, si on tient compte de ses exploits de toy boy vus un peu plus tôt. Il reprend :

— Venez boire un verre avec nous avant de partir !

— Pour ça, il aurait fallu faire les bons choix ! susurre Jen à son oreille.

Je sens que l'on m'observe et m'aperçois qu'il s'agit d'un mec de la bande, assis sur une banquette, les bras reposant de chaque côté du dossier. Je le regarde à mon tour en le défiant mais il ne baisse pas les yeux, il s'accroche à cet échange. Non mais, pour qui il se prend lui, à me fixer comme ça ? Il me met mal à l'aise. Il a un visage de Dieu grec, brun, le teint hâlé, les yeux sombres, une bouche charnue et une musculature saillante. Je devine un tatouage sous son t-shirt blanc, dépassant de la manche, il est tellement moulant que même de là où je me trouve, je peux compter le nombre de ses abdos. La sonnette d'alarme retentit dans ma tête. Je reprends pied dans la réalité et m'aperçois qu'il esquisse un sourire ravi, prise en flagrant délit de matage. Son air de conquérant m'agace. Je décide de me retourner, lui laissant contempler mon dos, enfin peut-être plus mon cul, vu le personnage... et j'ai envie d'en jouer. Après tout, moi aussi je sais m'amuser à ce jeu-là... Je me cambre en provocation, passe sensuellement la main dans mes cheveux, les rabattant sur une épaule, laissant l'autre dénudée. Je jette un regard furtif par-dessus mon épaule et trouve de la satisfaction dans ses prunelles. J'aimerais lui montrer qu'il n'est pas de taille, mais Jen me rappelle à l'ordre, une enveloppe à la main, tant pis... Il a eu de la chance ! Nous disons au revoir à Sean et prenons la direction de la sortie. En partant, j'offre à mon mateur sans gêne un sourire mutin accessoirisé d'un majeur fièrement dressé, une fois sûre qu'il reluque encore mes fesses.

CHAPITRE 5

Il est midi, encore un réveil, encore fatiguée et encore en speed. Aujourd'hui, départ pour la Suisse, et pour ce faire, je dois rejoindre la bande avec laquelle je bosse ce soir. Pour ce genre de trajet, Marco nous a loué un van, plus pratique pour transporter du matériel et une équipe nombreuse, en plus de ça, on économise des frais. Avant tout, j'enfile un jogging, ma tenue préférée pour voyager, je rassemble mes cheveux en une queue de cheval, je fignole mes préparatifs, embrasse Minou après l'avoir ravitaillé pour deux jours et me mets en route. Sur le trajet, je fais un arrêt au Mc Do et me commande au drive un Super Menu, dessert compris. Bien entendu, j'ai tellement faim que j'attaque le burger entre deux frites. Attention, à ne surtout pas reproduire quand on est au volant, Gad Elmaleh l'avait compris ! Le cornichon a atterri sur mes genoux, la tomate sur le fauteuil, bref, un vrai carnage. J'arrive au lieu de rendez-vous, tout le monde est déjà là, comme d'habitude, je suis la dernière. Je retrouve sur place mes amies, Stella et Lena, ainsi qu'Adrian qui nous servira de régisseur. Son job se résume à conduire, installer le matériel et récupérer l'argent. Cela faisait longtemps que je n'avais pas vu Lena, une fille comme on en fait peu. Brune aux cheveux longs, des yeux noisette, un corps élancé et tatoué, un vrai bijou d'authenticité. Elle est calme, pondérée, intelligente et rigolote, je l'adore !

Une fois nos affaires chargées dans le van, nous prenons la route en nous racontant les derniers potins :

— Hier soir, commence Lena, on dansait dans un club tenu par des Albanais. J'ai eu la trouille de ma vie ! Ces types étaient vraiment louches et tendus. Ils avaient des armes planquées dans leur veste de costard, on se serait cru dans un film de gangsters.

— Moi, poursuit Stella, je suis restée pendue à une colonne pendant vingt minutes !

— Une colonne ? Comment s'appelle-t-il ? me moqué-je.

— Ah non, cette fois-ci, c'était une vraie colonne ! J'ai perdu une vis de mon échasse qui s'est donc séparée en deux morceaux. J'ai eu une sacrée trouille moi aussi... Heureusement, j'ai évité la chute, mais pas la honte !

— Tu devrais demander une prime de risque, ça motiverait peut-être Marco à faire vérifier le matériel, plaisanté-je.

— Et toi ? me demande Lena, quelle est ta VDM[7] du weekend ?

---

[7] expression traduisant une "vie de merde". J'en aurais plus d'une à vous raconter !

— Oh, la routine. Une tentative de toucher rectal avortée, un chippendale qui se la joue Toy Boy...

Je remarque les yeux de mes copines qui crépitent, j'ai apparemment suscité leur intérêt.

— Il a un nom, le Toy Boy ? demande Stella.

Je comprends ce que l'on pourrait penser... ce n'est pas beau de balancer ! Oui, certes, mais ce sont mes amies et j'estime qu'il est de mon devoir de les mettre en garde contre la lubricité des grands méchants loups de notre milieu.

— Sean, des Body Angels.

— Ah ouais ? Quand même, ils jouissaient d'une bonne réputation ! intervient Lena.

— Dans certains domaines plus que d'autres... s'esclaffe Stella.

Adrian nous interrompt pour nous expliquer que la prestation débutera à 1 h du matin. En début de soirée, il installera les décors donc dans l'attente, quartier libre ! Nous accueillons la nouvelle avec le plus grand sourire complice que l'on puisse décocher. Le reste du trajet, nous bavardons, rions, chantons, une vraie colonie de vacances ! De grandes gamines, voilà ce que nous sommes ! Nous arrivons à l'hôtel en fin d'après-midi, il se trouve juste à côté d'un Casino, celui-ci longeant les bords du lac de Genève. Nous déchargeons nos bagages et prenons possession de notre chambre : spacieuse, lumineuse, les murs sont dans les tons de crème, deux lits y sont disposés, un double et un simple, sur lequel je me jette. Je m'enfonce dans la literie agréable et moelleuse comme dans un nuage. Les filles et moi décidons de faire une petite sieste afin de récupérer le sommeil en retard. Je ferme les yeux et ne me sens pas partir dans les bras de Morphée. Je navigue dans les méandres de mon subconscient et me sens happée vers un souvenir, un rêve qui revient sans cesse : je suis éperdument amoureuse d'un homme, je peux sentir les pores de ma peau irradier de cet amour bien trop puissant pour que je puisse le contenir. Qui est-il ? Je ne saurais le dire. Je ne vois pas son visage, mais je sais qu'il est magnifique, qu'il est fait pour moi, que nous partageons un lien indéfectible. Il m'enlace tendrement et le feu se répand en moi comme une coulée de lave qui ne demande qu'à jaillir. Soudain, il me repousse et m'abandonne là, seule, sans un mot, sans même se retourner. Je sens la douleur m'envahir, mon souffle se couper, mon univers s'effondrer, une chute interminable aspire mes entrailles. Le rêve s'étiole et j'ouvre les yeux.

La chambre désormais plongée dans l'obscurité, je prends une grande inspiration afin de me remettre de mes émotions et regarde l'heure. 19 h. Ah oui, sacrée sieste ! Je file à la douche, encore ébranlée par ce rêve. L'eau chaude me fait un bien fou, je m'y prélasse. Ma peau rosie sous la chaleur, je m'interroge : pourquoi ce rêve me revient-il encore et encore ? Est-ce ma peur de l'abandon ? Cet homme représente-t-il l'amour paternel ? *Freud, dégage ! Sors de mon corps !* Je ris de ma complexité et finalement, prends le parti d'aller croquer de l'homme ! Cela me remettra sûrement les hormones en place ! Sur cette idée graveleuse, je sors de la douche, m'enroule dans une serviette et rejoins les filles.

— Adrian nous attend au restaurant du Casino. Apparemment, le club se trouve à l'intérieur, nous informe Stella.

— Génial ! Un peu de paillettes et de moulures au plafond, tout ce dont j'avais besoin, s'enthousiasme Lena.

Qui dit Casino, dit tenue classe exigée. Et soyons honnêtes, ce n'est pas tous les jours que l'on peut sortir le grand jeu. Nous partons toutes les trois nous préparer : brushing, maquillage et robe de soirée. J'opte pour une robe longue noire à fines bretelles. Fendue jusqu'en haut de la cuisse, en satin, elle moule ainsi mes formes à la perfection. Stella sort une robe courte, ras de cou, noire également. Lena, elle, a enfilé une combinaison pantalon au décolleté plongeant. Côté maquillage, je porte des teintes marron irisées, du liner, et de légers faux cils, pour accentuer mon regard. Une fois pimpées[8], nous rejoignons le Casino à pied, celui-ci se situant à cinq-cents mètres de l'hôtel. Nous passons l'entrée d'un restaurant au cadre raffiné et, telles des stars du grand écran, rejoignons notre régisseur. Même le personnel

---

[8] Comme me l'a fait remarquer une amie à moi, en anglais, « pimp » désigne un « proxénète », bien que cela pourrait coller à la thématique du milieu, ici, il s'agit d'être bien habillé. En référence à la série TV « pimp my ride »

semble tiré à quatre épingles. Je constate qu'Adrian a presque fini son repas, il nous accueille en nous disant :

— Les filles, je ne vais pas rester, je dois installer le matériel. Mais vous, prenez votre temps. Profitez de votre début de soirée, il n'y a aucune restriction sur le budget repas.

De plus en plus charmées par la tournure de la soirée qui s'annonce, nous échangeons un regard complice. Une fois notre chaperon parti, nous nous exclamons en cœur : « APÉRO ! » et commandons trois boissons de couleurs différentes. Le tempo donné, nous passons une soirée digne de « Sex and the city », parlant des hommes, de nos vies - ou plutôt de leur absence -, de nos quotidiens respectifs. Tout cela bien entendu, autour de plats et de cocktails dont on ne compte plus le nombre. Une fois rassasiées, le serveur nous débarrasse et nous propose :

— Si vous le souhaitez, mesdemoiselles, il y a un spectacle réservé aux dames dans notre théâtre ce soir.

— Réservé aux dames ? s'intéresse Lena.

— Je ne vous en dis pas plus et vous laisse découvrir par vous-même, renchérit-il.

— Nous pourrons vous y voir ? interroge Stella.

— Non, je ne pourrai pas rivaliser, dit-il en virant au rouge.

— Humm, ça m'a l'air très croustillant tout ça ! m'exclamé-je. Allez les filles, en selle !

CHAPITRE 6

Nous quittons la table et nous dirigeons vers le théâtre où des cris d'excitation se font entendre. Nous nous regardons, tout excitées, et passons la porte, intriguées. L'ambiance est à son apogée. Des femmes de tout âge envahissent l'espace, des billets à la main. Elles hurlent en direction d'hommes en boxer investissant la foule.

— Des chippendales ! me crie Lena.

— Quand je vois tous ces biftons, ça me donne presque envie de m'en faire greffer une ! s'exclame Stella.

Lena et moi éclatons de rire et avançons via le couloir principal, afin de trouver une place. Mais à ce moment-là, blackout. Les lumières de la salle s'éteignent pour privilégier celles de la scène. Le silence se fait. Désormais aveuglées, nous restons sur place. Une musique que je connais, retentit.

— La BO de 300 ! m'exclamé-je.

Tout le monde me dévisage comme si je m'étais trompée de soirée. En effet, le blind-test n'est pas le thème de celle-ci. En une fraction de seconde, quatre hommes surgissent devant nous vêtus comme des spartiates, un casque qui ne laisse voir que les yeux et la bouche, une cape rouge, un slip en cuir, jambières et lanières de cuir également. Waouh, plus vrai que nature. Leurs corps huilés et musclés remplis de testostérone et de sauvagerie sont à se damner ! Voilà un fantasme que j'aimerais bien explorer et je crois que tout le monde peut s'en apercevoir, je n'arrive pas à fermer la bouche, ni à détacher mon regard de ces Apollons. Je jette un œil aux filles qui sont aussi ébahies que moi, quand soudain une pression sur mon bras me fait sursauter. Une de ces bêtes de sexe m'a saisi le poignet pour m'entrainer sur la scène. Je résiste, jouer les groupies ne me va vraiment pas.

— Non ! Je ne suis pas… Je ne veux…

— Suis-moi ! m'ordonne le guerrier.

Son regard aussi puissant que profond, me fait défaillir. Je ne contrôle plus mon corps qui le suit, sans me concerter. J'entends les filles crier derrière moi, je m'avance sur la scène où le bel adonis m'assoit sur une chaise. Le show commence, et me voilà face à Magic Mike[9]. Il me fait toucher ses muscles, je fonds de l'intérieur, c'est vrai que c'est très agréable. Inattendu, mais agréable ! Il m'offre la vue de ses dorsaux afin d'effectuer sa chorégraphie, enlève sa cape rouge qu'il étale sur le sol et m'offre une vue imprenable sur son cul. Je me lèche la lèvre supérieure comme une dangereuse prédatrice, sans même m'en rendre compte. Il enlève son casque, toujours en me tournant le dos, je découvre ses

---

[9] Personnage tiré du film du même nom et qui est un sulfureux stripteaseur.

cheveux bruns en bataille. Ce mec est taillé dans le marbre ! Quand il se retourne enfin vers moi, je manque de m'étrangler. Je le connais ! Le mec du Richclub, l'ami de Sean ! Je me sens prise à défaut, mais une partie de moi est ravie de pouvoir jouer à nouveau. Inutile de mentionner quelle partie de mon anatomie réagit de façon très vive à cette rencontre fortuite.

Le beau brun, insolent, se penche vers moi et me dit :

— Salut, toi ! C'est à mon tour de jouer... Accroche-toi, ma belle !

Je suis encore une fois troublée par tant d'aplomb et ne sais pas quoi répondre. C'est une première face à un homme.

Il écarte mes jambes, laissant découvrir une de mes cuisses nues puis il rue sa tête à l'intérieur de celles-ci. Mayday ! Mayday ! Je crois que je ne peux pas plus écarquiller mes yeux, idem pour ma bouche. En fait, pas mal de mes orifices se dilatent pleinement. Mes membres ne me répondent plus. Je ne m'appartiens plus. Il possède mon corps et je ne sais pas quoi faire. *Ben, laisse-toi aller un peu, ça changera !* Oh, ça va ! Je sens sa langue effleurer ma peau, je suis révoltée, excitée à mort, mais révoltée quand même ! Trop de familiarité ! Il me soulève de la chaise avec fougue et vient me déposer sur sa cape précédemment étalée sur la scène, en position allongée. Il ondule sur moi dans le rythme de la musique, je suis toute chose ! Il ne cesse de me fixer, je suis à deux doigts de le dévorer. Mon esprit, lui, ne s'arrête pas de fonctionner pour autant et m'envoie des images d'une luxure inavouable. Enfin si, je pourrais écrire une thèse sur le sujet, mais gardons cela pour plus tard. Je reprends enfin mes esprits et décide de pimenter sa performance, je crochète ma jambe nue à sa taille. Il esquisse un sourire charmeur en réponse à ma provocation et continue de se mouvoir contre mon corps de façon plus brutale, je peux sentir son anatomie cogner contre la mienne. *Le mufle !* Sans prévenir, je le fais basculer sur le dos et reprends l'ascendant. Il rit, d'une voix qui ferait fondre ma culotte si j'en portais une. À mon tour de jouer et de me déhancher sur lui. Le public hurle ! À n'en pas douter, elles aimeraient toutes être à ma place. En plein rodéo, je me penche vers lui et lui souffle :

— Ne joue pas avec le feu si tu ne veux pas y laisser des plumes, gringalet. Je le remercie d'un clin d'œil, puis le libère.

Il se relève à son tour, m'attrape la main et l'embrasse tel un gentleman, puis me tirant à lui, me dit à l'oreille :

— A bientôt, Cora, j'ai hâte de prendre feu…

Je descends de la scène telle une midinette. Il s'est renseigné sur mon compte puisqu'il connaît mon prénom. Intéressant… Il salue la foule en rut, en me fixant du regard, son sourire délicieux encore accroché à ses lèvres. *Il va mal finir, celui-là !* Je rejoins les filles euphoriques.

— Eh, meuf, on a vu ton cul ! me dit Stella.

— Si tu savais ce que mon cul a senti ! rétorqué-je.

Je vois le regard lubrique de Stella me toiser.

— Alors, il t'a dit son nom ?

— Non, et je ne souhaite pas le connaître, c'est un ami du fameux Sean.

— Outch ! grimace Lena.

Le temps passe vite quand on s'amuse ! Et nous ne sommes pas en avance pour la suite de la soirée. Nous nous hâtons donc de trouver le club. Encore tout émoustillée de l'effeuillage du bel étalon, je n'arrive pas à me concentrer et me mets inconsciemment à projeter mes pensées : je vois nos ébats, notre histoire, notre vie.... *Allô la lune ! Ici la Terre ! On redescend !* Oui, je sais, c'est très débile, mais j'ai la fâcheuse manie de construire un scénario à partir de rien... enfin à partir de tous mes crush, ça c'est certain. Mon côté Disney ressort. Malheureusement pour moi, la réalité se résume plutôt à une succession de désillusions, trahisons, abandons. Bref, d'habitude, l'espoir existe, même si mon sonar en matière d'homme s'avère très foireux, mais là, aucun doute possible. Chippendale, charmeur, dragueur, baiseur, il faudrait être folle pour aller de son plein gré se jeter dans la gueule du loup ! Aussi beau soit-il. De plus, il ne sert à rien de se poser la question. Je n'aime pas ce genre de mecs, trop parfaits à mon goût, voire superficiels, *dixit la nana de « pimp my ride »* ! Rohhh, il suffit ! Ils sont pires que les autres, beaux parleurs, de vrais pièges à filles ! D'ordinaire, je suis plutôt branchée trentenaire, avec une carrière professionnelle sérieuse, en costume. *J'adore les costumes, ça me fait fondre !*

J'aime les hommes à l'intellect développé, aux bonnes manières, attachés aux valeurs morales, très, très loin de ce milieu de merde et de ces acteurs de cirque aux mœurs douteuses. Le prince charmant ? Oui, c'est lui l'homme de ma vie, du moins pour l'instant, celui de mes rêves, bien que même dans ceux-ci, il trouve le moyen de me laisser en plan. Je me vois déjà finir vieille fille, dévorée par mon chat.

CHAPITRE 7

1 h 05, je monte sur le comptoir du bar et commence à danser. Je porte une robe en dentelle blanche laissant apparaître des sous-vêtements de la même teinte, une couronne de fleurs immaculées dans mes cheveux. J'ai vraiment du mal avec cette couleur, j'ai la sensation d'être une jeune vierge déposée là, en sacrifice. La thématique du jour, c'est « Flower power », Lena et Stella sont postées sur des balançoires... de fleurs... au-dessus de la piste. Je les envie, leur perchoir leur confère une certaine intimité que je n'ai pas. Non, moi je suis là à gérer mon équilibre entre les verres qui s'étalent à mes pieds, les mecs lorgnant sous ma robe et les barmen qui s'agitent... et qui ne font pas mieux. Je fixe un point à l'horizon afin d'assurer mon centre de gravité et garder ainsi un visage détendu tout en effectuant mes mouvements langoureux. Mon regard se fait happer par un attroupement de filles autour d'une table, non loin, dans la salle. J'en comprends la raison quand je reconnais les beaux gosses, Les Body Angels tous sur leur trente-et-un, savourent leur triomphe après leur show. Ils ressemblent à de vraies gravures de mode, il y en a pour tous les goûts : blond, brun, rasé, tous hyper musclés, dégageant une aura des plus sexuelles : de vrais serial lovers. Ma vue se porte parmi eux, en quête d'un visage que je ne trouve pas. Je ne réalise pas vraiment ce

que je cherche ou plutôt qui je cherche. *Menteuse !* Une main s'arrime à ma cheville, ce qui me déséquilibre un bref instant. Je regarde l'individu assis à qui elle appartient : un homme d'apparence propre, chemise blanche, pantalon noir, cheveux blonds gominés au regard translucide. Il me fait signe de me baisser à sa hauteur, je m'exécute, n'oublions pas que le client est roi ! Les effluves qui émanent de lui, sont un mélange de parfum de luxe et de whisky. Il entame son allocution[10] :

— T'es bonne, toi !

Ça commence bien.

— Trop aimable ! lui réponds-je avec sarcasme.

Je m'apprête à reprendre de la hauteur, quand il m'empoigne plus fermement.

— Tu fais quoi à la fin de ton service ?

— Je dors ! lui rétorqué-je. Maintenant, lâche-moi, si tu ne veux pas que je te noie dans ton verre.

— Mais c'est qu'elle a des griffes, la p'tite chatte !

Je perçois dans ses yeux une animosité qui me glace le sang. Je ne laisse rien paraître, mais j'ai déjà anticipé le prochain coup et agrippe une bouteille posée à l'intérieur du bar. *Ça passe ou ça casse !* Ce genre de

---

[10] J'ai choisi cette formule, car ce qu'ils ont à dire est souvent très intelligent. ^^ (Rire cynique)

mec ne comprend pas le non, il va donc falloir que j'accompagne ce mot d'une mise en acte ! Le serveur nous interrompt et me fait signe de descendre. Le pervers relâche son étreinte, me permettant de repasser derrière le bar.

— La table des Backstreet boys demande qu'un magnum de champagne leur soit amené par toi.

— Pourquoi moi ? m'offusqué-je. Je ne suis pas serveuse !

— La satisfaction du client, tu connais ?

Je lui rends un sourire forcé et attends donc la fameuse bouteille. Une fois celle-ci farcie de fontaines d'étincelles, je l'empoigne et me fraye un chemin jusqu'à la table. Passer la horde de nanas qui s'y agglutinent n'est pas chose aisée, la première idée qui me traverse l'esprit est de leur cramer les tifs avec mes artifices, mais je m'abstiens.

Je joue des coudes et des hanches pour m'infiltrer, arrive enfin à poser mon colis sur la table et trouve accessoirement le beau gosse que je cherchais plus tôt, avachi sur la banquette. Mon palpitant s'affole. Je ressens de la joie que je cache derrière mon masque hautain. Il m'invite à m'asseoir et je me dis qu'une pause me ferait du bien, après tout, il faut satisfaire les exigences de la clientèle, dixit le barman. Il débouche la bouteille et me sert une coupe, j'ai tellement soif que je la vide d'un trait. Amusé, il me ressert et s'approche de moi pour que je l'entende :

— Ton entretien avec le sociopathe t'a donné soif, on dirait ?

Je comprends alors qu'il m'observait tout ce temps, j'en suis à la fois flattée et agacée[11].

— Tu me surveilles ?

— Peut-être...

— Venant d'un mec que je ne connais pas, c'est à se demander si toi aussi tu ne serais pas un tueur en série, tapi dans l'ombre, observant sa victime...

Il rit, d'un timbre qui me transcende. Ses lèvres charnues laissent entrevoir des dents blanches parfaitement alignées, j'aimerais m'y engouffrer jusqu'à ce que l'air me manque, mais je tente de contenir mon émoi en plongeant mon nez un peu plus loin dans ma coupe.

— Je ne me cache pas, reprend-il, mais j'admets bien volontiers que les présentations n'ont pas encore été faites. Jullian, clame-t-il en me tendant sa main.

Lui rendant la pareille, je m'exclame à mon tour :

— Cora.

Sa peau douce et sa poigne ferme englobent totalement la mienne. Je m'égare à penser à la taille de celle-ci et imagine sans mal les proportions de son autre

---

[11] Je suis une femme pleine de contradictions, c'est ce qui fait mon charme ! ;)

calibre. Le geste s'attarde étrangement, ses yeux accrochés à ma bouche. Je me dégage de cette étreinte perturbante, qui pourrait, à coup sûr, déboucher sur une soupe de langues.

— Sean m'a parlé de toi, reprend-il, il m'a dit que tu avais un caractère de cochon et un petit côté coincé.

— Si par coincé, tu entends que je ne me fais pas sauter sur une table de massage pendant que je bosse, alors oui, je suis d'accord avec lui. Mais nous ne devons pas avoir la même éthique de travail, lui asséné-je d'un ton glacial.

— Tu étais plus chaleureuse quand tu me chevauchais tout à l'heure, me taquine-t-il.

— Écoute bien, lui dis-je en me rapprochant à mon tour, je ne suis pas branchée armoire à glace à l'ego démesuré qui baise tout ce qui bouge ! Ton charme fera sûrement plus de ravages auprès de ces ingénues qui n'attendent que ça.

J'accompagne ma tirade d'un regard vers la basse-cour se trémoussant, espérant attirer les faveurs des coqs en chaleur.

— Madame est pleine de préjugés à ce que je vois ! me targue-t-il d'un regard inquisiteur.

— Si à une période ce n'étaient que des préjugés, depuis le Richclub c'est prouvé ! le rembarré-je.

— Tu ne me laisseras même pas le bénéfice du doute ?

—« Ce n'est pas le doute, c'est la certitude qui rend fou ».

— Nietzsche[12] ? Une danseuse avec de la culture... Tu deviens de plus en plus fascinante...

Sur ce, je le laisse à sa réflexion et finis mon verre. Puis je me lève, lui adresse un merci et retourne aux loges où je retrouve les filles en train de se rhabiller pour rentrer.

— Ben ma biche, t'étais où ? demande Stella.

— On m'a envoyée faire la serveuse à la table des dieux du string.

— Super ! Tu y as retrouvé ton Toy boy ? Peux-tu enfin mettre un nom sur ce joli p'tit cul ?

— Jullian, bafouillé-je.

— Intéressant... Et tu as pris son numéro ?

— Pas la peine... Je tombe déjà sur des opportunistes déguisés. Pour une fois que c'est inscrit sur son front, je ne vais pas perdre mon temps. Surtout que je m'accroche facilement à tout et n'importe quoi.

---

[12] Célèbre philosophe du 19° siècle, principalement connu pour s'attaquer au nihilisme sous-jacent qu'il décèle dans la religion ou la morale.

— Je parlais pour moi ! s'indigne Stella nonchalante.

Lena me regarde d'un air compatissant :

— Tu sais, ma belle, tu pourrais être surprise...

— Les surprises, ce n'est pas ce qui manque, l'interromps-je, rien qu'une fois, j'aimerais un truc qui roule, sans bavure et qui ait une espérance de vie plus grande qu'une allumette sous la pluie.

Devant ma résilience, mon amie change de sujet.

— Je tombe de fatigue ! lance Lena dans un bâillement.

— Allez-y, les filles, je me change puis m'assure de l'heure du départ avec Adrian et je vous rejoins.

— T'es sûre ? intervient Stella, on peut t'attendre.

— Non, t'inquiète, l'hôtel est à cinq-cents mètres, pas de soucis.

Les filles acquiescent, récupèrent leurs affaires et sortent de la loge.

CHAPITRE 8

Je remets ma robe du début de soirée, je n'ai pas pris de change et vu l'endroit, partir en jogging serait mal perçu. Je remballe mes affaires et sors de la loge pour retrouver mon régisseur. Le club commence à se vider, mais j'aperçois Jullian et sa bande toujours à leur table, à boire et draguer ce qui reste de leurs groupies. Adrian me confirme l'heure de départ du lendemain et je prends la direction de la sortie du Casino. Une fois à l'extérieur, j'inhale une grande bouffée d'air salvatrice qui me permet de relâcher la pression, le temps s'est rafraîchi, j'ai presque froid. Je commence à bailler et n'ai qu'une seule pensée, rejoindre mon lit... Je longe les bords du lac aux rives désertes, pas étonnant à cette heure. Mes pieds endoloris ne me permettent pas de marcher très vite. Un courant d'air s'engouffre à l'intérieur de ma robe et me fait frissonner. Mes sens en éveil, j'entends des pas non loin derrière moi. Par réflexe, je me retourne et aperçois le blond gominé du club accompagné de deux crasseux que je n'avais jamais vus auparavant. Je hâte le pas.

— Hey ! Ce ne serait pas ma p'tite chatte que voilà ?

Mes poils se hérissent le long de mon épine dorsale. Mon corps, dans son intégralité, ressent le danger, ça sent le roussi. Je ne réponds pas et accélère dans l'espoir qu'ils lâchent l'affaire. Mes pieds me tiraillent et mon sac se fait de plus en plus lourd.

— Hé, mais attends ! me balance-t-il alors qu'il vient de me rattraper.

Ses deux acolytes se bidonnent. Désormais autour de moi, ils m'encerclent comme une meute de raptors. Leur chef me fait face tandis que ses deux sbires se tiennent tout près dans mon dos.

— Laisse-moi tranquille ! lui ordonné-je, d'un ton peu convaincant.

J'ose néanmoins le défier du regard pour appuyer mon injonction. Les hyènes derrière moi ricanent de plus belle.

— Je vous l'avais dit, les gars, bonne et hargneuse ! affirme-t-il avec un sourire malsain.

Bon, ça pue vraiment là ! Je sens que je vais y passer. J'évalue rapidement la situation et tente une échappée.

Je balance mon sac en pleine gueule du blond, retire un talon et le fracasse sur la joue d'un des deux crasseux. Des gouttes chaudes m'éclaboussent le visage. Je me mets à courir, mais une main s'accroche dans mes cheveux, me tire en arrière et me stoppe net. Je me débats et hurle de toutes mes forces en priant pour que quelqu'un m'entende. Sbire numéro deux m'entrave les mains derrière le dos, pendant que Sbire numéro un se positionne face à moi, la tronche ensanglantée. J'aurai au moins réussi à en défigurer un !

— Laisse ! ordonne le showflex gominé, je vais me la faire, cette putain !

Des larmes de douleur mélangées à celles de la peur inondent mon visage. Je sais ce qui m'attend et je ne l'accepte pas, pas à moi. Je refuse de me résigner. Ce pervers commence à me malaxer la poitrine en pourléchant ses lèvres. Il me dégoûte. Je lui crache ma haine à la figure dans un amas remontant du fin fond de mes tripes. Son regard change, il jubile. Je devine dans ses yeux toute la perversité et la dépravation que je lui inspire. Il ne va pas y aller de main morte, je vais dérouiller. Sans que je le voie venir, il m'assène un coup de poing sur la pommette qui me fait vriller la vue. Un rideau noir s'installe devant mes yeux, je deviens molle et sens mon corps se fracasser au sol. Je n'ai pas la force de me relever, la fraîcheur du bitume mord ma peau dénudée. Complètement étourdie, des voix me parviennent. Non... des sons qui craquent, des cris et puis, plus rien. Je ne bouge plus, tétanisée par ce qu'ils sont sur le point de me faire, j'ai la gerbe au bord des lèvres.

Soudain, on m'empoigne pour me relever, dans un ultime instinct de survie, je frappe et hurle, encore.

— Cora ! C'est moi, Jullian ! Tout va bien, tu es en sécurité.

Je me tourne vers mon protecteur, croise ses grands yeux sombres emplis de tendresse et fonds en larmes, dans une étreinte où je cherche la sécurité. Il m'enveloppe de ses bras musclés, quand j'aperçois du sang sur son t-shirt. Je relève les yeux vers lui, paniquée. Voyant mon désarroi, il me rassure sans attendre.

— Non ! Ce n'est pas moi, ce n'est pas mon sang.

Je suis soulagée. Néanmoins, le besoin d'évacuer se fait urgent et sans préliminaire, je lui rends mon repas, les traces de vomi s'additionnent à celles du sang.

Bravo, Cora ! Tu viens de vomir sur ton sauveur ! Quels remerciements !

Mon visage vire au rouge, je suis honteuse.

— Pardon...

C'est la seule chose propre qui sort de ma bouche à cet instant.

Jullian me regarde, déconcerté, et éclate de rire ! Cela aura au moins eu le mérite de détendre l'atmosphère. Derrière lui, je reconnais un de ses amis qui récupère mes affaires éparpillées sur le trottoir.

— Je ne crois pas que tu connaisses Arron ?

Il croise mon regard et je lui adresse un remerciement de tête. Il acquiesce sans que j'aie besoin d'en dire plus. Encore sonnée, j'essaye de reprendre une certaine contenance, récupère mon sac et mes chaussures qu'Arron me tend, et reprends la direction de l'hôtel. C'était sans compter les tremblements qui m'assaillent tout à coup et m'empêchent d'avancer. Je fais volte-face et demande :

— Vous pourriez... m'accompagner ? bégayé-je.

— Arron, prends son sac, je m'occupe d'elle.

Après avoir retiré son t-shirt, Jullian passe une main sous mes cuisses, l'autre dans mon dos et me décolle du sol.

— Ce n'était pas la peine, lui assuré-je.

— Aurais-tu peur que je ne corresponde pas à tes stéréotypes ?

Je ne dis rien. Il est vrai que je ne m'attendais pas à être secourue et encore moins par Jullian. Il est bienveillant à mon égard, je dois le reconnaître. J'ai été dure avec lui, avec eux, et je ne pourrai jamais les remercier à la hauteur de ce qu'ils ont fait pour moi ce soir. Je suis épuisée et j'ai mal, mon ego et mon corps en ont pris un coup ! Je pose ma tête contre son torse, dur, vallonné, il sent bon... Mes paupières se ferment, l'épuisement me gagne...

CHAPITRE 9

J'ouvre les yeux, il fait jour, ma vue s'acclimate doucement à la luminosité. Stella et Lena se penchent sur moi, je sursaute, tente de m'asseoir, mais ma pommette gauche me lance. Je porte ma main à celle-ci et sens mon sang pulser à l'intérieur de ma joue, la tête me tourne. J'ai besoin d'une bonne dose de paracétamol.

— Ma caille, on n'aurait pas dû te laisser rentrer seule, on s'en veut tellement... culpabilise Lena.

— Putain, les fils de pute ! Ils ne t'ont pas ratée ! renchérit Stella, hors d'elle.

— Ça va, les filles, une méchante bosse c'est tout, dis-je en avalant ma drogue.

— Heureusement que Jullian et Arron étaient là, reprend Lena, je n'imagine pas ce qui aurait pu se passer...

— Ah si ! On imagine bien ! Quelle bande de branleurs, ça m'débecte ! Ils vont morfler, moi j'te l'dis ! fanfaronne Stella.

— Ils sont partis, tempéré-je, y a rien à faire, hormis passer à autre chose, c'est tout.

Lena se lève et me raconte :

— Après t'avoir ramenée ici, Jullian est retourné au Casino. Il a demandé les caméras de surveillance de l'entrée, on y voit les trois gus sortir après toi. Grâce au contrôle obligatoire des papiers, ils ont pu établir leurs identités. Ensuite, il a signalé ton agression chez les flics, les rives du lac sont truffées de caméras qui ont filmé la scène, donc tes agresseurs l'ont dans l'os ! Crois-moi, les Suisses ne plaisantent pas avec la loi !

Wouah, il s'est donné du mal...

La sonnerie de mon téléphone se met à hurler, ce qui me fait sursauter à nouveau, j'attrape mon cellulaire pour savoir de qui il s'agit : « Amore Mio »... *Hein ? C'est quoi cette connerie ?* Je décroche :

— Allô ?

— Salut, ma beauté !

— Jullian… ? C'est à toi que je dois ce nom de contact à la con ?

— M'en veux pas, je me suis dit que ce serait bien que tu aies mon numéro, au cas où, tu vois... s'il t'arrive encore des bricoles.

Je fulmine de l'intérieur. Voilà que maintenant, il me voit comme une petite chose faible sans défense. Je ne suis pas faible, bien au contraire, j'ai juste été imprudente, c'est tout.

— Rendez-vous dans trente minutes devant l'hôtel.

— Quoi ?

— Je t'emmène faire ta déposition. Pas de maquillage, ils doivent prendre des photos pour le dossier.

Je n'ai pas le temps de rétorquer qu'il raccroche. *OK !* Apparemment, je n'ai pas vraiment le choix. Les filles n'ont rien manqué de notre conversation et échangent un regard complice sans piper mot. Avec elles, c'est comme avec les gosses, quand on ne les entend pas, c'est que ça cache une connerie. On verra ça plus tard. Je me dirige vers la salle de bain afin d'admirer mon visage. *Oh purge*[13] ! J'ai la même tête que dans un tableau de Pablo Picasso pendant sa période cubiste. Ma pommette volumineuse, se pare d'une teinte entre le violet et le bleu : bliolet. Bien sûr, cette couleur prend une grande partie de ma joue et encadre mon œil gauche, je fais vraiment peur… Bon, je n'ai pas beaucoup de solutions, un coup de brosse à cheveux, un bon coup de brosse à dents car avec l'haleine que je me paie, je pourrais à moi seule déclencher un génocide. Une paire de lunettes de soleil, un bon vieux jogging et c'est parti. Je compte bien m'acquitter de cette tâche le plus rapidement possible et passer à autre chose. Je déteste que l'on me voie comme une victime ! J'ai mis des années à me construire une armure, ce n'est pas pour que le premier imbécile venu m'en déleste. Je décide de descendre attendre Jullian dans le hall, peu gracieuse ce matin, j'angoisse de rester

---

[13] Eh oui les amis, on est dans le Sud ! "Oh putain, con !" ça vous parle?

sous le regard compatissant des filles. Une fois dans l'entrée, je m'installe à une table, en face de la réception qui donne sur d'immenses baies vitrées m'offrant un panorama sur la route et les bords du lac. Une voiture blanche se gare devant, elle pique les yeux : une Tesla model X, portes papillon, quatre moteurs électriques, un petit bijou de technologie ! Non pas que je sois très branchée voitures, mais j'ai déjà eu l'occasion de faire le salon de l'auto par l'intermédiaire de mon job et comme je suis consciencieuse, je retiens ce que l'on me dit.

Quand on sait que le prix de départ pour cette merveille commence à cent mille euros, je peux sans problème écarter l'éventualité qu'il s'agisse de mon chauffeur. Mon téléphone bipe, m'alertant d'un message de Jullian qui me prévient de son arrivée, je passe les portes coulissantes et cherche sa voiture…

— Salut, Beauté ! Tu montes ?

Non, je n'ai pas rêvé, le conducteur de la Tesla n'est autre que mon chevalier servant. Je marque un temps d'arrêt. Comment peut-il avoir une telle voiture ? Notre milieu paye bien, mais quand même ! Je reprends vie et monte côté passager.

— Eh bien ! On s'emmerde pas à ce que je vois !

Il ne fait pas cas de ma remarque et se met à rouler. Je le trouve très sérieux, et d'un charisme fou. Il porte un jean délavé, un t-shirt blanc col V laissant deviner la naissance de ses pecs qui doivent faire un bonnet B facile, et des lunettes pilote dans un dégradé de bleu. Il émane de lui une puissance qui pourrait me faire vriller si je ne ressemblais pas actuellement aux frères Bogdanoff un lendemain de cuite. Nous arrivons quelques minutes plus tard devant le poste de police. Escortée par mon Apollon, j'investis les lieux.

— Bonjour, nous avons rendez-vous avec l'agent Balmat pour un dépôt de plainte.

Mais c'est qu'il est encore plus sexy quand il prend les choses en main !

La secrétaire de police nous invite à avancer vers un bureau. Nous y sommes accueillis par le fameux Balmat, un homme d'une large stature, la cinquantaine, les yeux bleus, petits et étrécis. Il arbore une légère calvitie dans ses cheveux courts cendrés.

— Bonjour, mademoiselle...

— Osteria.

— Je vous attendais, installez-vous et racontez-moi...

Jullian ne me quitte pas d'une semelle, si je ne percevais pas ce comportement comme une intrusion dans mon intimité, j'aurais trouvé ça mignon. Je prends place sur un fauteuil face au bureau métallique et réponds :

— Vous n'avez pas regardé les vidéos ? Elles parlent d'elles-mêmes, non ?

— Oui, en effet, mais j'ai besoin d'avoir votre version, mademoiselle, ainsi que votre état civil.

Une boule se crée à l'intérieur de ma gorge. Si je veux expédier cette corvée au plus vite, je vais devoir être conciliante. Je me mets donc à table et déballe à mon interlocuteur ma mésaventure sinistre, je réponds à toutes ses questions, me montrant froide et détachée. Une fois mon compte rendu achevé, M. Balmat m'interpelle :

— Je tiens déjà à vous signaler que nous avons arrêté les individus. Ceux-ci présentaient plusieurs traces de coups et blessures, dit-il en portant son regard sur un Jullian resté de marbre. Mais l'un d'entre eux a dû être conduit aux urgences pour une plaie de cinq centimètres à la joue gauche, celle-ci ayant nécessité des points de suture, dit-il cette fois-ci en me regardant.

— Et ? Vous voudriez que je m'excuse ? cinglé-je.

— Bien sûr que non, mademoiselle Osteria, je tenais simplement à exposer les faits.

Il transpire, mal à l'aise devant mon hostilité. Ceci dit, je le suis tout autant que lui. Cet entretien devient de plus en plus difficile à tenir tant mon crâne me fait un mal de chien et que mes nerfs sont à deux doigts d'imploser.

— Nous allons conclure par quelques photos de vos blessures et enverrons le tout en jugement. Souhaitez-vous demander des dommages et intérêts ?

— Non, je veux juste en finir, rétorqué-je d'un ton las.

— Bien, étant donné que vous êtes Française et que vous ne comptez pas rester sur notre territoire, nous avons dépêché un médecin expert qui évaluera votre état pour compléter le dossier. Une signature sur votre déposition et je vous laisse avec le docteur.

Je m'exécute et passe dans une pièce aseptisée, Jullian toujours à mes côtés. Une femme, à l'accent flamand et aussi froide que la salle, me presse de m'asseoir, l'angoisse me monte.

— Je t'attends dehors, chuchote Jullian à mon oreille.

— Non !

C'est parti tout seul.

Il m'observe, surpris de ma réponse si ouvertement clamée. Je ne veux pas rester seule face à cette inconnue. Après tout, l'auscultation ne doit se faire que sur mon visage et sa présence me rassure, je ne sais pas pourquoi d'ailleurs, mon inconscient encore sous le choc ne doit pas vouloir se défaire de sa bouée de sauvetage. Jullian s'installe donc à proximité, la doc me demande d'enlever mes lunettes. Un geste lourd de conséquence pour moi car ce que je cache sous celles-ci, est la seule réalité que je ne peux nier, la preuve irréfutable de mon agression. Je me sens encore une fois victimisée, j'ai honte d'être vue dans cet état et encore plus de savoir que ces traces vont être immortalisées sur des photos. Une fois mes solaires retirées, je ferme les yeux. Je ne veux pas voir, pas savoir, surtout ne pas croiser le regard de Jullian et la pitié que ça lui inspire. Je devine des flashs à travers mes paupières puis je sens des doigts gantés sur mon visage, tâtant mes blessures. L'épiderme à vif, je sursaute à chaque toucher, des larmes s'infiltrent à la lisière de mes cils et je peine à les retenir. Une main s'empare de la mienne, ce n'est pas celle du médecin. Grande, douce et chaude, je reconnaîtrais ce grain de peau entre mille, elle m'ancre à la réalité et me donne du courage. Une fois l'examen fini, je réponds à quelques questions, les paupières toujours scellées. Lorsque l'entretien se termine enfin, j'ouvre les yeux et romps le lien entre Jullian et moi pour remettre mon cache-misère. Nous sortons de cet enfer et j'expulse l'air gâté de mes poumons, « c'est fini », « c'est fini », je me le répète intérieurement comme un mantra, afin de récupérer mon self-control. Je reprends place dans la Tesla, bien décidée à retrouver le cours de ma vie.

— Tu sais, Cora, si tu as besoin d'en parler...

— Merci ! réponds-je avec un sourire feint, je crois que j'en ai déjà bien assez dit ! Alors ? Tu restes sur Genève ? tenté-je de dévier la conversation.

— Non, on repart aujourd'hui. On a d'autres contrats dans le Sud. Et toi ?

— On repart aussi. Ce soir, je bosse dans un club à côté de Cassis, le Diamond.

— Dans ton état ? C'est pas un peu prématuré ?

— Pourquoi donc ? Un peu de fond de teint et il n'y paraîtra plus...

— Je ne parlais pas de ça. Tu es toujours renversante avec ton cocard... Je parlais plutôt du traumatisme.

« Renversante »... « Renversante », c'est la seule chose que je retiens de cette déplorable intervention. JE.NE.SUIS.PAS.UNE.VICTIME !

Je radote ? C'est bien le problème quand on n'arrive pas à se faire comprendre !

— Bon, Casanova, je vais le répéter encore une fois en espérant que ça rentre : JE VAIS BIEN ! Tout va bien ! Quand on fait ce genre de boulot, il faut savoir gérer et encaisser. Je suis une professionnelle et j'honore mes contrats.

— Ok... me répond-il sans y croire.

— OK !

— OK !

Nous nous toisons du regard, un sourire en coin. Arrivés devant l'hôtel, Adrian, Lena et Stella nous attendent devant le van. Je descends en remerciant mon pilote, quand il me lance :

— Hé, beauté ! On reste en contact ? Pour voir comment ça évolue ? J'ai toujours voulu savoir à quoi ressemble un panda avec du maquillage !

Il signe sa tirade d'un clin d'œil et démarre.

Connard !

CHAPITRE 10

Les filles ont rangé et descendu toutes mes affaires, des amours ! Nous prenons place dans notre moyen de transport et je leur raconte l'épisode qu'elles ont manqué. Au vu des œillades qu'elles se lancent, j'ai peur de n'avoir pas réussi à camoufler mon intérêt pour Jullian, le sourire niais que j'affiche dès que je prononce son nom, ne m'aidant pas. J'ai aussi droit à un appel de Marco, Adrian ayant fait suivre l'info, je le rassure et lui confirme que je compte bien finir mon weekend de boulot comme c'était prévu. Comme si cette journée ne voulait pas toucher à sa fin, arrivés à la douane, nous sommes arrêtés pour un contrôle. Je crois qu'en deux jours, j'ai vu plus de mecs en uniforme que dans toute ma vie. Nous sortons du véhicule et nous mettons en rang d'oignon. Un mec métissé, deux nanas hyper gaulées et moi, toujours avec mes lunettes de soleil : présentation des papiers oblige, je dois encore retirer mon cache-misère. L'agent m'observe et dévie son attention vers Adrian. Avec son regard suspicieux, j'imagine bien les raccourcis qui se mettent en place dans sa petite tête : un van, un mac, trois putes dont une, pas très obéissante. Je ne peux m'empêcher de rire à mes bêtises tandis que les autres restent stoïques. Une fois notre présence justifiée, nous insistons sur le fait que nous sommes venues travailler, pas sur le trottoir, mais au Casino de Genève. Malgré nos explications, nous avons quand même droit à un dépistage de stupéfiants, encore une idée préconçue, *quel cliché !* Une fois blanchis, *si je puis dire*, de toutes les allégations supposées, nous repartons. Je suis vidée, et trouve rapidement le sommeil sur la banquette arrière, bercée par les secousses de la route.

De retour chez moi, je m'aperçois que toutes ces péripéties ont bien entamé le peu d'heures qu'il me reste de repos avant ma dernière soirée. Mais peu importe, je compte bien prendre du temps pour moi. Je me fais cuire une pizza que j'avale comme une boulimique et me fais couler un bain. Voilà le moment que j'attendais tant, je me glisse dans l'eau chaude et en savoure chaque goutte. Mes muscles se relâchent, ma peau frémit et je trouve enfin cette plénitude que j'affectionne. Je me prélasse et ferme les yeux. Une image m'apparaît, la sienne, celle du beau gosse méditerranéen, son sourire, son odeur, sa main prenant la mienne… Le visage tant adulé se change en un tout autre qui me fait sursauter : le blond gominé ! Mes intestins se nouent, ma gorge s'assèche. Minou, assis sur le bord de la baignoire, me regarde la tête légèrement penchée.

— Ah non, tu ne vas pas t'y mettre aussi ? lui demandé-je comme s'il pouvait me répondre, viens plutôt me faire un câlin.

En bon mâle obéissant, le félin arpente le rebord de la baignoire tel un funambule et vient frotter son museau contre ma tête. Ragaillardie par cet élan d'affection, je me décide à quitter mon cocon pour me mettre à l'ouvrage. Face au miroir, je me contemple et me rends à l'évidence : il faut sortir l'artillerie lourde ! Je m'improvise façadier, voire coloriste et superpose les couches de fond de teint, cherchant les bonnes combinaisons de teintes qui permettent de camoufler mes œdèmes. Une fois satisfaite de mes travaux d'architecture, j'enfile un jean, une chemise ample et pars à la rencontre de mon amie, toujours fidèle au poste. Les potins vont bon train au sein de l'agence, tout le monde est déjà au fait de mon calvaire de la veille. Jen ne me brusque pas, elle me laisse revenir sur le sujet à mon rythme. Étant ma plus proche amie, je finis bien évidemment par tout lui dire et la vois contenir son indignation. Dans un effort qui lui coûte, elle dévie la conversation :

— Il serait temps d'avoir un homme dans ta vie, ma biche. La preuve en est, quand je ne suis pas là, tout part en vrille !

J'esquisse un sourire. Ce n'est pas faux, Jen est toujours là pour moi, elle veille au grain comme une grande sœur voire parfois comme un mec possessif.

— Ton chippendale, il m'a l'air bien ! Qu'est-ce que tu attends pour passer la seconde ?

— À t'écouter, ça a l'air super simple, mais j'ai pas envie de jouer les bonus encore une fois et lui... il est tellement beau... tellement fort... tellement... sollicité ! Il va me bousiller, c'est clair.

— Écoute, pour l'instant il me semble que c'est le seul à vouloir garder le contact et à te soutenir. Je pense que s'il n'avait pas un minimum d'intérêt pour toi, il aurait abandonné.

— Tu parles ! Encore un qui souffre du complexe du sauveur et qui me prend pour une petite fille fragile.

— Toi, fragile ? ricane-t-elle. Tu sais, Cora, je te connais, mais peu de personnes mesurent la force qui se cache là-dedans !

Elle pointe son index sur ma cage thoracique.

— Mais lui, il t'a vue, et ça ne te plait pas.

Le feu me monte aux joues, je ne peux contrôler le sourire mielleux qu'arbore mon visage. Une attitude qui ne me ressemble pas. Elle s'arrête un moment, puis reprend :

— Ma caille... Tu es mordue !

Son affirmation me fait l'effet d'un uppercut. Je m'interroge en fixant la route, je ne réponds rien car elle a mis le doigt sur une évidence... C'est vrai, il me plait. Mais est-ce un symptôme post-traumatique ou un délire que je m'impose pour ne plus penser à cette nuit ? Je tourne et retourne dans tous les sens mes interrogations sans pour autant parvenir à un résultat concluant, je laisse tomber et reprends deux dolipranes. J'aperçois les stroboscopes de la boîte naviguant dans le ciel, nous sommes arrivées.

Le Diamond est un club des plus sélects, très classe. Nous y travaillons ce soir en tant qu'hôtesses, et danseuses si le besoin s'en fait sentir, afin de divertir ces messieurs en col blanc. Rien de moralement discutable, mis à part le fait de ramener le rôle de la femme des années avant son émancipation... L'avantage de ce concept, c'est que physiquement, je ne m'épuise pas. Cela dit, il faut savoir jouer le jeu et pour une girl power telle que moi, j'avoue que parfois cela me semble hard ! Qui a dit que c'était un métier facile ? On gagne de l'argent rapidement certes, pourtant, je gaspille une énergie psychique monstrueuse pour y parvenir. Je me compare souvent à un agent secret, une James Bond girl ! La mission : offrir l'illusion et correspondre à l'idéal de notre interlocuteur. S'adapter est primordial, l'intelligence inévitable pour survivre, la manipulation ? Vivement conseillée. Jen incarne à la perfection ce rôle, son aura naturelle lui confère une aisance et un magnétisme magistral. Nous déambulons entre les tables, à chacune d'elles, nous échangeons et buvons un verre. Règle numéro un, faire consommer le client en évitant de s'alcooliser soi-même, garder le contrôle de la situation en toute circonstance. Malheureusement pour moi, ce soir j'ai du mal à jouer la feinte et à rentrer dans la peau de la séductrice. Ma pommette me lance encore et je ne remplis pas du tout ma fonction. Je bois de plus en plus de verres, chaque regard me glace, les touchers, même furtifs, telle une caresse dans le dos, me tétanisent. Le sang commence à déserter ma tête, je me sens partir... Jen m'extirpe du précipice dans lequel j'allais sombrer en me prenant la main et me ramène à la loge.

— Cora ? Ça ne va pas ?

— Si... et toi ?

— Je crois que tu as trop bu, prends une pause, je vais gérer.

— Mais noooon... J'ai rien buuuu...

Pour appuyer mes dires, je prends la position test : debout, en appui sur ma jambe gauche, je relève la droite, passe mon bras en-dessous et ramène mon pouce sur le nez. Je tiens trois secondes, chancelle et finis par me vautrer lamentablement. « *Ouch !* »

— Ouais ok, et mon cul c'est du poulet !

Me rendant moi-même à l'évidence de ce constat cuisant, j'obéis et laisse ma partenaire reprendre le boulot. Je m'affale sur une banquette et navigue sur mon téléphone. Je passe en revue mes derniers messages et tombe sur ceux de Jullian. Mon doigt clique sur le téléphone vert en haut de mon écran. Pourquoi j'appelle ? *Cora, t'es sérieuse ?* Moui, très sérieuse...

— Allô ?

— Ciao Belloooooooo !...

L'alcool, c'est bien connu, ça rend polyglotte.

— Tu es bien italien ?... Ou peut-être pas, m'interrogé-je à haute voix.

T'aurais pu y penser avant !

— Sicilien pour être exact, mais c'est un détail... ironise-t-il.

— Ah je sais ! T'es un mafieux qui sauve des filles à Genève pour ensuite les faire tapiner... et après tu achètes des Tesla ! Hahaaa... haaaaahaha... ha...

Mais tais-toi ! Tu t'enfonces !

— Cora, tout va bien ?

— Rooohh... Oui ça va... Pourquoi tout le monde me pose cette question ? Je bois mon string et enfile mon verre... euh... t'as compris... LOL !

— Houlà, tu m'as l'air en piteux état.

— Je t'emmerde ! Haha... ha... hahahaaaa

— Ok, tu es au Diamond de Juan-les-Pins ?

— Ouais, celui de Jean le pain...

— Reste où tu es, je suis là dans quarante minutes !

Il raccroche. *Quoi ?* Cette annonce me fait décuver aussi sec ! Enfin trente secondes. *Merde, il va venir !*

— Mouais, il m'kiffe trop ! gloussé-je, en délirant toute seule.

Je me lève et imbibe une serviette d'eau que je dépose sur ma nuque, afin de récupérer ce qui peut l'être de mon état normal. Je ne me sens pas très bien... Mes viscères se nouent, mon cœur s'emballe, des spasmes m'assaillent, mes mains tremblent et mes jambes sont sur le point de céder sous mon poids. Je perds le contrôle... La panique m'envahit. Je ne sais pas combien de temps je reste prostrée dans cet état. Jen revient et me découvre ainsi, assise à même le sol, les jambes recroquevillées sur ma poitrine.

— Ma caille, qu'est-ce qui se passe ?

Elle se précipite à mon contact, mes dents s'entrechoquent. Plus rien en moi ne réagit, mon corps m'a abandonnée.

— Je crois que je vais mourir... articulé-je, grelottante.

— Mais non, ne sois pas bête ! Tu fais sûrement une crise d'angoisse, ça va aller ! tente-t-elle de me rassurer en me prenant dans ses bras.

Elle m'aide à me soulever pour m'asseoir sur une chaise.

— J'arrive plus à respirer...

— Inspire doucement ! Écoute, je vais t'aider à te rhabiller, ranger tes affaires et tu vas te reposer jusqu'à ce que je finisse. Ne t'inquiète pas pour le boulot, je vais gérer.

— Mais Marco...

— On l'emmerde, Marco ! Il n'aurait pas dû te laisser le choix de venir bosser ce soir. Tu as besoin de te remettre !

— Jullian...

— Quoi, Jullian ?

— Salut... dit-il posté devant la porte.

Son regard paraît autant résolu que gêné de me voir ainsi. Je lutte avec ce qui me reste de force pour cesser de trembler. Il s'approche de moi, mais Jen l'arrête net dans son élan.

— Écoute, je dois y retourner pour couvrir son absence. Ramène-la, je te donne l'adresse mais avant tout, je veux ton nom, prénom, numéro de sécurité sociale et numéro de téléphone. Tu m'envoies un message dès qu'elle est chez elle. Un pas de travers et je t'émascule ! Capisci ?

— Très clair ! répond Jullian soudain blême.

Je n'ai pas la force de lutter plus longtemps. Les tremblements reviennent de plus belle, ma tête me tourne, je veux juste que ça s'arrête. Une fois Jen en possession de son état civil, Jullian me recouvre de sa veste en jean, il s'empare de mon sac et me soulève avec légèreté. Dans ses bras, je retrouve cette odeur boisée et épicée qui m'apaise.

— Prenez la sortie de secours au bout du couloir, ce sera plus discret. Ma puce, je t'appelle quand j'ai fini.

Elle m'embrasse tendrement sur le front avant de repartir.

— Rassure-moi, ma beauté, tu ne vas pas me vomir dessus cette fois ?

Je le regarde, dévastée. Si ma honte pouvait tuer, j'agoniserais dans ses bras en ce moment-même. Voilà deux fois que je me retrouve dans une situation que je ne peux pas gérer et où il ne voit que le pire de moi. Nous sortons du club tels deux fugitifs, mon protecteur m'installe dans son bolide avec précaution. Je peine à garder les yeux ouverts, ça tourne en tous sens, impossible pour moi de savoir si cela est dû au trajet ou à mon taux d'alcoolémie. Je me contiens pour ne pas vomir, encore une fois devant lui.

CHAPITRE 11

Quand nous sommes enfin arrivés, je sors de la voiture et m'accroche à la portière. On dirait Bambi sur la glace, *déplorable* ! Comme à son habitude, Jullian vient à ma rescousse et m'aide à passer la porte d'entrée. Je vais déjà mieux, mes muscles commencent à se détendre, toujours soutenue par mon Musclor, je lui indique la chambre. Il me dépose sur le lit et s'emploie à retirer mes escarpins avec la plus grande douceur. Une vague de chaleur déferle en moi quand ses mains se mettent au contact de ma peau, c'est terriblement sexy d'avoir un homme à ses pieds. Je le mate sans vergogne, soutenant son regard brûlant qui me transperce. Sa mâchoire saillante et carrée révèle toute sa puissance, sa bouche charnue et pulpeuse me transcende... Je me redresse à son niveau, l'empoigne par le col de son t-shirt et l'embrasse farouchement, avec passion...

— Tu me bouffes le nez....

Merde !

— Allez, beauté, allonge-toi. Je m'occupe du reste.

Sur ces mots emplis de promesses, je m'affale sur le lit...

Un bruit de tracteur me sort de mon sommeil. Ah non, c'est Minou m'enveloppant de ses ronronnements. Je peine à ouvrir les yeux, encore collés par le maquillage de la veille, je me les frotte et finis d'arracher le dernier faux cil survivant de ma nuit. Je m'étire de tout mon long et ressens la douceur des draps sur ma peau nue... *Nue ? À l'évidence, oui.* Je relève la tête et constate que mes dessous sont éparpillés sur le lit. J'ai sûrement dû m'envoyer en l'air, mais je ne m'en souviens pas. Trop déçue ! J'aurais tant aimé garder quelques bribes de souvenir à chérir de mon Toy boy. Je devais quand même bien être amochée pour subir ce blackout mental. Bon ça suffit, je dois me reprendre en main ! Ce genre de conneries n'est pas dans mes habitudes. Je décide de sortir de mon lit afin de trouver de quoi me sustenter, direction la cuisine.

— Salut, beauté !

— Bordel de Dieu ! m'exclamé-je.

Jullian, debout, adossé au plan de travail de ma cuisine, porte un boxer blanc... poutre apparente ! Lorsque je parviens à décrocher mon regard du mastodonte, je m'aperçois que lui aussi me contemple, un sourire étalé sur ses lèvres. *Putain, mais je suis toujours à poil !* Je fais volte-face et retourne dans la chambre pour passer un peignoir. Lorsque je reviens vers lui, l'étalon m'interpelle :

— Ce n'était pas la peine de te couvrir, il n'y a rien que je n'ai pas déjà vu cette nuit.

— À ce propos... Je ne me souviens de rien... A-t-on... ?

— Crois-moi, beauté, si je t'avais prise, tu t'en souviendrais.

Ça va, les chevilles ?

— Alors je peux savoir pourquoi je suis à poil ?

— Tu m'as fait un striptease, ma belle, dit-il en riant. Non, reprend-il plus sérieusement, tu t'en es débarrassé dans ton sommeil.

— Bien entendu, tu as profité du spectacle...

— J'aime bien mater !

Son sourire se fait de plus en plus torride. Je détourne le regard pour camoufler un début d'amusement, son insolence m'émoustille.

— Assieds-toi ! reprend-il. J'espère que tu as faim ?

Et en plus, il cuisine... Je ne sais d'ailleurs pas avec quoi, je n'ai pas fait de courses depuis un bail. Je prends place à la table du salon et le regarde s'affairer dans la cuisine. Fanfaron, il avance d'une démarche assurée, une assiette dans les mains, et se plante face à moi, toujours à peine vêtu. J'ai beau lutter, mes prunelles s'arriment à son anatomie dangereusement proche. Buggant un peu trop longtemps sur son matos, il place son assiette dans mon champ de vision, ce qui me coupe dans mes réflexions. Mais que vois-je ? Des œufs brouillés, arrangés en forme de pénis.

Un artiste, dis donc !

— Ha ! Ha ! exulté-je en un rire forcé. Sérieux, t'as quel âge ?

— Madame joue les prudes ? Je pensais pourtant que ça te plairait... vu que cette nuit, j'ai bénéficié d'un lavement nasal de ta part et ne parlons pas de tes regards vicieux et envieux qui violent mon intimité...

Je plonge la tête dans mes mains, confuse. Le plus dur à vivre avec la honte, n'arrive pas sur le moment, mais après coup ! Et comme si ça ne suffisait pas...

— Alors voilà à quoi ressemble un panda à moitié démaquillé au réveil ? se moque-t-il.

— Bon, ça va ! Oui, je suis dans un sale état. Si tu es juste resté pour me le rappeler, sois tranquille, j'ai compris ! Ton sauvetage humanitaire étant terminé, tu peux rentrer chez toi.

— Aucun sens de l'humour en prime ! Non, je suis ici pour m'assurer que tu ailles bien. Ta copine a menacé de me les couper si je manquais à ma mission, tu te souviens ?

— C'est bon, je suis sobre et chez moi. Tout va bien.

Alors qu'un silence pesant s'installe entre nous, il prend place sur une chaise et me considère attentivement.

— Cora, reprend-il plus sérieusement, j'étais présent ce soir-là. Même si tu le nies, tu n'en es pas sortie indemne. Je ne te lâcherai pas tant que je ne serai pas convaincu que tu vas mieux. Quel genre de mec suis-je si je t'abandonne à ton sort ?

— Tu agis de cette manière avec tout ton harem ? décoché-je cassante.

— Tu n'en fais pas partie.

Et bim, retour à l'envoyeur !

Je ne sais pas comment le prendre. Il dit vrai, mais le fait qu'il me le balance si aisément en vient presque à me faire regretter d'en être exclue. *Maso !*

— Bon, comment puis-je me débarrasser de toi, l'altruiste ?

Il me vient une idée…

— Si j'ai bien compris, ton éthique de super héros t'oblige à t'assurer que j'ai repris le dessus. Donc, tu n'as qu'à m'accompagner sur ma prochaine presta ! Tu pourras voir par toi-même que tout roule.

— Ok, ça me va.

Sur ce, nous déjeunons dans une ambiance plus légère. Je suis curieuse d'en apprendre davantage sur lui, après tout, il a eu l'occasion de me voir dans mes pires états de faiblesse, alors que moi je ne connais rien de sa vie. Forte de ma réflexion, j'ouvre l'enquête :

— Et donc, tu es Sicilien ?

— Oui m'dame, et fier de l'être ! Julliano Marino, pour vous servir.

Il redresse les épaules, paradant comme s'il était investi d'un pouvoir divin. Sa façon de faire rouler les lettres sur sa langue m'amuse.

— Tu es né là-bas ? reprends-je.

— Oui, comme mon père. Ma mère, elle, est pied noir. Il y a vingt ans, on a émigré en France pour développer notre entreprise d'import-export. J'avais six ans.

Bien, en règle générale le calcul mental n'est pas mon fort (sauf quand il s'agit d'argent), mais là, c'est facile, le bellâtre a vingt-six ans. Je continue.

— Et comment se fait-il que tu te retrouves dans ce milieu ?

— Par plaisir !

J'arque mes sourcils, perplexe. C'est vrai qu'il y a sûrement des gens pour qui c'est un plaisir, mais personnellement, je pense qu'ils ont tous un grain ! Peut-être est-ce plus facile pour un homme ? Personnellement, si j'avais bénéficié d'une autre structure familiale, je me serais bien vue faire des études de psycho au lieu d'arpenter les podiums en string. Je n'ai pas le temps de m'interroger plus longtemps, qu'il reprend :

— À vrai dire, j'ai pris de la distance avec mes parents. J'ai grandi dans l'entreprise familiale et souhaitais voir autre chose, vivre ma vie, au moins pour un temps...

Son visage tend à présent vers l'avant et je prends toute la mesure de sa confession. Je ne suis pas la personne la plus indiquée quand il s'agit de remonter le moral. Maladroitement du moins, je tente une approche.

— J'imagine que quand on aime ses enfants, on a envie de leur offrir un avenir serein...

Il esquisse un rictus amusé.

— L'amour chez nous peut vite devenir oppressant... En tout cas, j'ai toujours leur faveur, si j'en crois la voiture qu'ils m'ont offerte récemment. Je pense qu'ils ne savent plus comment s'y prendre pour que je revienne, mais passons. Et toi alors, tes parents ?

Flûte, l'arroseur arrosé ! D'instinct, je croise les bras sous ma poitrine, fuyant ses prunelles chocolat. Mal à l'aise et extrêmement fermée sur le sujet, je lui réponds une banalité telle que :

— Ils se portent bien... Chacun fait sa vie et ça me convient.

Jullian n'est pas dupe de mon esquive, mais ne pousse pas les questions plus loin. Soulagée de ne pas devoir m'étendre sur le sujet, je renie ce pincement au cœur qui me mine.

Jullian prend congé dans l'après-midi. En partant, il me gratifie d'un check. Ce geste et notre session de complicité me mènent à m'interroger sur la nature de notre relation. Il est clair qu'à cet instant, mes deux pieds stagnent dans la friendzone ! Ça dépasse l'entendement, je ne suis pas de celle qu'on laisse sur la touche ! Mon ego de femme fatale en prend un coup... Ok, au début je n'en voulais pas, mais voir mon pouvoir de séduction, bafoué de la sorte, me contrarie. Bref, c'est sûrement mieux ainsi. Je peux d'ores et déjà commencer à chasser ces fantasmes intempestifs qui assaillent mon cérébral. Durant le reste de ma journée, je m'adonne aux tâches ménagères : « *Nettoyer... Balayer... Astiquer... nananan... PIMPANT !* »

Oui, en musique bien sûr ! Je range mon petit chez-moi et le brique à la sueur de mon front. Une fois ce dernier bien dégueu, je passe à mon propre nettoyage et décide de me coucher tôt afin de rattraper mes heures de sommeil en retard. Mon pyjama enfilé, je me love dans mon lit, seul vestige de cette nuit désastreuse. Les draps recèlent encore son parfum envoûtant... Naturellement, j'enfouis mon visage au creux de l'oreiller et respire cette fragrance masculine qui engourdit mes sens. Mon lit n'avait pas reçu la compagnie d'un homme (surtout de ce calibre) depuis bien longtemps. Mon esprit digresse sur son corps sculpté par les dieux. Me voilà bien embêtée, sa marque imprègne mon lit autant que ma tête. Dans un besoin de détachement, je passe en revue mon téléphone. Je réponds aux messages de Jen, la rassure sur mon état et lui vante le comportement insolent de M. Muscles :

[Jen : Je valide ! Et ne mens pas, je sais qu'il te plaît.]
[Cora : J'avoue ! Mais je crois qu'il m'a friendzonée.]
[Jen : Quoi ? Je n'y crois pas. Travaille-le au corps !]

Un éclair de génie me traverse.

Et je sais où l'emmener pour ça.

Je la remercie encore pour mon sauvetage professionnel de la veille et lui souhaite une bonne nuit. Grâce à elle, l'idée m'est venue ! Le travailler au corps... Rien de plus efficace que de prendre ces paroles au pied de la lettre ! Je vais l'emmener au « Burbery », un club à strip, ainsi il verra de ses yeux ma capacité à reprendre le dessus. Je vais pouvoir sonder la bête en terre inconnue. Bon, ça passe ou ça casse, soit il se révèle bel et bien l'homme que je crois deviner derrière ce panaché de conneries, ou bien comme la plupart de ses semblables, il reste une star fucker ! En toute honnêteté, faire une « lap dance[14] » ce n'est pas vraiment ma tasse de thé et probablement ce que j'aime le moins dans mon activité. Tous ces inconnus venus là pour voir de la chair m'afflige. Surtout que bon nombre d'entre eux sont mariés, fétichistes ou simplement en rut. Néanmoins,

---

[14] **Danse érotique où une personne est assise et une autre danse en contact avec elle ou à proximité.**

notre agence possède depuis peu un contrat avec ce club, les filles de l'agence y passent à tour de rôle au moins une fois par mois. D'ordinaire, je fais tout pour éviter ces soirées qui ne me ressemblent pas. En plus, le mode de rémunération diffère, nous avons un fixe minimum qui représente environ la moitié d'un cachet ordinaire. L'argent, il faut aller le chercher en faisant un max de danses. Autant dire que les nanas ont les crocs. Heureusement, nous restons décisionnaires de nos clients, la seule règle étant de se présenter sur le podium au travers d'un show sexy. Dans mon cas, il est d'usage que j'honore ma présentation, mais pour le reste, je ne fais pas fortune ! Je choisis mes clients et ne sélectionne que ceux ayant besoin de discuter, ou bien des petits jeunes timides sans expérience du club. J'obtiens alors une certaine garantie sur leur comportement. Je pense que c'est l'endroit tout désigné pour se faire une idée sur un homme. Le pari est risqué, certes, mais à la guerre comme à la guerre !

Deux issues possibles : le mythe s'effondre ou je succombe...

Fière de mon idée diabolique, je m'assoupis...

CHAPITRE 12

Le lendemain matin, je m'éveille dans une forme olympique ! Je mets cette énergie à profit en m'affranchissant des tâches administratives liées à mon statut d'intermittente du spectacle (et il y a du boulot !). J'en profite pour mettre à jour mes réseaux sociaux - important dans ma filière pro - et je finis par les courses à l'hypermarché du coin. Corvée que j'arrive à effectuer seulement lorsque j'ai le ventre vide (je sais, ce n'est pas recommandé), mon charriot se remplit alors de tout et n'importe quoi... mais se remplit quand même ! Une fois mon hold-up terminé, je rentre tous les achats dans le coffre de ma berline, heureusement, j'ai de la place. Fière de ma journée, je m'installe au volant et envoie un sms à Liam pour lui annoncer que je débarque chez lui en début de soirée. Mon meilleur ami me manque. J'ai besoin de le voir pour débriefer sur mon weekend chaotique et aussi parce que je n'aime pas rester seule trop longtemps. Une fois à la maison, je range mes denrées en en goûtant la moitié. Comme j'ai l'estomac vide, je m'offre une orgie alimentaire. Tout y passe : carpaccio, olives, câpres, muesli, kinder pingui, fromage et glace. Une overdose gastrique ! Dieu merci, j'ai un métabolisme qui me permet de manger tout et n'importe quoi, sans risquer de prendre un seul gramme (eh ouais, je sais, la vie est injuste !). Toujours le nez dans mon pot Ben & Jerry's, mon téléphone s'emballe :

— Salut, ma caille ! Comment tu vas ? me demande Stella.

— Coucou, ma biche, en pleine orgie et toi ?

— Top ça ! Ils s'appellent comment ?

Je pouffe.

— Ben et Jerry !

— Ah oui, je vois... En parlant de ça, j'ai un plan pour ce soir, histoire de te remémorer le concept, tu viens ?

— Et ton Jules ?

— Oh, il m'a gonflée. Trop collant... Je l'ai nexté. Alors, partante ?

— Ça ne va pas être possible, ce soir je vois Liam.

— Oh allez ! Tu n'as pas vu de service trois pièces depuis combien de temps, Cora ?

— Eh bien, figure-toi que j'en ai vu un pas plus tard qu'hier ! Encore dans son emballage, certes....

— Ouh la cachotière ! Vas-y raconte !

Je lui fais donc le résumé de ma fin de weekend et lui confie mon plan diabolique pour celui à venir... Tout excitée de mes révélations, elle veut en être.

Une fois notre appel terminé, j'envoie un message à Marco dans lequel je lui fais part de mon envie d'aller au Burbery le jeudi qui vient. Sa réponse ne tarde pas, surpris dans un premier temps, il acte mon booking rapidement de peur que je change d'avis. J'imagine que je lui épargne une bonne prise de tête et des négociations à rallonge.

Le soir même, je pars retrouver mon kiki, Liam. Equipée d'une bouteille de vin, je frappe à la porte : *toc, toc, toc... qui est là ?* J'me marre. Mon ami prend tout son temps... Je me languis quand soudain la porte s'ouvre. Un homme que je ne connais pas, enroulé dans une serviette de bain, m'accueille. Je bugge l'espace d'un instant, me serais-je trompée d'étage ?

— Salut ! Tu dois être Cora ?

— Elle-même, réponds-je perplexe. Et tu es... ?

— Nathan ! Je t'en prie, entre, Liam est sous la douche.

— Oh ! Je ne voudrais pas vous interrompre...

— Non, pas de soucis, je vais devoir partir de toute façon. Je bosse demain et j'ai de la route.

Je comprends à travers les indices de son discours, que ce bellâtre pourrait être celui dont m'avait déjà parlé Liam la semaine dernière. Surprise ! Liam fréquentant deux fois le même homme ! Une première... J'entre alors un peu gênée devant Nathan à moitié nu. Il me surplombe d'une tête et demie et ça n'est pas peu dire car je mesure 1m73. Il est blond, les cheveux courts savamment taillés, les yeux noisette et possède un visage angélique qui respire la joie, pas de doute, c'est bien le genre de mon kiki. Je m'installe sur le canapé, ma bouteille toujours en main. Nathan prend place dans un fauteuil à ma droite, toujours muni d'une simple serviette. Nous essayons de dissimuler notre gêne mutuelle, puis nous toisons quelques minutes. Je brise cet instant inconfortable en prenant la parole :

— Tu peux finir ce que tu étais en train de faire, tu sais, lui proposé-je.

Je le surprends à rougir. Une image du film « Tape dans le fion, j'suis pas ta mère » percute mes chastes paupières (*la blague !*).

— Euh... Je veux dire t'habiller ! Tu peux aller t'habiller ! balbutié-je, à mon tour le fard aux joues.

Il esquisse un sourire confus.

— Je ne voulais pas te laisser seule.

Mais qu'il est bien élevé, c't enfant !

— Pas de soucis ! Je vais me servir un verre de vin en attendant que Liam finisse, lui dis-je en secouant ma bouteille.

Il affiche un hochement de tête nerveux. Je lis dans ses yeux le soulagement de pouvoir se mettre à couvert (dans tous les sens du terme). Je me dirige vers la cuisine ouverte et aperçois Liam sortir de la salle de bain, un peignoir sur le dos. *Enfin un peu de décence !* Il rejoint son amant dans le salon. Je m'active pour dénicher un tire-bouchon que je ne trouve pas. Enfin, je ne cherche pas vraiment... Mes yeux sont toujours rivés sur les deux tourtereaux à présent en plein flirt, la serviette de Nathan à un poil de cul d'atterrir par terre, putain ça urge ! Embarrassée, je leur tourne le dos, où se cache donc ce foutu tire-bouchon ? Je trouve enfin l'objet et me hâte de l'enfiler sur le liège afin d'amorcer la détonation, faisant sauter le bouchon dans un PAW détonnant.

J'entends que ça s'affole, eh oui, je suis toujours là, les gars ! Liam apparaît dans mon dos, déposant un baiser sur le sommet de mon crâne pour me saluer. Je me retourne vers lui et mime un grand O de ma bouche en gesticulant comme un capucin pour lui signifier ma surprise de le trouver avec cet angelot. Il semble contrarié, mais je ne comprends pas pourquoi. Il s'approche un peu plus près et fronce ses sourcils espagnols, adoptant un air furieux. À *quoi ça ressemble ?* À *Rastapopoulos ayant perdu son trafic d'opium*[15]. Il attrape mon menton, le relève et l'incline sur le côté afin de m'observer plus attentivement. *L'éclair a jailli !* Je comprends qu'il observe les stigmates toujours visibles sur mon visage non maquillé. Contracté, il me demande :

— Que s'est-il passé ?

---

[15] Célèbre personnage de la bande dessinée « Tintin »

La colère s'insinue dans sa voix de papa ours. C'est l'instant que choisit Nathan pour réapparaitre, habillé d'un jean sombre et d'un cuir noir.

— Je vais vous laisser, lance-t-il perplexe dans notre direction, ravi de t'avoir rencontrée, Cora ! Liam, je t'appelle ?

Sans même un coup d'œil envers lui, Liam répond :

— Oui, salut !

Son attention toujours fixée sur moi, je lui fais les gros yeux et renvoie à Nathan un signe de main, accompagné de mon plus grand sourire. Le bruit de porte nous indique sa sortie. Ma curiosité poussée à son paroxysme, je le questionne :

— Ouah, poulet, mais c'est qui ce mec ? Tu ne m'avais pas dit que tu comptais le revoir.

L'air toujours aussi grave, il ne se laisse pas détourner du réel sujet qui l'intéresse :

— Cora, que s'est-il passé ?

Oui, oui c'est bon, j'y viens !

— On m'a agressée à Genève, dis-je avec légèreté. Mais ça va, je t'assure.

Les dents toujours serrées, je vois bien qu'il va lui falloir un compte rendu plus détaillé. Je récupère donc les verres de vin préalablement servis, lui tends le sien et commence ma story en me dirigeant vers le canapé. Je tâche d'être précise, je lui parle du blond dégueu, de l'agression, du coup de poing puis j'en viens à la meilleure partie de l'histoire... mon sauvetage, mon vomi, ma déposition, ma crise d'angoisse, le lavage nasal qui s'en est suivi et le deal crapuleux monté en l'honneur de mon sauveur. Plusieurs émotions traversent mon ami : rage, compassion, fou rire... Son visage enfin détendu, je retrouve mon papa ours rassurant et à l'écoute.

— De ce que j'entends, ce Jullian a l'air d'être une perle. Mais reste méfiante, tu fonds déjà comme neige au soleil. Je ne veux pas encore te ramasser à la petite cuillère...

—« Oui, papa ! » me moqué-je. Bon, et toi alors, reprends-je, Nathan ? Rrrrrrrr fais-je en mimant avec mes doigts une bête prête à bondir.

Il rit, des étincelles plein les yeux.

— Je ne sais pas ce qui m'arrive, je crois que je suis amoureux.

— Quoi ? Déjà ?

C'est l'hôpital qui se fout de la charité, Cendrillon ! Ouais ok, d'habitude c'est moi la désespérée qui s'agrippe à n'importe qui.

— C'est dingue, je sais, mais il y a ce truc entre nous...

— Sa queue ! me bidonné-je.

— Arrête, c'est sérieux ! J'ai tellement peur que ce ne soit pas réciproque... Et s'il s'en rend compte ?

— Oui, c'est clair qu'avec le au revoir sinistre que tu lui as servi tout à l'heure, il a tout compris !

Je me marre en voyant le regard défait de Liam.

— C'est de ta faute tout ça ! Tu arrives défigurée et à l'improviste qui plus est !

— Ah non ! Je t'ai envoyé un message cet après-midi. Mais j'imagine que tu étais trop occupé à jouer à la matraque pour regarder ton téléphone...

— C'était plutôt une lance à incendie ! Il est pompier.

Un sourire mutin lui pare le visage. *Chaleur !* Je suis tout émue de voir mon kiki dans ses petits souliers, rongé par l'amour, lui d'habitude si cartésien et résilient face au bonheur. Toute cette discussion m'a desséchée. Je recharge nos verres en liquide doré puis nous trinquons à une nouvelle relation naissante pour Liam et à un éventuel bon coup pour moi... Comme d'habitude, je passe la nuit chez mon meilleur ami. J'ai dû insister pour changer les draps de sa love room avant d'aller dormir, mais comme je suis hyper sympa et surtout que je comprends son ressenti, je lui ai laissé l'oreiller de son amant en guise de consolation. Nous nous couchons en matant les épisodes de Desperate Housewives, j'adore cette série ! Liam ne cesse de me comparer à Susan et Gabrielle. Moi, je suis à fond team Gabie, mais j'imagine que pour mon côté nunuche, je dois bien ressembler à

Susan. Mon kiki s'est endormi, tu m'étonnes... Une journée de débauche ça fatigue ! L'écran de mon téléphone s'allume sur un message de « Amore mio », quel nom absurde Monsieur-la-tête-qui-passe-plus-les-portes !

[Amore mio : Salut beauté, je ne te manque pas trop ?]

Retour de l'égocentrique !

Son message s'accompagne d'un selfie dans lequel son torse nu est mis en valeur.

J'ai un souffle au cœur, je déglutis. J'ai peut-être eu tort pour la friendzone. Son torse devrait faire l'objet d'une étude architecturale, ma paupière droite est prise de spasmes.

[Cora : Du tout ! Je n'ai qu'une seule hâte, me débarrasser de toi.]

Bouh la menteuse...

[Amore mio : Je ne te crois pas un instant !...

Tu m'étonnes, moi non plus je ne me crois pas !

... Alors, tu m'emmènes où et quand ?]

[Cora : J'ai comme l'impression que c'est toi qui ne peux plus te passer de moi... Et pour la soirée, c'est une surprise. Je t'enverrai l'adresse au dernier moment, jeudi.]

[Amore mio : Comme tu voudras, beauté, et oui j'ai hâte de te voir... Essaie de ne pas trop rêver de moi, sinon il faudra que tu me racontes...]

[Cora : Tu ne t'es jamais dit qu'il pouvait y avoir beaucoup mieux que toi pour une femme ?]

[Amore mio : Non, mais je ne t'en veux pas de le croire. Si tu avais eu l'honneur de passer entre mes mains, sois en sûre, tu ne t'en serais jamais remise !]

Je m'étrangle, choquée par son orgueil surdimensionné ! *Non mais, il se prend vraiment pas pour une merde celui-là !* Je ne peux pas cautionner ce melon qui lui sert de tête.

[Cora : Facile à dire quand on prend des femmes peu expérimentées, les mecs comme toi, entre mes mains ne font pas long feu...]

Je rêve ou je suis en train de commencer à flirter avec lui ? Ce petit duel a attisé mon intérêt et je compte bien faire durer le plaisir de cette joute verbale... Seulement s'il se décide à me répondre... Je passe des minutes à fixer mon écran, voyant les petits points de la conversation apparaître puis disparaître. Cette attente commence à m'irriter fortement ! Je ne peux pas croire qu'il n'ait pas une énième connerie à me sortir... Puis au bout d'un temps qui m'a semblé interminable, je reçois :

[Amore mio : Désolé beauté, je devais répondre à mon fan club mais c'est à ton tour maintenant, je suis tout ouïe.]

Les bras m'en tombent, je mords l'intérieur de ma joue pour ne pas lui sauter à la gorge, il me considère donc comme un numéro sur sa check-list ! De mieux en mieux !

Non mais allô ! Il est déjà en terrain conquis, le bougre. Une petite douche froide lui ferait du bien ! Je relève le pan de mon t-shirt, laissant deviner le haut de ma cuisse, et me colle à Liam en cadrant mon selfie de sorte qu'on ne voie pas sa tête bouche ouverte avec un filet de bave. C'est dans la boîte ! J'accompagne la photo d'un message expéditif.

[Cora : Je suis attendue, salut !]

Ça devrait lui calmer ses ardeurs à ce rital narcissique !

Aucune réponse de Jullian, je crois que j'ai tapé dans le dur ! Enfin, j'aurais aimé en d'autres circonstances. Bref, Cora : 1 Jullian : 0.

CHAPITRE 13

La journée qui suit, Liam part travailler dans son resto, tandis que moi, je vais m'occuper de mon corps. Prendre soin de mon principal instrument de travail reste une priorité. Au menu du jour ? Epilation ! Tout y passe : sourcils, aisselles, avant-bras, mes jambes dans leur entièreté et le maillot intégralement. Ça va piquer ! Ensuite, je m'accorde un soin du visage, suivi d'une manucure. Et enfin, je termine par un rendez-vous chez le coiffeur afin de redonner du pep's à ma tignasse. Autant vous dire que toutes les personnes qui s'occupent de moi sont devenues au fil du temps, mes amis. Je les côtoie maintenant depuis quelques années et leur verse de petites fortunes pour leur talent, tout ça déductible des impôts bien sûr[16]. Elle est pas belle la vie ?

J'arrive donc devant l'institut de mon amie Marie. Comme à son habitude, ce petit bout de femme aux yeux couleur azur m'accueille avec son grand sourire, je m'installe dans sa cabine et me dessape. Avec tout le taf que mon corps propose, je me mets directement à poil, ne perdons pas de temps ! Marie entre à son tour et me découvre dans ma tenue d'Eve (ou plutôt sans), son

---

[16] Merci le statut d'intermittent du spectacle où les prestations esthétiques sont déductibles des impôts.

visage vire à l'écarlate. Par réflexe, elle porte sa main en œillère, je ris face à sa pudeur.

— Cora ! Voyons, je sais que pour toi c'est une formalité, mais tu n'es pas obligée de te mettre nue comme ça !

— Oh, ça va ! Fais pas ta prude, Marie chérie, la charrié-je.

Concentrée, elle s'approche de moi et passe en revue les zones de mon corps à dépoiler *(ça n'existe pas ? tant pis !)*, puis écarquille ses grands yeux ronds.

— Mais enfin, Cora, c'est trop long ! Tu aurais dû venir plus tôt. Ne me dis pas que tu as dansé dans cet état ?

— C'est ça le talent, personne ne l'a remarqué. Ah si, une fille. Avec la lumière des spots, elle pensait que j'avais des paillettes sur les jambes !

Le détournement d'attention. Une aptitude de plus à posséder pour toute danseuse qui se respecte. De toute façon, on ne me reluque pas pour mes beaux yeux (même si ça aide), mais plutôt pour la façon dont je trémousse mon popotin.

— Bien, on commence par quoi ? me demande-t-elle, consternée.

— Ce que tu veux, hormis la mounette !

Elle me sourit avec compassion. Eh oui, avec cette zone sensible, on ne prend jamais l'habitude, autant dans la pose que dans la douleur. Elle décide d'attaquer par le haut de mon corps (avec l'espoir j'en suis sûre, de me faire mettre un t-shirt). Mon amie, très consciencieuse, retire les poils, avec un doigté et une rapidité dignes des plus grands. Elle passe ensuite aux jambes, puis, une fois celles-ci luisantes, elle m'adresse un sourire sadique et me les écarte. Bien, voici venu le moment du self-control ! *Lol.* J'avoue que je ne joue plus les fières, mon intimité déballée à sa vue, en offrande, me glace d'effroi !

Munie d'une spatule en bois, elle enduit la cire sur le sommet de mon pubis, jusque-là, ça va... Je continue de lui faire la causette mais je ralentis mon débit quand elle s'approche dangereusement de mon piercing Christina[17], j'halète comme un petit chien. Même si j'ai une totale confiance en Marie, il suffirait de pas grand-chose pour défigurer mon intimité. En grande professionnelle, elle atteint son objectif sans encombre, jusqu'à la partie la plus délicate. Telle un chirurgien en pleine opération, elle décale mes lèvres à l'aide de sa spatule afin d'enduire les dernières bandes de cire au plus proche de ma cavité. J'ai la goutte qui perle sur la tempe. Marie continue de me parler mais je ne l'écoute plus.

— Cora ? CORA !

— Oui ? lui réponds-je sans même détourner les yeux de sa main planquée derrière mon mont de Vénus.

---

[17] Piercing se situant sur la partie haute du pubis, au niveau du capuchon.

— Je compte jusqu'à trois ! un... Shlaaaak !

— PUTAIN DE TA MERE, SALOPE[18] ! hurlé-je dans tout l'institut.

À peine ai-je le temps de reprendre mon souffle, qu'elle arrache la sœur jumelle. Je lâche à nouveau un cri de douleur. Oui je sais, ma réaction est un peu excessive mais en compagnie de mes amis, je peux me laisser aller sans jugement.

— Allez, il reste pour finir l'inter-fessier ! Tu lèves les jambes ou tu te mets à quatre pattes ?

Je la regarde, des révolvers dans les yeux, encore échaudée de sa traîtrise au comptage. Pas offusquée le moins du monde, Marie tapote sa spatule dans le creux de sa main telle une maîtresse d'école. Voilà le parfait exemple d'une relation sado-maso, même si ça m'irrite la rondelle (au sens propre comme au figuré), je vais repartir satisfaite et même venir en redemander dans trois semaines.

— Je lève les jambes, c'est moins humiliant.

Pour atteindre cette zone, il n'existe pas trente-six positions, mais avec un regard extérieur, on frise le summum de l'indécence ! Une fois mes orifices élagués, Marie me félicite pour mon courage. Oui, quand même ! Il faut souffrir pour être belle... L'auteur de cette phrase a certainement dû passer par l'épilation du fion lui aussi.

---

[18] Phrase culte, tirée du film « Le père noël est une ordure », je suis une grande fan !

Mon amie sort de sa blouse une sucette qu'elle me tend. Je m'esclaffe, j'adore cette nana !

Retour à la maison après 6 h 30 de soins. Pfiouu, j'ai l'impression d'être Sandra Bullock dans « Miss détective » après son relooking. Ma chevelure a retrouvé sa profondeur rubis, mes hématomes se sont nettement estompés et mes ongles longs ont adopté une couleur nude. Mon abricot quant à lui, toujours en feu, me donne des difficultés pour m'asseoir sur mon séant.

Le lendemain midi, je retrouve Stella, en centre-ville, pour déjeuner dans notre petit bistrot habituel. J'arrive la première et m'installe à notre table attitrée. Mon amie arrive cinq minutes plus tard, jean skinny, décolleté ravageur et talons de douze pailletés. La sobriété repassera. Son look de mannequin gonflé à l'hélium attire tous les regards. Elle en joue car elle adore ça ! Bien loin de moi qui suis venue en boots legging et pull oversize. Ma blonde prend place en face de moi et débite à une allure phénoménale :

— Salut, ma caille ! Tu m'attends depuis longtemps ? Ouf, j'ai soif ! Garçon ? Deux coupes de champagne, s'il vous plaît !

— Stella, il est midi !

— Ah oui ? Ce n'est pas grave, je boirai la tienne.

J'hallucine ou ma pote délire complètement ? Je prends le temps de la détailler : la bouche pâteuse, des cernes sous les yeux et les pupilles dilatées. Je ne vois qu'une seule et unique raison valant ce comportement.

— Tu reviens de soirée ?

— Oui ! Tu te souviens celle où je t'avais dit de venir ?

— Stella, c'était il y a deux jours !

La belle blonde me regarde, perplexe...

— Ah ouais, c'était une tuerie cette fête ! J'ai rencontré Mitch et il était équipé comme un commando... dit-elle en se mordant la lèvre. Il m'a fait vibrer jusqu'à ce matin.

— Vingt-quatre heures sans dormir ?

Cette histoire me semble louche.

— On s'est un peu dopés, j'avoue, me confirme-t-elle dans un clin d'œil.

— Stella, ne me dis pas que tu es repartie là-dedans !

— Oh, ça va, mère Teresa...

Généreuse, loyale, sincère et attachiante ! (Si, si, ce terme existe ! C'est le mix des mots attachante et chiante), une fille en or, ma Stella. Après une enfance difficile, elle est tombée amoureuse à ses seize ans d'un sale type violent et dealer. La descente aux enfers a commencé pour elle : cure de désintox et tout ce qui s'ensuit... Une époque traumatisante, dont elle n'est pas sortie indemne. Si je me montre parfois dure avec elle, c'est parce que je sais qu'elle peut franchir les limites et qu'il faudrait la surveiller comme du lait sur le feu.

— Ne t'inquiète pas pour moi, reprend-elle. Après manger, je file me coucher et je serai toute fraîche demain soir pour le Burbery.

— Génial, tu y seras ? m'enjoué-je.

— Je ne manquerais ça pour rien au monde !

— Eh bien, j'espère qu'il viendra, car je n'ai plus de nouvelles depuis que je l'ai refroidi lors de son dernier message, l'informé-je. Peut-être va-t-il enfin se décider à me lâcher la grappe.

Je ne peux pas m'empêcher de jouer les fières devant mon amie. Il est clair que Jullian m'intéresse autant qu'il me sort des yeux, même si je n'arrive pas encore à définir pourquoi. Du coup, je préfère jouer les insensibles en attendant d'en savoir plus.

— Je serais ravie de lui manger la grappe, moi, à ce beau gosse !

Nous rions de bon cœur et passons commande. Deux heures plus tard, je quitte Stella et l'envoie au lit.

CHAPITRE 14

Jour J ! Je gamberge. Aucune nouvelle du chippendale. Je crains de l'avoir vexé... *Oui, c'était le but !* Je décide néanmoins de lui envoyer l'adresse du club, advienne que pourra. Je commence mes préparatifs comme à l'accoutumée bien que ce soir, la tâche me paraît loin d'être aisée. Je dois prendre des tenues personnelles, les consignes du club imposent de choisir une thématique. Chaque fille possède son identité et se représente à travers sa tenue, le choix doit donc être réfléchi. Bien loin des écolières, infirmières, Barbies pouffes et j'en passe, je suis pour ma part beaucoup plus... comment dire... sauvage ! Si je possédais un habit électrique où la phrase « don't touch[19] » défilerait, je serais ravie ! Toutefois, je me décide pour un costume plus habillé et à contre-courant d'une version de Catwoman... Si les clients veulent voir plus de chair, il faudra payer ! Un crop top au col droit en lycra noir compose mon habit moulant à manches longues. Au bout de celles-ci, des attaches à passer aux majeurs, une paire d'oreilles montées sur un serre-tête, un shorty, un porte-jarretelle qui me ceinture la taille et des bas noirs. Bien entendu, je glisse dans mon sac une paire d'escarpins vernis. Pour mon make-up, c'est un smoky eyes noir, que

---

[19] « Pas touche »

je dégrade bien jusqu'à mes tempes, le but étant de « féliniser » un peu plus mes yeux bleus en amande. Pour la note de couleur, je pare mes lèvres d'un rouge velvet. Sur le chemin du club, une nervosité s'installe dans mon estomac... Viendra-t-il ? Je chasse mes réflexions de midinette et me dis que même si Jullian ne me fait pas l'honneur de sa présence, je retrouverai Stella avec qui je passerai, à coup sûr, une bonne soirée. En arrivant sur le parking, je guette les voitures garées, mais ne vois aucune Tesla. En même temps, il est bien trop tôt pour que les clients arrivent. Toujours un peu en retard, j'entre dans le club en saluant le personnel et m'engouffre dans les loges. Une dizaine de filles s'affairent devant les miroirs, je me faufile jusqu'à Stella, déjà installée elle aussi. Les danseuses du club viennent de tous horizons, la plupart sont issues des pays de l'Est : Pologne, Lituanie, Russie... Elles sont certes magnifiques, mais se ressemblent étrangement. J'observe leurs déshabillés qui ne me surprennent pas : écolière, infirmière, Barbie, Candy girl... Elles sont toutes à la recherche d'un Sugar daddy[20], de vraies croqueuses de diamants ! Et qu'on ne me parle pas encore de stéréotypes. Après ces soirées, elles repartent fréquemment au bras des clients et je ne vous raconte même pas ce que je surprends lors de salons privés... Mon amie Stella, a opté pour un ensemble panthère ! Notre seul point commun reste les oreilles. Pour le reste, sa tenue s'aère beaucoup plus que la mienne : push-up, boxer tacheté, ras de cou à pics, qu'elle associe avec des escarpins montés sur

---

[20] traduction : Papa gâteau.

plateforme. En tout cas, cette thématique lui va à ravir avec sa tignasse bouclée, une vraie prédatrice. La plupart des filles sont déjà parties au charbon. Moi, je prends mon temps. Passer sur le podium en dernier ne me dérange absolument pas, bien au contraire. Après, ce sera « bain de foule », exercice que je n'affectionne pas particulièrement. Une fois prête, je prends la direction de la salle où je trouve des clients en forme ! Une tablée d'hommes, entre trente et quarante ans, s'amassent en bord de scène, ils sifflent et agitent des billets devant la créature de rêve. Vu l'âge et l'engouement, je penche pour un enterrement de vie de garçon. Stella fait son show, elle les aguiche en déambulant à quatre pattes, la croupe et les tétés en avant. Je me passe la main sur le front et me demande pourquoi au juste je me retrouve ici. La raison apparait comme une évidence dans un pantalon noir et une chemise blanche aux manches retroussées jusqu'aux coudes. Cette chemise superbement portée est ouverte d'au moins deux boutons de trop, laissant apparaître le galbe de ses pectoraux XXL.

— Salut, Beauté ! J'espère que tu ne m'as pas fait venir ici pour abuser de moi ?

Ses yeux chocolat me détaillent dans mon ensemble.

— Le vilain matou, ici, c'est toi ! le charrié-je.

— Tiens donc... Alors il vaut mieux pour toi que je ne t'attire pas dans un salon...

Un rétroprojecteur dans mon esprit m'envoie des images classées X.

— No zob in job !

Ouais je sais, c'est n'importe quoi comme réplique, mais je n'ai pas trouvé mieux dans l'urgence.

— Je ne suis pas sûr de la traduction, mais je pense saisir l'idée. Un peu déçu, je dois l'admettre.

Quel toupet ! En même temps, cette attitude fait monter mon tensiomètre.

— Si tu avais l'espoir d'un corps à corps, tu seras probablement plus chanceux avec celles qui ne parlent pas notre langue. Elles ne pourront pas découvrir ta vanité excessive, sifflé-je.

Sachant que s'il n'allonge pas les billets avec les pouffes, il pourrait bien se la coller derrière l'oreille, j'en suis certaine.

— Merci du conseil, me souffle Jullian au creux de la mienne.

Il est bien trop proche de moi pour ignorer ma respiration saccadée. Le serveur interrompt notre échange, me signalant que c'est à mon tour de monter sur scène, je salue la providence de choisir ce moment. Mon travail d'investigation va pouvoir commencer, bien heureux celui qui croit voir, mais qui est vu.

Je fais mon entrée sur scène au moment où le DJ envoie le son remasterisé de "Portishead" de Glory Box. Cette musique est de circonstance, y a pas à dire... J'avance d'une démarche suave vers la barre de pole dance, mon regard arrimé sur le bellâtre accoudé au bar affichant un sourire ultra bright. L'allure sensuelle et féline, mes escarpins foulent le sol sur le tempo. Ma jambe remonte langoureusement le long de la barre, mon alter ego de dominatrice BCBG prend le pas sur ma personnalité. Je me laisse emporter par cette ivresse de pouvoir divin, mes mains accrochent délicatement la barre que je caresse entre mes doigts. J'ondule lentement en me muant à elle. Mon aura ronronne tel l'animal que j'incarne. Je fais abstraction des réflexions douteuses que les types installés plus bas me lancent, je ne vois que Jullian, à croire que ma danse lui est dédiée. Il n'en perd pas une miette. Je jubile et m'embrase plus encore. Les billets s'amassent sur le sol dans l'espoir de vaincre mon mutisme, mais voilà, je suis une snobe assumée ! Je crois que c'est ce qui fait mon charme, je suis insaisissable. Plus je deviens cruelle et dédaigneuse, plus je suscite l'intérêt. Cette marque de fabrique me fait passer pour une sauvage dans le milieu, d'ailleurs mes amis proches se comptent sur les doigts de la main. Mais ça me convient, moins j'en attends des autres et moins je prends le risque d'être déçue. Mon golden boy ne me lâche pas des yeux, une tension animale dans son regard. Sa bouche charnue légèrement entrouverte, me laisse entrevoir sa langue avec laquelle il caresse furtivement sa lèvre inférieure. À cette vue, une vague de chaleur déferle dans ma poitrine, s'insinuant jusque dans ma nuque. Je ploie en avant, remonte ma main le long de ma jambe et joue de mes cheveux à la fin de mon ascension. Mes mains caressent mon corps en attente de cette bouche, je ne suis plus qu'émotion, qu'un réservoir de progestérone prêt à déborder. Le lien visuel entre nous se brise au moment où une panthère s'approche de lui, au sens strict. Stella minaude, ils entament une discussion, elle rit aux éclats. Son jeu d'actrice est minable, *il faudra que je lui dise qu'elle en fait trop*. J'exécute une figure à la barre, histoire de prendre de la hauteur et peut-être aussi pour capter à nouveau *son* attention. Malgré mes efforts, je constate du haut de mon perchoir que la situation n'a pas changé. Je me laisse glisser sur le sol avec grâce, toujours en mode voyeuse, je ne les quitte pas des yeux.

— Putain, mais qu'est-ce qu'elle fout ? m'indigné-je à haute voix.

Heureusement, la musique masque mes paroles. Ma dite "amie" est à présent à moitié avachie sur lui, une main sur son torse, l'autre caressant son visage et ses lèvres.

Je vais la tuer ! *Je croyais que c'était lui qu'on surveillait ?* Ma conscience - parce que oui, tout le monde en a une, enfin j'espère -, me rappelle à l'ordre. Je m'en fous, elle va trop loin !

Je suis dans une colère noire ! Je fulmine intérieurement. *Ben voilà, à jouer avec le feu, tu t'es cramée !* Oh la ferme !

Avec toutes les filles présentes ce soir, il faut que ce soit elle qui aille le tester ! Mon attention, totalement déviée de ma danse, je ne remarque pas la main qui vient caresser mon postérieur... En un instant, ma lucidité réinvestit mon corps et la foudre me traverse (imaginez

Thor en train d'invoquer le tonnerre, voilà comment je suis, là tout de suite !). Je me tourne, verrouille ma cible de mes prunelles bleu électrique. Un homme d'une cinquantaine d'années, cheveux poivre et sel, le regard salace et arrogant. S'il croit avoir décroché le pompon, je ne vais pas le décevoir. Je m'accroupis vers lui, toujours avec langueur. Ses mains sont posées de part et d'autre autour de moi sur la scène, comme s'il attendait des couverts pour manger son dessert. J'empoigne sa nuque et le ramène vers moi en lui écrasant le dôme de sa paluche avec mon pied.

— Si tu reposes encore une fois un doigt sur moi, je devrai te punir plus sévèrement encore, et crois bien que tu ne pourras plus t'asseoir pendant un moment... me suis-je bien fait comprendre ? lui demandé-je d'un ton impassible en exerçant toujours une forte pression sur sa main.

Son regard s'illumine d'une joie lubrique, il a l'air d'apprécier, ce crétin. Manquait plus que ça : un fétichiste ! Il hoche la tête et me confirme qu'il a compris. Décontenancée par cette situation inattendue, je le libère de mon emprise à son grand dam. Puis, il sort un billet vert de son portefeuille et le pose humblement à mes pieds. Je ne suis pas mauvaise joueuse et j'avoue que cette domination m'aide à passer mes nerfs. Je pose mon escarpin sur le butin et pointe du menton celui-ci afin de le récompenser. Comme je m'y attendais, il s'exécute et embrasse le cuir verni de ma chaussure. Bien ! J'aurai au moins gagné ma soirée ! Je récupère l'argent et descends de la scène, ragaillardie, je retrouve

Stella et Jullian en pleine roucoulade ! Je vais me les faire, tous les deux !

— Je ne vous dérange pas ? m'insurgé-je.

— Oh ma caille ! me lance Stella. Viens boire un verre avec nous !

Je constate qu'elle est déjà bien imbibée, mais autre chose m'interpelle. Son nez coule... Bon sang, c'est pas Dieu possible ! Elle continue ses conneries. Je porte une main à ma narine pour lui faire comprendre le malaise. Heureusement, elle garde un brin de perspicacité et s'excuse afin de retourner aux loges, je suis Tandax ! Comme un tampax mais sans la ficelle. Je me tourne à présent vers Jullian, un sourire mesquin accroché à son visage.

— Eh bien ! Tu n'as pas trainé à ce que je vois ! Dix minutes seul et tu es déjà dans les bras de la première venue ! Je ne m'étais pas trompée sur ton compte, tu n'es qu'un baratineur !

— Alors de une, c'est elle qui était dans mes bras. De deux, j'ai bien vu qu'elle n'était pas dans son assiette, c'était plus prudent qu'elle reste avec moi. Et de trois, c'est toi qui m'envoies une photo avec ton mec et qui me traite de baratineur ?

Touché-coulé.

— Ce n'était pas mon mec ! m'indigné-je.

— C'est encore mieux ! Donc, c'est toi la queutarde !

— C'était mon meilleur ami, il est gay !

Il a raison, la baratineuse, c'est moi !

Il se délecte de sa victoire. Prise à mon propre jeu, je m'apprête à répliquer quand mon regard se pose sur un homme à l'opposé du bar, que j'identifie rapidement. Son visage me glace, le blond gominé est là, devant moi. En une fraction de seconde, ma tête bourdonne, ma gorge se serre, mes jambes chancellent. Quand je cherche alors à confirmer son identité, mes yeux passent en revue la foule mais ne parviennent pas à le retrouver. Je me sens partir... Jullian me rattrape avant que je ne touche le sol et m'emmène au calme dans un salon privé.

Il me dépose sur le sofa au milieu de la pièce aux tons de pourpre et aux lumières tamisées, la musique est toujours présente, mais nous sommes seuls. Je cherche ma respiration. Accroupi face à moi, Jullian semble désemparé.

— Cora ? Tout va bien ? Si c'est ce que j'ai dit, excuse-moi, je ne le pensais pas...

Je pose ma main sur son torse, son palpitant fait des bonds sous ma paume, sûrement dû à la montée d'adrénaline... Je le sens ralentir au bout de quelques secondes et me calque à son rythme pour reprendre une respiration normale.

— J'ai cru qu'il était là... peiné-je à articuler.

— Qui ?

— Le type qui m'a agressée à Genève...

Les larmes commencent à affluer à la lisière de mes yeux. Le regard de Jullian se durcit, ses muscles se bandent.

— Je vais aller voir, dit-il en amorçant sa relève.

— Non ! S'il te plaît... Si tu pars, je ne suis pas sûre d'arriver à garder le contrôle...

Ses traits s'adoucissent. Il s'approche de moi un peu plus et pose ses mains sur mes cuisses. Ma tête tourne à nouveau et ma peau s'électrise.

— Même si je le voulais... je serais incapable de te laisser... confesse-t-il.

Au feu, les pompiers...v'là la maison qui brûle... Au feu, les pompiers, v'là la maison brulée...

— Tu ne peux plus te passer de moi ! ironisé-je.

— Ne va pas te faire des idées, reprend-il, je suis un gentleman et ne peux décemment pas laisser une damoiselle en détresse.

Encore une pirouette !

— Un peu déçue, j'dois dire... rétorqué-je le regard malicieux.

Ses yeux à lui pétillent, je le jurerais malgré la pénombre.

— ... mais on peut toujours valider tes dires.... Il suffit juste de passer le test...

— Quel test ? s'amuse-t-il.

Afin de me rassurer, j'ai besoin de réincarner la séductrice si sûre d'elle que je suis sur scène, récupérer ce sentiment de sécurité que je n'ai toujours trouvé que dans les bras d'un homme. Je me relève et l'invite à s'asseoir à ma place sur le sofa. Je me penche alors vers son oreille et chuchote :

— Je vais danser pour toi....

On le dit que c'est une mauvaise idée ?

CHAPITRE 15

Je mets en off ma chère conscience. J'ai besoin de son regard, j'ai besoin de ressentir son désir, je veux retrouver ces émotions qui m'apaisent et me font vibrer. C'est une urgence. Est-ce une façon de déplacer mon trouble précédent ? Probablement. La musique d'Ariana Grande « *dangerous woman* », parfaitement adaptée à la situation, résonne contre les murs du salon. Mon Apollon, un peu troublé, s'installe confortablement au centre du sofa, les bras posés sur le dossier. Je me mets en rythme et me déhanche devant lui. Je pose mon séant sur ses genoux, le dos cabré contre son torse, remuant toujours au son de la musique. Mes mains se baladent sur mon corps, mes doigts caressent mon cou puis les rondeurs de ma poitrine avec une lascivité envoutante. Je me redresse et plonge ma tête en avant pour lui offrir une vue parfaite sur mes galbes inférieurs…. De nouveau face à lui, je retire mon crop top révélant ainsi ma poitrine, contenue dans un soutien-gorge en dentelle noire. Il déglutit. Son sourire est vaincu, à nouveau son regard se pare de cette expression qui me fait tant chavirer. Mes œstrogènes se déchaînent à l'intérieur de moi, je suis excitée, il le sent… Sa respiration me paraît profonde voire lourde, je le matte autant si ce n'est plus qu'il ne le fait. Je descends au sol, m'approchant de lui telle une chatte en chaleur, me redresse au niveau de ses jambes et les écarte, vindicative. Mon visage frôle les formes de son entrecuisse, mes mains accompagnent ce mouvement et longent les dômes de sa musculature, le regard planté dans ses iris sombres. Machinalement, j'humecte mes lèvres avec ma langue. Sa respiration s'ébranle, il se contient… Je l'enfourche, à présent assise sur sa virilité qui crie son désir, je ne peux laisser échapper un gémissement de satisfaction. Je m'aventure à parcourir son torse par-dessus cette foutue chemise que j'aimerais arracher avec mes dents. Je continue à bouger mes hanches sur lui et me frotte inlassablement à ce qui m'est interdit… La proximité n'est plus du tout appropriée, mais je ne peux pas m'arrêter… Mes principes sont réduits au silence au même titre que ma conscience. Je passe ma main dans ses cheveux, surfe avec ma bouche sur les courbes de sa mâchoire carrée et de son cou à l'odeur si singulière, avec pour unique contact mon souffle brûlant. Je perçois sa peau se hérisser sur mon passage. Il se mord la lèvre. Ses mains agrippent l'assise de la banquette avec vigueur. Quand la bretelle de mon sous-vêtement glisse de mon épaule, son regard s'y attarde… Alors que je m'apprête à dégrafer l'infime tissu qui sépare mon 90C de son visage, son regard se fixe à mes yeux, angoissé.

— Attends… souffle-t-il. Si tu l'enlèves, je ne crois pas pouvoir garder le contrôle…

J'esquisse un sourire en coin et me rapproche de son visage. À la lisière de ses lèvres, je lui réponds :

— Même si je le voulais, je serais incapable de m'arrêter...

Il ramène son poing à sa bouche pour le mordre. *I'm a Dangerous woman !*[21]

— Et puis merde ! lâche-t-il.

Il attrape mes cheveux dans l'urgence et pose ses lèvres sur les miennes. Elles sont douces, chaudes, humides. Je réponds à son baiser avec la même ferveur. Je saisis son visage avec fougue pour l'encourager à poursuivre. Il tressaille un instant, puis soulagé par mon enthousiasme, force sans mal le passage jusqu'à ma langue qui l'attend. Le duel qui se joue entre elles, nous ressemble : impétueux et passionné. Ma respiration est chaotique. Ses mains viriles caressent mon dos et dégrafent mon soutien-gorge. Nos bouches se séparent, il admire mes formes. Mes seins alourdis de désir, pointent dans sa direction, quémandant son attention. Jullian ne se fait pas prier, il les caresse de la pulpe de ses doigts et titille mes tétons avec sa langue. Je cambre la tête en arrière dans un gémissement à peine perceptible. J'en veux plus ! Je le veux maintenant et tout de suite ! J'arrache les pans de sa chemise avec violence, passe ma langue dans tous les sillons de son torse, mordant chaque muscle bandé. Je pose une main sur son membre gonflé et le caresse. Jullian se lève d'un bond, me verrouille les jambes autour de son buste puis me dépose délicatement sur le sol. Ensuite, il se rue sur

---

[21] Traduction : Je suis une femme dangereuse.

ma bouche qui ne se lasse pas de le recevoir. Sa main gauche en appui à côté de mon visage, tandis que l'autre se balade, cajolant ma poitrine, puis entamant sa descente le long de mon ventre. Je frissonne et me cambre davantage sur son passage. Ses doigts arrivent enfin sur ma féminité dissimulée par le fin tissu de dentelle. Il la caresse d'abord lentement, ce qui m'arrache un geignement plaintif. Je le sens rire, sa bouche toujours collée à la mienne.

— Patience, ma beauté... Je vais te laisser le meilleur souvenir de ta vie...

Oh oui ! Ces quelques mots me ravissent et il en est conscient grâce à mon tanga qui a besoin d'un sérieux coup d'essorage. Elle commence à me plaire, cette arrogance, quand elle est bien employée.

Ses mouvements s'arrêtent brusquement et une lumière blanche m'aveugle.

Oh merde ! Marcus, le videur, nous a surpris la main dans le sac, ou plutôt dans la culotte. La descente est rude. Je prends conscience de la situation et ne sais plus où me mettre. Jullian se relève, tente d'arranger sa chemise - désormais privée de boutons -, et suit le mastodonte jusqu'à - j'imagine - la sortie de l'établissement. Explicitement, ces comportements ne sont bien évidemment pas autorisés, sinon ce ne serait plus un club mais une maison close. Les Barbies pouffes sont bien plus malignes que moi, y a pas à dire... Comme si cela pouvait me faire disparaître, je reste au sol, les mains cachant mon visage. Je suis ridicule. Après quelques minutes, j'entrouvre mes doigts pour jauger du danger. Marcus, posté au-dessus de moi, m'informe que le patron veut me voir, fallait s'y attendre.... Honnêtement, je suis plus perturbée par ma transgression de principe, que par mon futur tête-à-tête avec l'empaffé qui gère ce club. Je me relève, me rhabille, puis suis le Golgoth jusqu'au bureau du patron.

Nous arrivons devant une porte capitonnée en cuir où il est indiqué « privé » en lettres d'or, Marcus l'ouvre et m'enjoint à entrer. Je pénètre à l'intérieur de la pièce à la décoration kitch et à l'odeur de cigare entêtante. Elle ne doit pas dépasser les vingt mètres carrés, un bureau verni trône au centre de la pièce avec des livres de compte et des papiers éparpillés dessus. Une peau d'ours gît en-dessous de celui-ci. Une tapisserie au jaune passé recouvre les murs ainsi que des cornes d'animaux suspendues telles des trophées. L'homme aux commandes du club se nomme Mike, plus lourd tu meurs ! C'est l'archétype du macho-bouseux. La cinquantaine bien tassée, trapu et bedonnant, il affiche un look western. Jean, chemise noire, santiags, ceinture à large boucle fantaisie, collier cravate avec une tête de bison montée en bijou et un chapeau de country noir complètent sa tenue. Même ses moustaches blondes sont raccord avec le look.

Il se tient debout, face à son bureau, les mains posées à plat sur celui-ci, un cigarillo à la bouche.

— Cora ! Tu es bien la dernière personne que j'imaginais réprimander pour un tel comportement, toi qui es habituellement si coincée...

— Oh, Mitch ! Épargne-moi ta leçon de morale à deux balles... Tu sais très bien que la plupart des filles que tu emploies écartent les cuisses ou ouvrent bien grand la bouche.

Le cow-boy s'affale dans son fauteuil de tout son poids et tire quelques bouffées de son cigare. Mon comportement revêche a l'air de l'amuser.

— Elles, au moins, me rapportent de l'oseille, toi tu le fais gratis !

Quel porc ! Je n'en reviens pas de ce qu'il ose me balancer. Le dégoût qu'il m'inspire se lit sur mon visage, ce qui ne l'empêche pas de revenir à la charge.

— Quelle soirée ! Tu es la deuxième qui me chie dans les bottes ce soir. J'appellerai Marco pour l'informer de la situation. En ce qui concerne ta sanction, je t'interdis de revenir au club pour les trois mois à venir.

Bien loin de me faire partir en dépression, son annonce est pour moi la seule bonne nouvelle de la soirée. Sans un mot de plus, je quitte son bureau. La salle s'est vidée, la fermeture approche. Je passe la porte des loges où les filles finissent déjà de se rhabiller, j'atteins la coiffeuse où se trouvent mes affaires et constate l'absence de Stella. Je commence à me déshabiller, récupère le maigre pécule de ma soirée que j'avais glissé à l'intérieur de mes bas, m'assieds face au miroir et sursaute. Les marques de ma transgression sont plus que visibles, mon rouge à lèvres velvet n'a pas résisté et se dégrade tout autour de ma bouche. On dirait le joker dans Batman. Je sors les lingettes de mon sac et entreprends d'effacer mes péchés. À présent en jean et débardeur, mes cheveux remontés en bun, je quitte le club, mon sac sous le bras et rejoins ma voiture.

Sur le parking presque vide, il ne reste que les voitures du personnel. Je m'avance vers ma berline blanche garée à une extrémité, mais en m'approchant, il me semble apercevoir un pneu à plat... *Oh non... pas ça...* Mon intuition se confirme, il est crevé ! Putain ! *Bon Cora, tu as une roue de secours dans le coffre.* Oui, roue de secours ! J'ouvre mon coffre afin de trouver la galette. Elle pèse un âne !! Je n'arrive pas à la sortir de son renfoncement. Je décide alors de commencer par le cric... mais j'ai beau le tourner dans tous les sens, je ne comprends absolument pas comment l'utiliser et où je suis censée le mettre. Bon, autant se rendre à l'évidence, je suis dans la merde. Après vingt minutes passées à me démener pour rien, je prends le parti de retourner au club, demander un coup de main.

Je reviens donc, quelques minutes plus tard, armée de quatre bras musclés : Marcus et un collègue. C'est dingue comme les voir changer une roue a l'air facile ! Cependant, je suis bonne joueuse et même si j'aime me vanter de savoir tout faire, il faut rendre à César ce qui est à César ! Les mecs sont plus doués que les femmes pour ce genre d'ouvrage... L'opération ne prend qu'une dizaine de minutes. Pendant que son collègue termine de serrer les derniers boulons, Marcus examine l'origine de ma crevaison.

— Cora, ton pneu s'est pris un coup de couteau !

J'écarquille les yeux, effarée.

— Quoi ? Mais comment c'est possible ? C'est peut-être un morceau de verre ?

— Cinq ans dans la légion, je peux t'affirmer que c'est un coup de couteau, style papillon.

Je reste silencieuse, ne comprenant pas. Se peut-il que des merdeux, venus au club, aient décidé de s'en prendre à une voiture au hasard ?

— Tu ne te serais pas fait d'ennemi ce soir ? Quelqu'un qui voudrait se venger ? me demande Marcus, en rangeant mon pneu mort dans le coffre.

L'image du blond me revient en pleine tête. Une sueur froide s'insinue au creux de mes reins. Était-il vraiment là ce soir ? Je dois foutre le camp d'ici, ça urge, des spasmes de tremblements ne demandent qu'à affluer... Si je ne pars pas tout de suite, je n'en aurai plus la force. Je remercie Marcus et son collègue pour leur aide et prends la route jusqu'à chez moi. Je roule comme une forcenée, heureuse que ma roue de secours tienne la cadence...

CHAPITRE 16

J'arrive enfin chez moi, seule l'adrénaline me maintient lucide. Je me gare en vitesse, attrape mon sac et cours jusqu'à l'entrée. Devant ma porte, je cherche mes clefs au fond de mon sac, je les trouve mais les fais tomber. Bon sang, c'est pas possible d'être aussi gauche ! Lorsque je me baisse pour les ramasser, mes yeux se posent sur une paire de jambes, me faisant hurler de frayeur !

— Cora, c'est moi.

— Jullian ! Mais qu'est-ce que tu fais ici ?

— Eh bien, on m'a jeté comme un malpropre du club. Je voulais m'assurer que je ne t'avais pas causé trop de problèmes...

— Non... Non, t'inquiète.... Tu m'as plutôt rendu service, à dire vrai.

— Comme tu as mis du temps, je pensais l'inverse.

— J'ai dû changer une roue à cause d'un coup de couteau... mais, écoute Jullian, au risque de paraître ingrate, il faut que tu arrêtes de t'immiscer dans ma vie comme ça !

— Un coup de couteau ? reprend-il comme si la suite de ma phrase n'avait pas d'importance.

Agacée, j'ouvre enfin ma porte et dépose mes affaires sur le canapé... Jullian la referme sur son passage et me suit de près.

— C'était lui tu crois ? me demande-t-il, alarmé.

— Je n'en sais rien, possible... Ou peut-être pas... Bon, maintenant je suis ici et tout va bien comme tu peux le constater.

— Tu trouves que tout va bien, toi ? Un connard te poursuit depuis Genève, mais ça va !

Bonté divine, j'ai l'impression de parler à mur... Il va me faire péter une durite.

— Écoute, je suis fatiguée. Trouve-toi une groupie à baiser et laisse-moi tranquille !

Mais que fait-il ? Mon enquiquineur de première retire ses chaussures et se couche sur le canapé.

— Tu peux aller te coucher ! Je partirai demain, après cette soirée rocambolesque, tu me dois bien l'hospitalité.

Je serre les dents, crispe les poings et rugis de l'intérieur ! Qu'il aille au Diable, l'entêté ! Je pars en direction de la salle de bain en claquant la porte derrière moi et fais couler l'eau de la douche. Cramponnée à mon lavabo, je tâche de me calmer. Je repasse le film de cette soirée anarchique. J'ai complètement perdu les pédales... J'en veux à Jullian de ne pas me laisser seule, je m'en veux à moi-même d'avoir cédé à la tentation, mais je crois que je m'en veux davantage, car après avoir balancé mon intégrité à la poubelle, je n'ai pas de réels regrets. Mes réflexions s'avèrent stériles, je passe sous la douche, m'évertuant à faire le vide dans ma tête. Je ne compte pas le temps qui passe, mais quand je sors, enroulée dans ma serviette, je constate que mon squatteur dort, en boxer sur le canapé. Je reste quelques minutes à le contempler. La sérénité qu'exprime son visage, ainsi que les courbes de ses formes, me captivent. Il irradie de "sexitude", même dans son sommeil. Son corps exposé appelle le mien, mon entrejambe pulse. À ce constat, je m'électrise et reprends la direction de ma chambre sur la pointe des pieds en refermant la porte derrière moi. J'enfile un tanga, un débardeur à bretelles et me couche. Mais voilà, rien n'y fait, j'ai beau être épuisée, je n'arrive pas à trouver le sommeil.

J'entends Minou gratter à la porte, je me relève pour lui ouvrir, mais le matou que je trouve derrière celle-ci n'est pas celui auquel je m'attendais. Surprise, je ne dis mot, nous restons quelques secondes à nous contempler. Mon corps, trahi par mon excitation, dévoile mes tétons érigés sous mon débardeur. Jullian m'admire dans ma tenue minimaliste, la chaleur de son regard m'enveloppe tout entière, l'oxygène me manque. J'entrouvre la bouche en quête d'une respiration salvatrice. A mon tour, j'observe les muscles saillants de ses bras, ses pectoraux pleins, les sillons de son abdomen et... son énorme érection qui menace l'évasion de son boxer. Mon cœur bat la chamade, mon intimité se liquéfie. Dans un ultime instinct de repli, je recule jusqu'à mon lit et m'y assieds, sans détacher mon regard de son corps. Interprétant mon geste comme une invitation, l'Apollon avance vers moi, s'accroupit à mes pieds et saisit l'un d'eux. Sa bouche se pose sur sa partie supérieure et je chavire à la vue de ce spectacle. Il embrasse toute sa courbe en remontant vers ma cheville, puis, continue son exploration jusqu'à ma jambe, en y laissant glisser sa langue. Des frissons me parcourent l'échine. Il est plus que doué ! Mes bras ne me soutiennent plus, je m'allonge sur le dos, lui offrant ma reddition. Il vient s'allonger à mes côtés et caresse l'ovale de mon visage. Ses pupilles s'ancrent profondément dans les miennes, ses doigts effleurent les marques de mon agression dans un geste d'une profonde intimité qui m'ébranle un peu plus. Ses lèvres humides me frôlent, je suis au supplice.

— Je n'ai pas eu le temps de finir ce que je t'avais promis... me murmure-t-il.

Ma respiration s'affole, *dis-le...*

— ... Je vais te prendre, ce soir, et tu ne l'oublieras jamais.

Ouiiiiiiiiiiiiiiiiiiiiiiiiiiiiiiii

J'attrape son visage entre mes mains et scelle ma bouche contre la sienne. Je brise la défense de ses lèvres et m'y engouffre à la recherche de sa langue douce et brûlante. Le délicieux mélange de nos fluides m'enivre. Sa main part à l'assaut de mes seins qu'il pétrit avec enthousiasme. Mon débardeur est de trop, je le lui fais remarquer :

— Débarrasse-moi de mes fringues... le supplié-je.

Je vois dans ses pupilles le feu crépiter. Il m'envoûte... Saisissant mon besoin ardent de lier nos corps, il arrache le tissu qui laisse émerger mes formes. Il suce le bout de mes seins, m'extorquant des gémissements d'excitation. Sa bouche trouve le chemin de mon ventre puis de mon tanga. Avec délicatesse, il le fait glisser sur mes jambes pour m'en défaire. Ce qu'il découvre le ravit. Il embrasse mon bijou et semble rapidement happé vers un joyau plus précieux... Sa langue part à la découverte de tous mes replis. Mon regard toujours arrimé au sien, je savoure chaque lapement dont il me gratifie méticuleusement. Mon corps, accompagné de gémissements gutturaux, se cambre sous ses assauts. Je sens ses doigts se frayer un chemin dans ma cavité abondamment fluidifiée, j'exulte, mon désir de lui me consume. Sa bouche me déguste encore et encore... J'expérimente de nouvelles sensations, plus intenses. Sous son experte habilité, mon bas-ventre se contracte de plus en plus fort, mon cœur menace de s'arrêter. Que m'arrive-t-il ? Prise de panique, je le ramène à moi, essoufflée. Je récupère sa bouche dans un baiser enflammé et lui intime visuellement de ne pas bouger. À présent allongé, je le surplombe. Saisissant son engin à retardement, je le masse affectueusement de bas en haut. Cet instrument aura raison de moi... Subjuguée, je l'embrasse tendrement avant de l'enfoncer dans ma bouche. Je le déguste goulûment à en perdre haleine. Sa peau est si douce à cet endroit que j'en savoure toute sa texture, je prends un malin plaisir à lécher les nervures de ses veines, palpitantes sous mes assauts. Jullian mord sa lèvre inférieure. Il se cramponne aux draps et laisse échapper des râles rauques. Il lutte pour garder le contrôle alors que je ne rêve que de le lui faire perdre. Je relâche mon étreinte quelques instants pour attraper un préservatif dans ma table de chevet. Ses muscles luisent de sueur, tout chez cet homme me fait vriller. J'arrache l'emballage et lui enfile la protection. Le dominant toujours à quatre pattes, je lui fais part de ma dernière requête :

— Prends-moi !

Ces quelques mots ont un impact des plus sauvages. Il me fait chavirer sur le lit pour m'asservir de sa musculature surhumaine. Son sexe à l'entrée de mon antre fluidifiée, qu'il prend soin de caresser avec son gland, m'arrache une dernière supplique. Il me pénètre jusqu'à la garde en un seul coup de reins. Mon cerveau se disloque. Il emplit le vide en moi, mes sens me malmènent et me précipitent un peu plus dans les affres du plaisir. De plus en plus vifs, ses mouvements de bassin claquent contre mes fesses avec fougue. Je m'agrippe aux siennes, le poussant à s'ancrer toujours plus profondément. Nos plaintes de satisfaction se confondent.

— Je vais jouir... dit-il affolé.

— Vas-y.

— Non, et toi ?

Et moi ? C'est bien la première fois qu'un de mes partenaires s'en soucie. Dans l'attente de ma réponse, il cesse son labeur.

— Je n'ai jamais... enfin je ne sais pas...

Je deviens cramoisie et même l'obscurité ne me dissimule pas. Ses yeux me jaugent, perplexes puis attendris. Je me sens bête tout d'un coup, comme si je vivais ma première fois (et encore, j'étais moins prude).

— Tu me fais confiance ? demande-t-il sérieux.

Je hoche la tête, timidement.

— Cora, tu m'as demandé de te prendre et je compte bien le faire mais pas à moitié. Donne-toi à moi, lâche prise.

Je ne sais plus quoi faire. Le désir de l'autre passait toujours avant mon propre plaisir, et jusque-là je m'en contentais. Jullian m'embrasse langoureusement, ce qui interrompt mon casse-tête. Toujours en moi, il reprend ses mouvements de hanche, mais de façon plus lente. Ses yeux accrochés aux miens m'empêchent de réfléchir. Ils me dévoilent son désir : me faire prendre mon pied. Perdue à la croisée des chemins, je décide de me laisser guider, je ne pense plus. Je ressens, intensément. Son souffle se juxtapose au mien, erratique. Chaque pénétration m'enivre de désir et me donne le vertige, je vais faire un AVC ! Des spasmes de contractions affluent dans tout mon être, des picotements remontent le long de mon bas-ventre avant d'envahir ma tête. Je comprends alors le mystère tant attendu qui me propulse dans une autre galaxie, une multitude de paillettes ont envahi mes neurones. Mon vagin se noue, emprisonnant le sexe de mon amant qui vient jouir à son tour. L'intense libération me donne l'impression de basculer de l'autre côté du miroir. Jullian ne m'a pas quittée une seconde du regard afin de partager ce lien jusqu'au bout. Nos rugissements d'extase maintiennent notre orgasme à son paroxysme. Nous restons là quelques minutes, épuisés et vulnérables. J'ai l'impression d'avoir découvert la vie, c'était indescriptiblement bon ! Mon amant vient ensuite se caler contre moi, en cuillère. Ses bras m'enveloppent de son odeur, de son aura animale. Il m'a possédée comme aucun autre avant lui. Il m'a ouvert la porte au plaisir ultime et je me rends bien compte qu'il m'a volé quelque chose : ma résilience. À ce que l'on dit, on n'oublie jamais sa première fois. La mienne remonte à loin, bien que je ne garde pas un souvenir mémorable de la banquette arrière sur laquelle j'ai perdu ma virginité. Mais cette nuit, je ne suis pas prête de l'oublier. Je ferme les yeux, un sourire béat et indélébile sur le visage, consciente que malgré lui, Jullian s'est emparé... de mon cœur.

Me voilà dans de beaux draps !

Je m'éveille, gênée par un rayon de soleil filtrant entre mes rideaux. Il me faut quelques minutes pour remettre de l'ordre dans mes idées. Je n'ai pas rêvé ! Ma tête repose sur un oreiller un peu trop dur à mon goût : le torse de mon bellâtre. En bruit de fond, j'entends la mélodie apaisante de son cœur. Ma jambe moulée entre les siennes me paraît d'ailleurs ridicule face à celles de l'homme qui m'étreint. Je contemple à la lueur du jour ce que je n'avais fait que deviner cette nuit. Pas un seul pète de graisse ne recouvre son corps musclé, sa peau dorée et douce ne comporte aucune imperfection. Je n'ose pas bouger, de peur de le réveiller. Pourtant, il va bien falloir car mon sang ne circule plus. Je tente alors de dégager ma jambe le plus subtilement possible et de décoller tout aussi lentement ma joue de sa cuirasse. Satisfaite d'avoir récupéré mon corps en toute discrétion, je n'ai pas capté qu'il était déjà réveillé. Sa main caresse le bas de mes reins et ses yeux bruns, qui finalement possèdent des nuances dorées à la lumière, me fixent. Je sens la chaleur me monter à la tête. J'esquisse un sourire timide et ne sais pas trop quoi dire. En règle générale, mes conquêtes s'éveillent rarement à mes côtés. Si c'est le cas, ils se lèvent en premier, me félicitent et m'annoncent leur départ immédiat. Lui, au contraire, flâne dans mon lit sans l'ombre d'un désir de le quitter. Je me retrouve donc dans une situation inédite : la post-baise.

— Salut, Beauté. Alors, heureuse ?

Mes yeux s'ouvrent de stupeur, le cliché ! À ma réaction, Jullian éclate de rire.

— Je déconne ! Ah, si tu voyais ta tête ! continue-t-il de se bidonner.

Il reprend son sérieux devant mon air de vierge effarouchée.

— Bien dormi ?

— Hum...

— Je t'ai connue plus bavarde.

Un sourire tendre étire ses lèvres. La nunuche de Susan en moi, fond comme un sorbet dans le désert. Je ne veux pas qu'il prenne conscience de ma sensiblerie sinon je suis foutue. Il pourrait bien me prendre pour son jouet. D'un air nonchalant, je me décide à lui répondre :

— J'ai faim ! Un petit déj ne serait pas de refus.

— J'ai quelque chose de délicieux, que tu peux consommer sans attendre...

Il écarte le drap afin de me présenter le plat, qui certes, est très appétissant et... *Oh mon Dieu !* Il est énorme ! Et visiblement, très content de me voir... Je m'empourpre jusqu'aux oreilles, mais ne lâche pas des yeux le pieu qu'il a planté en moi la nuit précédente. Devant mon manque de répartie, Jullian se rapproche et commence à butiner les courbes de mon cou. J'ai l'impression que de la lave en ébullition parcourt mes veines. Je laisse un souffle s'échapper de ma bouche et manque de m'étouffer. Mon haleine ferait fuir la pire des mouffettes. Forte de cette constatation, je me lève d'un bon et pars en direction de la salle de bain en laissant mon fantasme humain sur la béquille. Je sais, pas très classe, mais encore une fois, l'expérience est nouvelle pour moi. Lorsque j'ai enfin fini mes ablutions et mon nettoyage buccal, je sors de la pièce enroulée dans un peignoir et trouve Jullian habillé dans mon salon. *Quelle conne !* Je me flagelle mentalement.

— Je dois y aller...

Oh non ! Pas ça ! Ma malédiction a encore frappé !

— J'ai un gros weekend de boulot et je dois repasser chez moi préparer mes affaires.

— Oui ! Normal, tu as ta vie, tu ne me dois rien.

J'essaie de feindre un sourire, apparemment peu convaincant, car Jullian s'approche de moi, le regard compatissant.

— Je reste joignable, si tu as envie de me montrer des tenues que je n'ai pas encore vues ou pour parler...

Comme c'est original... J'imagine déjà le tableau : moi, jouant les téléphones roses pour le distraire, accompagnée de photos suggestives... Mais bien sûr ! Et la marmotte, elle met le chocolat dans le papier d'alu...

— Ça ira, merci. Je n'ai pas l'intention de faire partie de ton fan club !

Je suis consciente qu'il est déjà trop tard pour ça, mon petit cœur de guimauve a déjà cédé. Mais perdre la face devant cet idiot, il en est hors de question ! Le sexy boy s'approche de moi, toujours ce sourire ravageur accroché à sa trogne. Il dépose un baiser sur mon front et m'achève :

— C'était cool, à plus, Beauté !

Ma tignasse en pétard, se dresse davantage sur ma tête. Statufiée, je le regarde quitter mon appartement.

« *C'était cool... À plus, Beauté...?* » Non mais, on atteint le summum de l'inconvenance ! Je n'arrive pas à croire que cet abruti ait fait voler tous mes principes en éclats, que je me sois abaissée à réitérer ma désinvolture et encore pire, d'avoir aimé ça. Bien décidée à faire le ménage dans ma tête, je commence par effacer la présence de mon incendiaire de beau gosse en changeant mes draps et en prenant une douche. Mon weekend ne fait que commencer et j'ai encore du boulot.

CHAPITRE 17

Début de semaine.

Mon weekend s'est bien déroulé : le boulot était simple, les gens courtois, bref comme une lettre à la poste. Bien entendu, j'ai tout de même dû m'expliquer avec Marco pour mon comportement au Burbery, mon boss me connait assez pour savoir que ce ne fut qu'un simple écart de conduite. Il a d'abord pensé qu'il s'agissait d'un fantasme de couple, ce qui aurait expliqué le petit jeu de rôle auquel on s'adonnait... mais il a eu plus de mal à comprendre, quand je lui ai dit qu'il n'en était rien. En bon patron, il m'a donc donné un avertissement. J'ai feint l'élève modèle, usant de mon self-contrôle pour ne pas lui rappeler ses frasques de « casting canapé » auquel il a l'habitude de se livrer.

Comme à mon habitude, j'ai passé deux jours chez Liam. En lui racontant mes dernières aventures en date, j'ai eu droit à un « j'te l'avais dit ! ». Sans décolérer sur ma naïveté, Papa Ours m'a offert un sermon sur l'éthique professionnelle et sur ma propension à m'enticher de mecs volages... Freud appellerait ça, une compulsion de répétition, qui, selon lui, cacherait un symptôme familial. Une situation qui se répète inlassablement, dans laquelle je joue le rôle de la femme enchainant les mecs, mais dont ceux-ci ne se servent que pour assouvir leur besoin... Moi, j'appellerais ça l'histoire d'une prostituée, conne de surcroît, car j'ai tout le temps le cœur brisé et ça ne me fait pas gagner un kopeck !

Bien entendu, je n'ai aucune nouvelle de Jullian, tu m'étonnes ! Je l'imagine dans son harem, fier comme un coq. De toute manière, je ne pense pas le revoir de sitôt maintenant qu'il a obtenu ce qu'il voulait de moi... Peut-être retiendrai-je enfin la leçon ?

Passons à la mission du jour qui consiste à faire changer mon pneu crevé. J'ai pris rendez-vous avec mon mécano qui est lui aussi un acteur important de mon quotidien. Sans ma voiture, je serais au chômage, c'est donc avec beaucoup de sérieux que j'entretiens ma berline. Pratique, le garage se situe à cinq minutes de chez moi. Je peux laisser mon bébé en réparation tout en vaquant à mes occupations et revenir le chercher à pied. Lorsque j'arrive devant l'entrée, Mario m'accueille avec un grand sourire, signe que sa mission est terminée.

— Mademoiselle Cora !

— Mario, come stai ?

Petit homme d'une soixantaine d'années d'origine italienne, Mario parle avec un accent prononcé. Quand il est arrivé en France à l'âge de vingt ans, passionné par l'automobile, il a ouvert son affaire qui compte aujourd'hui quatre employés. Il incarne à merveille le personnage de jeu vidéo qui porte son nom. Vêtu d'une salopette de travail, ses cheveux grisonnants assortis à sa moustache lui donnent un air de grand-père.

— Bene ! J'ai changé lé peneu commé vous l'aviez demandé. Et ma, votre ami avait raison madémoiselle Cora ! C'est bien oun coup dé couteau, me dit-il soucieux en tortillant un pan de sa moustache.

— Ce sont les risques du métier, Mario, plaisanté-je, bien décidée à me convaincre qu'il ne s'agit que d'un incident fortuit.

— Faites attention, madémoiselle Cora, ouna belle femme comme vous, devrait avoir oun fidanzato[22] pour la protéger.

Je lui accorde un sourire rassurant. S'il savait que mon dernier partenaire en date a pris ses jambes à son cou comme ses prédécesseurs... Je suis bien loin de me trouver un fiancé.

Je règle ma facture et reprends le chemin de la maison au volant de ma berline remise à neuf, je remarque que Mario a pendu un petit sapin à mon rétroviseur, ce qui me fait sourire. Il a toujours une petite attention pour ses clients, et tout particulièrement pour moi. Cette pensée me met du baume au cœur.

De retour chez moi, assise à mon bureau, Minou pelotonné sur mes genoux, j'inspecte mes mails. J'ai reçu une quantité astronomique de messages. Ce qui est étrange, c'est qu'ils contiennent tous des propositions de job, me demandant mes disponibilités et tarifs. Qu'est-ce qu'on dit déjà ? « Lorsqu'on est malheureux en

---

[22] Un fiancé.

amour, la chance nous sourit ! ». Je transfère tous ces mails à Marco et mets à jour mes réseaux sociaux avec mes derniers clichés de shooting photo. Mon téléphone fait des siennes, il n'a pas cessé de sonner depuis ce matin : que des numéros inconnus. Je présume qu'il s'agit de démarcheurs en tout genre qui ne lésinent pas sur le café. Un message écrit attire mon attention.

[Mamie : Cora, cela fait un petit moment que je n'ai pas de tes nouvelles et je m'inquiète, rappelle-moi, ma puce.]

Ma grand-mère, Céleste, la mère de ma mère, celle qui m'a élevée. C'est la personne qui compte le plus pour moi et la seule qui se soucie encore de ma vie. Veuve depuis quelques années déjà, mon grand-père nous a quittées des suites d'un infarctus. Leur couple forçait mon admiration : un amour de jeunesse qui a duré cinquante ans, bien trop rare de nos jours. Mamie a eu beaucoup de mal à faire son deuil et je crois, qu'à l'heure d'aujourd'hui, il n'est pas encore totalement fait. Sa moitié disparue, elle se concentre désormais sur les générations suivantes, afin d'occulter sa peine, se distraire et je suis, avouons-le, sa distraction favorite. Je penche la tête afin de croiser mon reflet dans un des miroirs du salon pour m'assurer que les stigmates de mon agression ne soient quasiment plus visibles.

[Cora : Coucou mamie ! Tu m'invites à manger ce soir ?]

[Mamie : C'est une question ? Oui je t'attends, j'ai fait des gnocchis !]

[Cora : Cool, à toute !]

Il est vrai que j'avais délaissé ma mamie depuis quelque temps… Franchement pas très adepte du concept « famille » depuis mon indépendance, je ne donnais plus trop signe de vie. Non pas que je sois sans cœur, mais mon enfance n'a été qu'une bataille incessante entre ma garde, la pension alimentaire et la haine que se vouaient mes parents. Lorsque j'avais huit ans, ma mère a sombré dans l'alcool, mon père, lui, a toujours assumé son rôle, néanmoins, il a refait sa vie et j'avais la désagréable sensation de n'être qu'un boulet balloté entre eux. Je crois que j'ai toujours été un poids, que ce soit pour l'un ou pour l'autre, heureusement, mes grands-parents faisaient tampon. Je suis partie sans me retourner, dès que l'occasion s'est présentée, ainsi chacun pouvait faire sa vie, soulagé du fardeau que j'incarnais.

Ma vieille[23] habite à une petite demi-heure de chez moi dans la maison familiale, une vaste demeure d'un étage qui a vu naître tous les membres de ma famille. J'y ai beaucoup de bons souvenirs mais aussi de moins bons, que je balaie d'un mouvement de tête. Je passe le portail et m'avance jusqu'à la porte où la doyenne m'attend.

— Ma Cora ! m'accueille-t-elle de ses bras.

— Ma mamie d'amour…

---

[23] Terme affectif, eh oui on extrapole un peu.

Je me love dans son giron, comme la petite fille que je n'ai jamais cessé d'être en sa présence. Nous entrons par la suite dans le salon où se trouve la table déjà dressée. Elle me détaille, je sens qu'elle jauge mon âme. J'accroche ma veste sur une chaise et lui fais face en priant pour que mon camouflage cosmétique ne révèle pas ma mésaventure passée.

— J'imagine bien que tu es très occupée, mais ça commençait à faire long sans te voir... Quelque chose a changé. Tout va bien ?

Aïe, elle est pire qu'un chien truffier ! Je ne lui parlerai certainement pas de mon agression de peur qu'elle ne s'inquiète de trop, mais je vais devoir lui servir quelque chose afin de détourner l'attention.

— Oui, très bien. J'ai pas mal de travail en ce moment, ça m'épuise.

— Ne serait-ce pas plutôt un homme qui t'épuise ? me demande-t-elle, une touche de malice dans le regard.

Je ne peux me contenir de rire. Mamie ne comprend pas que je sois célibataire, ou plutôt, n'accepte pas cette idée. Son souhait le plus cher est que je trouve quelqu'un qui prenne soin de moi.

— Ce n'est pas faute d'essayer ! rétorqué-je. Mais il faut croire que je ne sais pas y faire !

— Qu'est-ce que tu me racontes là ! Une fille magnifique comme toi, ils devraient tous être à tes pieds ! Tu sais, pour moi aussi ça n'a pas été simple. Ton grand-père était un homme très convoité et il y avait du monde sur le banc, si tu vois ce que je veux dire... Mais j'ai su dompter le rital et le faire mien !

Je hausse les sourcils, démotivée. Mamie a toujours eu un tempérament de feu, comme toutes les femmes de la famille cela dit. Élevée elle aussi par sa grand-mère, elle a su tracer sa route, au travers d'une époque qui n'était pas en faveur de la gent féminine, qui plus est, quand celles-ci étaient déjà en avance sur leur temps. Oui, ce brin de femme d'1m60, à la chevelure blanche, aux yeux noisette et aux formes généreuses, prône le féminisme ! Elle adore me raconter l'histoire de la rencontre entre elle et mon grand-père, italien immigré de Turin. Il possédait le vice et le tournevis, un vrai bourreau des cœurs et il fallait bien une personne de poigne pour dompter la bête. Ma grand-mère avait su adopter les origines de sa belle-famille et se transformer en véritable mama italienne.

— Avant que nous ne passions à table, je t'ai acheté un petit quelque chose !

Elle me tend un joli paquet serti d'un ruban. Comme une gamine, sourire aux lèvres, je découvre mon cadeau : un petit haut noir col bateau avec un décolleté plongeant dans le dos, une petite chaine en strass habille l'échancrure. Le tissu est léger et très fluide.

— Oh, merci ! Il est magnifique !

— Et mets-le sans soutif, c'est super sexy avec les tétés qui pointent !

Je lui octroie un clin d'œil de connivence. Quand je disais que ma mamie était en avance sur son temps, elle m'a acheté mon premier string quand j'avais douze ans. Le moins que l'on puisse dire, c'est qu'elle n'a pas froid aux yeux. J'en viens à me demander si je suis véritablement arrivée dans le milieu de la nuit par hasard ou si mon patrimoine génétique et psychique y est un peu pour quelque chose... Nous nous installons à table pour déguster le plat qu'elle nous a concocté : de vrais gnocchis frais, faits maison, un régal ! Ce qui est certain, c'est que je n'ai pas hérité de son talent de cuisinière. Nous continuons nos confidences au cours du repas et j'en viens à lui parler de Jullian. Mamie ne tarde pas à exiger son pédigrée. Ses yeux pétillent. Retrouver notre complicité m'amuse et me fait du bien... Nous nous comprenons. Elle ne me juge pas et m'encourage à vivre ma vie, à découvrir tout ce qui la compose. « *Si jeunesse savait, et si vieillesse pouvait* », une de ses citations préférées, je comprends aujourd'hui la portée de ces mots. Quand elle plonge son regard dans le mien, je devine qu'elle envie mon esprit libre et indépendant. Lorsque nous nous séparons un peu plus tard dans la soirée, je me sens à nouveau pleine et rechargée par la compagnie de ma grand-mère.

CHAPITRE 18

Quel plaisir de conduire quand il n'y a personne sur la route, le chemin du retour se fait aisément. Je gare la voiture à sa place attribuée et me dirige vers ma boîte aux lettres, pour une fois que je pense à m'y arrêter...

Un flot de papiers dégorge du compartiment lorsque je l'ouvre : publicités, factures, ainsi qu'une enveloppe où mon nom est mentionné en lettres manuscrites. L'écriture est anguleuse, fragmentée par endroits et extrêmement tendue. J'emporte le tout jusqu'à l'intérieur de mon appartement quand mon téléphone se remet à sonner, décidément, ces démarcheurs ne dorment jamais. Excédée, je m'apprête à raccrocher pour la énième fois mais je me ravise pour prendre connaissance de mon interlocuteur... Il s'agit de Jullian, lui non plus n'a pas la pendule intégrée. J'hésite à répondre. Une partie de moi me dit de ne pas prendre son appel, pour la simple et unique raison de me faire désirer... Une autre partie, tout excitée, me supplie de décrocher. Après tout, rien ne me garantit qu'il rappelle ! Cédant à ma faiblesse, j'appuie sur le bouton vert.

— Salut, Beauté ! Alors ? Pas de nouvelles ?

— Bonsoir, pot de colle ! Tu n'as rien trouvé à te mettre sous la dent pour m'appeler ?

Je l'entends rire à gorge déployée. Ce son déclenche une envolée de papillons dans mon ventre.

— Tu crois que je ne pense qu'à ça ?

— Sinon, pourquoi tu m'appelles ?

— Eh bien, déjà pour savoir si tu es toujours en vie, et aussi pour vérifier que tu ne t'es pas mise à nouveau dans le pétrin, miss catastrophe.

— Tout va bien pour moi, je te remercie ! La dernière embrouille que j'ai croisée, faisait 1m85 et était dotée d'un orgueil qui crève le plafond.

— Je constate que je t'ai laissé un bon souvenir...

Devenant de moins en moins à l'aise avec la tournure de cette conversation, je tapote du bout de mes ongles le tas de courrier abandonné sur ma table basse. Intriguée par le pli qui m'est adressé de façon informelle, je me décide à l'ouvrir, laissant mon interlocuteur sans réponse. Il contient des images à la luminosité assez sombre. Il me faut quelques minutes d'observation avant de m'exclamer :

— Bordel de merde, c'est pas possible !

Les photos que j'étale sur la table me terrifient, on peut nous y voir Jullian et moi, lors de notre fameuse danse au Burbery, dans le salon privé. Les clichés sont plus qu'explicites, moi chevauchant mon chippendale, l'embrassant à pleine bouche, ou encore mon chippendale me chevauchant, sa bouche agrippant ma poitrine découverte. Mes liaisons mentales sont touchées, je ne comprends pas. Qui ? Quoi ? Comment ? Ces photos compromettantes me ramènent à mon écart de conduite, comme si je venais de me faire plaquer au sol par une équipe de rugbymen. Je suis sonnée, tout se chamboule dans ma tête, les interrogations m'assaillent de toute part... Si bien que j'ai du mal à entendre la voix de Jullian qui me harcèle, elle aussi, de questions...

— Cora ? Allô ? Qu'est-ce qu'il se passe, bordel !

J'arrive à sortir de ma torpeur et l'interpelle :

— C'est une de tes blagues, les photos ?

— Quoi ?

— Tu n'es pas venu tout seul ! Qui a fait ces photos ? Réponds !

— Mais de quoi tu me parles ? Quelles photos ?

Je comprends alors qu'il n'a aucune idée de ce à quoi je fais allusion... Perdue dans ma honte, je n'arrive plus à raisonner correctement. Mes nerfs fortement sollicités me donnent la migraine, il faut que j'évacue. Les larmes s'attroupent à la lisière de mes yeux.

— Désolée, Jullian, bafouillé-je, je dois te laisser.

Sur ce, je raccroche sans même entendre sa réponse. Je récupère l'enveloppe que je manipule en tous sens afin de vérifier qu'il n'y ait pas un mot, un indice, sur l'émetteur de ces clichés. Mais bien entendu, le corbeau a bien fait son job et n'a pas laissé son nom, mis à part les photos de ma décadence, elle est vide. Mais qu'est-ce qu'il veut, ce connard ? Des sous, un rencard, ou juste me discréditer ? Comment suis-je supposée agir ? J'ai l'impression de me retrouver dans un mauvais thriller. J'aimerais appeler quelqu'un, mais qui ? Les filles ? Non, je ne me sens pas capable de leur relater toute l'histoire et de gérer toutes leurs questions. Surtout qu'elles risquent de s'inquiéter autant que moi et de me faire la morale sur mon comportement. Je suis déjà assez douée pour m'autoflageller. Je n'aurais pas dû dépasser les limites, ni aller dans ce club. Si on va plus loin, je n'aurais jamais dû rentrer seule cette fameuse nuit à Genève, tout ce qui m'est arrivé depuis cette satanée nuit, il est évident pour moi que je l'ai cherché. Plus rien ne tourne rond ! Pourtant, je suis plus intelligente que ça, merde ! Je prends une profonde inspiration. Alors dans ce genre de cas, que faut-il faire ? Appeler la police ? Oui, pour leur montrer des photos de moi sur mon lieu de travail m'adonnant au sexe ! Je suis bonne pour me faire accuser de prostitution, faire fermer le Burbery et entacher sérieusement l'agence de Marco. Finalité : chômage. Non ! Mauvaise idée. L'impasse totale ! Je me lève enfin de mon canapé et décide de me servir un verre qui m'aidera peut-être à trouver une solution.

Quatre verres de Martini plus tard.... *Oui, alcool de gonzesse, mais j'adore !* J'en suis à élaborer des plans aussi farfelus les uns que les autres. Tout d'abord, j'ai pensé à truffer ma maison de pièges dans le genre « maman, j'ai raté l'avion », au cas où mon correspondant viendrait me rendre visite. Mais ils se sont tous retournés contre moi. Ensuite, je suis partie dans un délire commando, j'ai enfilé une tenue militaire genre treillis, soutif noir avec, par-dessus, un collant résille dans lequel j'ai coupé les pieds et l'entrejambe pour m'en faire un haut (je n'ai jamais dit que j'en avais une vraie !). Puis je me suis maculée de traits noirs sur les joues et me suis équipée d'armes lourdes, trouvées dans la cuisine. Couteaux en tout genre, ciseaux... que je range soigneusement à l'intérieur de mon ceinturon. Face au miroir, je suis ridicule, mais l'alcool aidant, j'incarne avec brio mon personnage. J'improvise alors des chorégraphies de combats, genre kung-fu. J'ai totalement oublié le pourquoi de toute cette mascarade, mais je m'amuse ! Une vraie débile. Même ma playlist se la joue rebelle, entonnant le rythme de back in black d'AC/DC. Le principal, c'est que j'évacue, je me déchaîne sur la musique comme une junkie en plein shoot.

TOC ! TOC ! TOC !

C'est dans la musique, ça ?

BOUM ! BOUM ! BOUM ! BOUM ! BOUM !

Quelqu'un tambourine à ma porte ! Soudainement rattrapée par ma lucidité, je plonge au sol en bonne militaire. Merde ! C'est qui ? La nuit déjà bien entamée, je ne vois personne de mon entourage oser débarquer à cette heure. Et si c'était mon corbeau ? Qui venait m'annoncer son prix... Ou alors me tuer tout simplement. *T'as raison et il ameuterait tout le voisinage ?* Sait-on jamais ! Je rampe jusqu'à ma porte qui ne bénéficie pas de Juda, accessoire très utile quand on y pense, surtout dans ce genre de situation ! Je décoche la première arme à ma ceinture et m'apprête à accueillir l'assaillant comme il se doit. *Un... Deux... Et trois !* J'ouvre ma porte à la volée, qui soit dit en passant, n'était même pas fermée à clefs, et m'apprête à frapper la personne qui se trouve derrière.

— WOW ! Wow ! Wow !

Mon bras vengeur est stoppé net par la poigne d'un homme. Mon cœur bondit dans ma poitrine et menace de s'arrêter quand je me heurte à ce torse que je reconnais bien.

— Putain, Jullian, mais c'est pas vrai !

— Tu comptais faire quoi avec ton couteau à beurre, Rambo ? se moque-t-il.

— Écoute, ce n'est pas le moment. J'en ai marre que tu me harcèles !

— Tu m'as raccroché au nez tout à l'heure ! Et j'ai senti que ça n'allait pas...

Ce complexe du sauveur commence vraiment à me taper sur les nerfs. Je lui tourne le dos et reprends la direction du salon, bien décidée à mettre un point final à cette relation sans nom.

— Tu faisais une p'tite fête à ce que je vois !

Avec ma tenue et mes peintures de guerre, je ne suis vraiment pas crédible, mais tant pis ! Je profite des derniers effets du Martini pour me donner le courage de lui dire le fond de ma pensée.

— Il faut que tu arrêtes de débarquer chez moi, n'importe quand !

— Ah, je vois ! Madame a eu son compte et passe au suivant ?

— Pardon ? feulé-je. Non, mais... quoi ?

Voilà que je me mets à bafouiller.

C'est le camembert qui dit au roquefort : tu pues !

Décontenancée par son accusation, il reprend :

— J'ai bien compris ton manège, tu sais, une fois qu'on a couché ensemble, tu as pris tes jambes à ton cou, pressée de passer à autre chose.

— Non mais c'est une blague ? C'est toi qui es parti !

— Oui, après m'être rapproché de toi et avoir fini sur la crampe !

Voilà bien un ressenti que je n'avais pas vu venir... Hébétée, je reste plantée devant lui, sans un mot, le dévisageant dans l'espoir de recueillir la sincérité de ses dires. Me voyant prostrée dans mon silence, je suppose que ce qui lui passe par la tête est l'adage « qui ne dit mot consent », car il fait volte-face jusqu'à la porte.

Cora ! Ne le laisse pas partir !

— Jullian, Attends !

Le beau brun ténébreux se retourne vers moi, la main en suspens sur la poignée.

— Je suis désolée que tu l'aies pris comme ça... Je pensais que tu jouais avec moi, comme avec les autres et je n'avais pas envie d'être une conquête de plus.

— Mais tu me prends vraiment pour un enfoiré ! dit-il se dirigeant à nouveau vers moi.

— Comme si un mec comme toi pouvait être l'homme d'une seule femme ! Tu as les yeux qui sentent le cul ! Et tu les fais toutes tomber comme des mouches !

Il incline la tête, dégageant la peau de son cou doré et me transperce de son regard sombre.

— Je ne sais pas si je dois me sentir flatté ou insulté... mais j'en ai autant pour toi ! Tu devrais être la mieux placée pour me comprendre. Au lieu de ça, tu es la fille la plus bornée et bourrée de préjugés que je connaisse !

Il passe la main dans ses cheveux et scrute le sol afin de poser soigneusement ses mots :

— Est-ce que j'ai déjà été un connard avec les filles ? Oui ! C'est indiscutable et je n'en suis pas fier, mais tu ne peux pas me définir uniquement sur ce simple fait. Quand je t'ai vue la première fois au Richclub, il est clair que l'envie de te faire crier mon nom était plus que présente... et puis il y a eu la Suisse, j'ai appris à te connaitre et j'ai apprécié la femme que j'ai découverte.

On se ressemble, Cora, tu ne peux pas nier le feeling qu'il y a entre nous !

— Je ne le nie pas... Je veux juste être au clair sur tes intentions !

Le beau gosse s'approche un peu plus de moi, réquisitionne mon menton à l'aide de son pouce et de son index, pour me forcer à accrocher ses iris mordorés.

— Écoute, Cora, tu me plais, mais tu ne me facilites vraiment pas la tâche... Tu souffles le chaud et le froid, je ne sais pas comment m'y prendre avec toi...

Ses pommettes commencent à se teinter d'un léger hâle rosé, signe que sa confidence le met mal à l'aise. C'est tellement chou, qui aurait cru que derrière cette armure de muscles, se cachait une telle timidité. D'un mouvement spontané, je caresse son visage du bout de mes doigts, je fonds. La bouche entrouverte, il est fort probable que je sois déjà en train de baver devant ce visage parfait... Son corps attire le mien de façon incontrôlable. Je peux à présent sentir son souffle chaud et court sur mes lèvres, l'impact est imminent. Au moment où elles se goûtent, une vague de picotements envahit tout mon être. Nos langues se mélangent dans un baiser tendre et gourmand, puis, Jullian m'entoure de ses bras et me ramène tout contre lui. Son étreinte est possessive, sécurisante, j'aime ce qu'il me fait ressentir. Pour la première fois, je ne me sens pas considérée comme un objet, mais plutôt comme un trésor à chérir. Je me décolle de ses lèvres afin de récupérer mon souffle, mais lorsque j'ouvre les yeux, je ne peux retenir un rire en découvrant le visage de mon amant maculé du noir de mon maquillage guerrier.

— Je pense que je vais aller prendre une douche… lui dis-je en nettoyant sa joue à l'aide de mon pouce. Tu ne vas pas disparaître ?

— Aucun risque ! m'affirme-t-il d'un clin d'œil.

Je lui vole un baiser et me dirige d'un pas précipité vers la salle de bain. Cette fois-ci, il n'est pas envisageable qu'il me file entre les doigts. Je ne sais toujours pas quelle condition attribuer à notre histoire, mais je peux dire sans trop m'avancer, qu'il s'agit d'une relation suivie. Peut-être que finalement, mon conte de fées est sur le point de commencer ?

Je me défais de tout mon arsenal en prenant soin de ne pas me couper au passage, enlève mon treillis et mon haut résille. Une fois nue, je m'emploie à laver mon visage noirci. Sans crier gare, mon apollon fait irruption dans la salle de bain, tenant dans sa main les photos du corbeau, que j'avais laissées sur la table basse. *Zut !* Dans l'affolement j'ai complètement oublié de les ranger.

— Tu m'expliques ?

— Oui… euh… Je les ai reçues dans ma boite aux lettres, aujourd'hui.

— C'était donc de ça que tu me parlais au téléphone ?

— Oui... Je ne sais pas qui me les a envoyées.

— Je comprends mieux l'accueil que tu m'as réservé ! Merde, Cora, c'est grave, là ! Pourquoi tu ne m'as rien dit ?

Toutes mes hormones du bonheur ont disparu, je suis nue (et crue) devant lui, dans tous les sens du terme, je n'ai rien de plus à lui dire sur le sujet et des frissons d'angoisse ressurgissent. Il extrait son portable de sa poche arrière de pantalon et compose un numéro en rejoignant le salon. Je le suis de près et lui demande :

— Tu appelles qui ?

— Les flics !

— Non !

Je parviens à lui faucher son téléphone et raccroche. Choqué, il me regarde, incompréhensif.

— Bon sang ! Mais qu'est-ce que tu fais ?

— Réfléchis ! fulminé-je. On était sur mon lieu de travail, la notion de prostitution, ça te parle ? Sans parler du fait que je risque de perdre mon job ! Alors il n'est pas question que je laisse ce connard, m'arracher ma vie !

Je lui déblatère ma tirade en tenue d'Eve, complètement paniquée.

— Cora, tu ne te rends pas compte, ton agression, le pneu crevé et maintenant ces photos ! Si c'est encore ce taré qui est derrière tout ça, il n'est pas près de s'arrêter.

— Oui, mais maintenant j'ai un bodyguard.

Je lui lance une œillade provocatrice en baladant mes doigts le long de mon buste de façon sulfureuse. Son minois révèle à nouveau ce petit hâle rosé, assorti d'un rictus qui en dit long. Se rapprochant de moi tel un prédateur, il me susurre :

— Tu joues à un jeu dangereux.

Sa paume enveloppe à présent mon sein qu'il malaxe avec douceur, la tension qui émane de lui est contagieuse. Il se mord la lèvre inférieure, comme s'il cherchait à se mesurer, se concentrer. Mon cerveau est subitement pris en otage par ses effluves de testostérone. Je brûle de désir, mon corps en veut plus, mon entrejambe pulse à son contact et libère mes fluides. J'attrape sa main libre et la porte à mes lèvres, je lèche la pulpe de son index avant de l'enfourner dans ma bouche. Je le fixe avec intensité, m'adonnant à une fellation digitale des plus grotesques tout droit issue d'un film porno. Heureusement, je suis vite récompensée de mon audace. Ses muscles se bandent, son plexus tressaute, reflet de sa respiration saccadée. Il déserte ma poitrine pour emprunter un chemin plus au sud. Son escapade déclenche des spasmes dans mon bas-ventre et une langueur qui me pousse à mordiller son doigt toujours emprisonné entre mes lèvres. Arrivé à destination, il investit ma muqueuse dans une urgence qui me fait geindre.

— Je vais protéger ton corps... à tes risques et périls. Je vais imprimer mon nom sur tes lèvres et tu me supplieras de te prendre encore et encore...

Comment peut-il avoir autant de pouvoir sur moi ?

Je gémis, saisis sa bouche et me lance dans une lutte effrénée avec sa langue. Je suis plus chaude qu'une baraque à frites ! À deux doigts de l'orgasme, je presse le mouvement en lui arrachant son t-shirt. Une bouffée de chaleur supplémentaire m'assaille quand je pose mes mains sur ses pectoraux. Avec frénésie, je défais la sangle de sa ceinture les yeux fermés... Lorsque je glisse ma main dans son boxer, j'y trouve l'objet de mon désir, aussi fort et vaillant que dans mon souvenir. Manque de chance, mon bellâtre ne me laisse pas jouer avec. Il m'entraîne jusqu'à mon bureau installé derrière lui et me fait plier. Dos à moi, il écarte mes jambes avec ses mains et je le supplie de me prendre.

Je suis faible !

Mon Toyboy n'est pas conciliant. Il savoure le spectacle de mes courbes exposées. Offerte, il redessine mes fesses de ses doigts, parcourt mon entrejambe, étalant mon excitation au passage.

— Tu es trempée, me dit-il, autant excité que moi. Tu me rends dingue, Cora, je bande comme un taureau !

Je vais exploser. Cramponnée au rebord du bureau, sa voix me précipite au bord du gouffre. Je devine au bruit de plastique déchiré, qu'il enfile une protection pour l'occasion. Il s'immisce en moi avec fougue, arrimant une de ses mains sur ma croupe et l'autre sur ma nuque. Quelques va-et-vient suffisent à faire venir la petite mort, que j'accueille avec délectation, le nom de mon amant au bout des lèvres. Il ne tarde pas à venir à son tour. Comment ai-je pu passer à côté de ça aussi longtemps ? Une fois l'extase savourée, je me redresse tant bien que mal, les hanches meurtries par les saccades effrénées qu'il m'a infligées. Jullian me contemple avec un air que je ne lui avais jamais vu, mais qui me fait rougir. *C'te blague ! Moi, rougir ? Ça doit être l'effet post-baise.* Sans prévenir, il passe un bras dans mon dos et l'autre sous mes jambes, me décollant du sol, je m'accroche à son cou et pose ma tête sur sa clavicule, apaisée...

— Allez, Beauté, au lit !

Je souris, toujours lovée contre lui, reconnaissante de cette parenthèse orgasmique. Et mon petit doigt me dit, que le reste de la nuit s'annonce... torride !

CHAPITRE 19

Le soleil brille, les oiseaux chantent, je suis joie et amour aujourd'hui ! Bien entendu, je dois cet état de béatitude à mon beau chippendale, toujours endormi dans mon lit. Cette fois, j'arrive à m'esquiver sur la pointe des pieds, histoire de me rafraîchir et reviens aussi vite à pas feutrés. J'attends que mon italien émerge. Lorsqu'il ouvre enfin les yeux, je simule à mon tour le réveil, grande comédienne que je suis. *Lol !*

— Bonjour, minaudé-je.

— Humm... Ce bonjour... c'est un appel à la débauche !

Je ris et l'embrasse malicieusement, sa bouche contre la mienne est pleine de promesses. Malheureusement, c'est le moment que choisit mon téléphone pour se manifester. Je n'y prête pas attention, trop occupée à me vautrer dans la luxure... La sonnerie s'arrête puis recommence. Au bout du troisième leitmotiv, je comprends que ce doit être urgent. Je tends mon bras vers ma table de chevet et saisis l'objet perturbateur, ma bouche toujours télescopée dans celle de mon amant. Je décroche et place le téléphone à mon oreille.

— Bordel de chiotte, Cora ! C'est quoi ce bordel ?

Stupéfaite par cette entrée en matière, j'abandonne mon activité :

— Marco ?

— Oui, ton patron, que tu vas foutre dans la merde avec tes conneries !

— J'comprends pas, de quoi tu parles ?

— Je parle des mails que tu m'as envoyés !

— Ben quoi ? C'est toi qui t'occupes de mon booking.

— Exactement ! Je ne suis pas ton mac !

— Je ne vois pas vraiment le rapport... lui asséné-je.

— Et le blog « partie fine » sur lequel tu as un profil ?

— Quoi ? C'est quoi ce truc ?

— Un site d'escorte !

Je sors de mon lit à la va-vite, me prends les pieds dans Minou et manque de m'étaler. Après avoir houspillé mon chat, je me précipite sur mon ordinateur pour découvrir la raison de son mécontentement. La page d'accueil est très suggestive, une soubrette en porte-jarretelles expose les différents services. Je me demande comment une telle entreprise peut être en ligne... Les prestations proposées sont plus qu'explicites : massages érotiques, infirmière privée, professionnelle du bandage, cours de langue à domicile...

— Marco, je t'assure que je ne comprends pas, je ne suis pas inscrite là-dessus. Comment peux-tu penser que je m'abaisserais à vendre mon cul ?

— Toutes les propositions de mails que tu m'as envoyées viennent de ce site ! Et ce n'est pas tout, il y a une barre de recherche, tapes-y ton nom.

Je m'exécute et chute de tout mon poids sur ma chaise quand apparaît mon profil. La photo d'introduction me représente, toutes mes informations personnelles sont relayées en-dessous de mon avatar : âge, téléphone, adresse mail... La rubrique présentation mentionne :

« Petite chatte en chaleur, recherche matou bien membré pour me faire grimper aux rideaux. »

Mon cœur est à deux doigts de se décrocher, ma respiration s'intensifie, je me sens dépouillée de mon identité. La colère comprime mes intestins et un relent de bile investit ma gorge. Comme si l'usurpation n'était pas assez cuisante, je clique sur l'onglet photo qui se trouve en haut à gauche de mon profil. Le sang déserte mon cerveau, mon estomac est aspiré dans un puits sans fond. Les photos que je découvre sont celles de mon corbeau, les mêmes clichés que j'ai reçus la veille.

— Je... Je... ne comprends pas... Marco, tu dois me croire, je n'y suis pour rien, on a usurpé mon identité... bégayé-je.

L'air commence à me manquer, voir mon intimité étalée sur ce site me plonge dans un abysse.

— Bon, reprend Marco, je vais faire le nécessaire pour nettoyer tout ça. Quant à toi, tâche de te reposer. Je te tiens au courant.

Je mets fin à l'appel, plantée là, sur ma chaise, je suis dans un tel état de choc que je n'entends pas Jullian posté derrière moi.

— Cora, ça va ?

Je ne réponds pas, toujours prostrée dans ma honte, les yeux dans le flou se remplissant de liquide lacrymal. Je le vois se pencher vers l'écran, incapable de l'en empêcher.

— C'est pas vrai…

La nausée me submerge, j'ai juste le temps d'attraper ma poubelle de bureau pour y vomir mes restes de Martini de la veille. Jullian, comme à son habitude, chevaleresque, me tend un mouchoir. Je relève la tête et le regarde, anéantie.

— Je te jure que ce n'est pas moi, sangloté-je.

— Hey, calme-toi, je sais que tu n'es pas comme ça.

Il me prend dans ses bras pour m'offrir son réconfort, il est décidément ma seule bouée de sauvetage dans cet océan de merde déchainé. Dans un discours décousu, je lui raconte ma conversation avec Marco et lui confie mes craintes face à mon avenir professionnel, des plus incertains suite à toutes ces allégations graveleuses. Il m'écoute avec la plus grande attention, sans m'interrompre.

— Je pense toujours que tu devrais prévenir les flics, mais je comprends aussi tes réticences et respecte ton choix. La seule chose que je te demande, c'est d'être extrêmement prudente, je ne serai pas toujours là...

La seule chose que je retiens est «*je ne serai pas toujours là*». Pourquoi ? En a-t-il déjà fini avec moi ? Me prépare-t-il à une fin imminente ? Ça y est, je suis en pleine parano ! Je prends conscience que ce problème ne concerne que moi et qu'il va falloir que je le gère seule. Après tout, je ne peux pas m'accrocher à Jullian et attendre de lui qu'il me sauve une énième fois. J'acquiesce d'un signe de tête et me lève pour rejoindre mon lit. Seul endroit où je peux espérer oublier, un instant, ce début de journée et avoir l'espoir en prime, de pouvoir me réveiller de ce cauchemar. J'enfouis ma tête sous mon oreiller et me pelotonne en position fœtale. Un boulet de canon atterrit dans mon lit, manquant de me faire valdinguer...

— Ma beauté, il faut que tu manges. Qu'est-ce qui te ferait plaisir ? me demande Jullian en tentant de dégager mon visage de sous mon polochon.

Je suis tellement Tandax que l'idée de manger ne m'a pas effleurée une seconde. Résistant du mieux que je peux aux tentatives de chatouilles, mon ventre se délie petit à petit. Mon coussin jeté à terre, Jullian me contemple un sourire espiègle aux lèvres.

— Alors, Mc do ? Sushis ? Hot dog ?

Ses sourcils montent et descendent en cadence, lui donnant un air coquin assez loufoque. Il arrive cependant à m'extorquer un sourire pour son choix de mot équivoque. Je décide de rendre les armes, car je sais qu'il n'est pas près de lâcher l'affaire.

— Sushis...

— Excellent choix, ma belle !

Il m'embrasse le front, se lève, enfile son jean, son t-shirt et sort de l'appartement, ses clefs de voiture en main.

Un fois plongée dans le silence de ma chambre, toujours étendue sur mon lit, je rassemble mon sang-froid, prête à faire face. J'en ai vu des bizarreries dans ma vie, allant de situations gênantes à des situations plus dangereuses, mais j'ai toujours réussi à m'en sortir sans dommage. Ce n'est pas aujourd'hui que je vais me laisser abattre ! Je récupère mon téléphone et interroge ma boîte vocale.

« *Vous avez trente-huit messages* » m'indique la petite voix de l'opératrice. Je me félicite d'avoir installé un logiciel filtrant mes appels et ne m'avertissant par sonnerie uniquement des numéros enregistrés dans mon répertoire. Pour les autres, ça sonne dans le vide. Bien évidemment, je m'attends à recevoir des propositions venant du site d'Escorts. Pour autant, je n'ai pas d'autre choix que de les écouter afin de les effacer et voir si au milieu de tout ça, il n'y a pas des messages réellement importants.

[*Hier à 14h* :

« Salut bébé, J'adore les grosses cochonnes ! Tu as trouvé ton gros matou ! Je vais te bourriner par tous les trous... »

Effacé !]

Ma tête est en ébullition, mes joues me brûlent tellement. La honte ne me quitte plus, je n'arrive pas à me défaire de la sensation d'être souillée. Je prends une profonde inspiration, relève la tête, et tente de trouver le courage qu'il m'est nécessaire afin de continuer d'écouter ces saloperies.

Trente-huit messages plus tard, je suis épuisée, vidée, devant ce déferlement d'obscénités. C'est comme si j'avais subi un viol, encore et encore, ou qu'il n'y avait que le train qui ne m'était pas passé dessus. Je sais que le monde n'est pas tout rose, que les pervers y vivent, mais je ne pensais pas qu'il pouvait y avoir autant de prédateurs pour une seule proie. Dans toutes ces expansions de dépravation, il y avait quand même un message de Jen, un de Stella et un aussi de ma grand-mère. C'est d'ailleurs ce dernier qui a poussé ma culpabilité à son paroxysme. Si elle savait dans quelle mélasse je me trouve, elle serait morte d'inquiétude. Les larmes affluent et dévalent sur mes joues comme un flot trop longtemps contenu.

Et tu pleurniches, la belle affaire !

Ma conscience a le don de se manifester quand on ne lui a rien demandé ! En même temps, c'est ma plus vieille partenaire de vie, alors son sarcasme, j'ai eu le temps de m'y faire. De plus, elle n'a pas vraiment tort. Pleurer ne sert à rien, même si sur le moment, ça a au moins le bénéfice de détendre mes nerfs. Très bien ! Forte de cette constatation, je m'emploie à réunir toute la hargne qui se trouve au fond de moi. Mais le feu qui m'anime d'ordinaire a l'air de s'être tari, je ne ressens que des braises qui luttent pour rougeoyer. Mon corps est faible, Jullian a raison, il faut que je mange.

CHAPITRE 20

L'attendre en restant là sans ne rien faire devient insupportable, il me faut un boost ! Et je connais une nana qui en a à revendre.

Je clique sur mon journal d'appels et lance le numéro, la tonalité retentit :

— Salut, ma poulette !

— Salut, Jen…

— Ben ma caille, qu'est-ce qu'il y a ? me demande mon amie, inquiète.

Je lui déballe mon sac, espérant qu'elle m'aide à relancer ma combativité. Je lui raconte tout dans les moindres détails car j'ai une confiance infinie en son jugement. Elle m'écoute, me questionne par moments, mais ne donne aucune appréciation sur ce que je lui raconte. Patiente, elle attend la fin de ma tirade pour s'exprimer :

— Bon, je comprends mieux pourquoi Marco nous a dit que tu prenais quelques jours de vacances.

— Vacances forcées, tu veux dire ! Je fais honte à l'agence.

— Eh ! Oh ! Tu ne fais honte à personne ! s'indigne Jen. Tu crois que les filles sont des saintes ? On a toutes nos casseroles et nos erreurs de parcours, ça ne fait pas de nous des parias pour autant ! s'exclame-t-elle.

Je déglutis bruyamment. Elle a raison, personne n'est parfait, surtout dans ce milieu. Je prends tout simplement conscience que je suis la fille qui s'est mise le plus de barrières et qui attache une énorme importance à ce que l'on peut penser d'elle. Même si j'affiche un air hautain et condescendant pour faire croire le contraire.

— Cora, tu es trop dure envers toi-même, tu as vécu une agression qui t'a rapprochée d'un homme qui te plait ! Tu n'es pas une « marie-couche-toi-là » !

J'acquiesce de la tête comme si elle pouvait me voir. Je puise dans ses paroles la force qu'il me manque.

— Ce qui est plus embêtant, c'est ce corbeau... T'es tombée sur un sacré numéro ! Tu penses que c'est ton agresseur de Genève ?

— Il est en Suisse, je pense que mon cerveau reste marqué par mon agression et le voit partout, mais ce serait un peu extrême ! Enfin, pour un fou peut-être pas... Mais comment aurait-il pu avoir mes coordonnées personnelles ? Peu de gens possèdent mon numéro de téléphone, même pour le boulot, je donne uniquement celui de Marco.

— Et ton adresse ! ajoute-t-elle.

— T'as raison, j'ai peur...

— Putain ! Je lui ferai bouffer ses couilles à ce connard !

— Jullian est avec moi pour l'instant, ça devrait dissuader ce taré de s'approcher.

— Cora, si tu as besoin, tu peux venir chez moi. N'hésite surtout pas !

Je sursaute quand j'entends la porte d'entrée s'ouvrir. Un bruit de papier froissé accompagne la voix de Jullian qui me signale de venir manger.

— Merci, ma biche, je te rappelle !

— Pas de souci, ma poulette, girl power, tu sais bien !

Revigorée par mon échange, je raccroche, enfile un t-shirt long et me dirige vers mon déjeuner. Mon beau gosse étale les barquettes de sushis sur la table. Je constate qu'il n'a pas lésiné sur la quantité. À vue d'œil, il a pris de tout : sushis, sashimis, poke bowls… mes papilles salivent.

— Je t'en prie, assieds-toi, beauté ! m'assène-t-il.

Il est bien mignon, mais a sûrement oublié chez qui l'on se trouve. *Jamais contente !* Bon ok, je dois garder le peu de force que je possède, pour des combats plus importants. Je m'adoucis, souris et accède à sa requête. Après tout, j'ai bien de la chance que cet homme me nourrisse.

— Comme je ne connais pas encore bien tes goûts, il y a du choix, reprend-il, fier de lui.

Je le trouve attendrissant avec ce regard enjoué. Il lui confère un air enfantin, trop chou. Son sourire de tombeur étiré, dévoile une jolie fossette que j'aimerais bien déguster. J'attrape une paire de baguettes et pique un sashimi saumon. Humm... Le poisson cru, c'est toute ma vie ! Sa texture douce et fondante, dévale dans mon œsophage et m'offre une sensation de plaisir orgasmique ! Jullian me regarde prendre mon pied, ses doigts serrent tellement ses baguettes, qu'ils laissent échapper un California roll.

— Si j'avais su à quel point tu aimais ça, j'en aurais recouvert mon corps...

— Sache que j'adore tout ce qui est cru. Viande, poisson, c'est ma passion.

Son visage s'illumine, tandis que son regard taquin entre en scène.

— Je suis sûr que tu aimes aussi quand on te parle cru, pendant le sexe...

Je sens la température grimper en flèche jusqu'à mes joues. Je ne peux ni confirmer, ni infirmer cette spéculation, pour qui me prendrait-il alors ? Surtout que ce genre de sujet implique un grand niveau d'intimité et de confiance. Je plonge la tête dans ma barquette, camouflant ainsi le pigment de mes pommettes. Je déguste mon repas en silence. Jullian change soudainement de sujet :

— Au fait, j'ai passé quelques coups de fil en allant chercher notre festin et, si tu es d'accord, mon boss a besoin d'une fille pour nous accompagner ce weekend.

— Une fille ? Pour quoi faire ? Votre public est 100% féminin.

— La plupart du temps, mais il veut élargir son concept, en s'adressant aussi à un public masculin. Un spectacle mixte, un peu comme dans un cabaret, avec des numéros d'effeuillage, de magie...

— Vous avez déjà des filles dans votre spectacle ?

— Non, tu seras la première ! T'as une bande son ?

— Euh... mais... et Marco?

— Écoute, il t'a mise en congé, non ? Ne t'inquiète pas, mon boss appellera le tien pour sa commission. Comme ça, tu restes avec moi et tu bosses en même temps. Gagnant-gagnant !

Il a vraiment tout prévu apparemment. Et j'avoue être soulagée d'un poids à l'idée de ne pas arrêter de bosser. De plus, je suis reconnaissante à Jullian de son soutien et de tous les efforts qu'il fait envers moi. D'un autre côté, j'appréhende la dimension que prend mon activité, je vais me foutre à poil dans d'immenses salles de spectacle. Moi, qui suis déjà rebutée à l'idée de me dessaper dans une lap dance, ça promet ! Néanmoins, j'ai déjà fait du strip pour les enterrements de vie de garçon ou des anniversaires, la bande son, elle est prête depuis longtemps. Je décide d'aborder ce nouveau challenge de façon positive. Après tout, je suis une vraie working-girl !

— Oui, je dois avoir une bande son, quelque part.

— Parfait ! Mais tu comprendras que je dois valider ton numéro.

— QUOI ? m'insurgé-je.

— Ben oui, c'est du spectacle qu'on propose, chorégraphié, classe. On ne fait pas dans le vulgaire.

Pincez-moi, je rêve ! Le Wasabi me monte au nez et il se pourrait bien que mes oreilles expulsent une salve de fumée. À deux baguettes de sa jugulaire, j'entrevois déjà un scénario sanglant.

— C'est moi que tu traites de vulgaire ?!

— Non, mais avec vous les stripteaseuses, c'est souvent du cliché et parfois du sale…

— Non, mais pour qui tu te prends, le chippendale ! Rien que le nom est cliché ! Et parlons-en du sale…! Dois-je te rappeler que c'est ton pote Sean, que j'ai surpris en train de culbuter une cliente sur son lieu de travail ?

— Dit celle qui s'est jetée sur moi… sur *son* lieu de travail !

Non, il a osé ! Sa punchline m'a mise K.O. Dépourvue de répartie, mon seul réflexe est de lui balancer ma sauce à la gueule ! De toute évidence, j'ai de l'avenir dans le lancer. Ma victime se frotte les yeux, en bougonnant des noms d'oiseaux. Quant à moi, je me lève, embarque les sashimis pour les finir dans ma chambre. Voilà ce qu'il en coûte de me traiter de traînée ! J'ai quand même conservé un certain amour propre ! Tout n'est pas perdu. Je ne regrette absolument pas mon geste, j'espère même qu'il gardera la brûlure du wasabi dans la rétine un moment, ce sale con. Je suis furax qu'il me prenne pour une de ces écervelées, faisant dans le vulgaire et m'offrant au premier venu, quel stéréotype ! J'engloutis mon saumon de façon mécanique, ma mâchoire claque à chaque mastication et évidemment, je finis par me mordre la langue. Ça fait un mal de chien ! La larme à l'œil, je me maudis. Le feu en moi s'est rallumé, je serre les poings à m'en faire blanchir les phalanges.

L'andouille est de retour, dans l'encadrement de la porte. Il se tient là, tout penaud, les yeux rougis comme un lapin albinos. J'adopte mon air condescendant, il n'est pas question que je le calcule ! Il s'avance, prudemment, s'assied au bord du lit et me toise.

— Excuse-moi... J'ai été con sur ce coup.

— Ça, tu peux le dire ! cinglé-je.

— Écoute, je n'ai pas à me mêler de tes affaires, j'avoue que c'était surtout pour me rincer l'œil plus qu'autre chose.

Sa confidence me fait sourire, même si je suis toujours furieuse. Je n'ai qu'à croiser son regard canaille pour m'attendrir.

— C'était pas malin de ma part, maintenant j'ai presque perdu la vue...

Sa lèvre inférieure en avant, il me fait la moue. Ce crétin me fait rire... et que serait un bodyguard sans sa vue : un problème !

— J'ai peut-être des gouttes à te proposer, mais ne compte pas sur moi pour te jouer le numéro de l'infirmière !

— J'ai compris ! sourit-il, amusé de mon agacement.

CHAPITRE 21

Jour J, je prépare mon sac pour trois jours de spectacle. Après avoir remis la main sur ma bande son et réuni le costume qui s'y rattache, je fais l'inventaire de tout ce dont j'ai besoin. Je range soigneusement mes affaires, laissant vagabonder mes pensées. Liam m'a appelée, inquiet de ne pas m'avoir vue débarquer chez lui cette semaine. Après lui avoir inventorié mes péripéties, je le sens de plus en plus inquiet. Il m'a demandé si j'avais confiance en Jullian, je lui ai répondu que oui, mais il est vrai que l'on ne se connait pas vraiment. Il y a de grandes chances pour que ce soit mes hormones en folie qui aient dicté ma réponse. Il est tout de même indéniable que c'est grâce à lui que je peux continuer de travailler. Il est tellement protecteur envers moi ! Je commence dangereusement à m'habituer à sa présence, à ses petites attentions. Malgré le fait que nous ayons déjà couché ensemble plusieurs fois, il n'est pas pressant pour autant, je crois même qu'il me laisse venir à lui. J'imagine que le goût du sexe est meilleur, quand la sollicitude est de mise. Cette cohabitation reste nouvelle pour moi. Il a passé quatre jours à mes côtés et j'avoue que le voir squatter mon canapé commence à m'agacer. J'ai beau me dire que nous avons une relation suivie, il n'en reste pas moins que le mot couple n'a jamais fait son apparition. Je pense plutôt à une relation de sex-friends... À la différence que le friend est censé rentrer chez lui, de temps en temps. Comme s'il pouvait lire dans mes pensées, Jullian m'interpelle pendant que je m'affaire à ma préparation.

— Cora ?

— Hmm ?

— Je vais passer chez moi préparer mon sac, on se voit tout à l'heure ?

— Ok.

Devant le peu de répartie que je lui offre, il s'approche de moi, dépose ses lèvres sur mon front avant de s'en aller. Moi qui me plaignais, il y a cinq minutes, de le voir squatter mon appartement, je dois avouer que je ne suis pas plus heureuse de le voir partir. Une éternelle insatisfaite ! Et très probablement, une capricieuse à mon corps défendant. Je me concentre de nouveau sur mon barda et relativise quant à notre séparation qui ne sera pas longue, puisque le départ est dans quelques heures. Je checke une nouvelle fois ma tenue de spectacle. Je n'ai pas fait mon numéro de strip depuis des lustres, ce qui me met une grosse pression. En même temps, je suis la reine de l'improvisation ! Alors qui vivra verra, ça passe ou ça casse.

J'effectue une mise en beauté, enfile une tenue confortable mais présentable pour le trajet et réapprovisionne Minou en croquettes et en eau. Le félin se frotte à mes jambes dans une tentative de séduction pour que je reste avec lui. Afin de lui faire passer mon absence plus facilement, j'ouvre une boîte de thon que je dépose à côté de sa gamelle, en le cajolant. Il se met à ronronner et m'assène des coups de museau sur le visage, me montrant ainsi sa reconnaissance. Il est temps de partir. Je parcours du regard mon salon une dernière fois avant d'en sortir. Je traîne ma valise jusqu'à ma berline, actionne l'ouverture du coffre et y range mon bagage. Au moment où je passe côté conducteur, je m'aperçois que quelque chose est coincé dans ma portière : un morceau de papier blanc. J'observe le parking autour de moi, il n'y a personne, hormis Mme Abitmol qui boit sa camomille devant ses vitres, me fixant de ses yeux perçants. Sa fenêtre donne sur le parking, elle est au courant de tous les ragots, même si elle n'habite pas ma résidence. Aigrie de nature - en même temps, avec un nom pareil, je peux comprendre -, elle passe ses journées à se plaindre de tout le monde, mais ne se remet bien évidemment jamais en question quand son chien, un petit bichon maltais, hurle à la mort à six heures du matin dans son jardin. Je dévie mon regard du sien afin de prendre connaissance de la note qui m'a été laissée. Mes doigts fébriles appréhendent le message.

« JE SAIS QUI TU ES, TRAINÉE »

Ça faisait longtemps... Je m'écarte soudain de la voiture et en fais le tour, me baissant par moments pour jauger l'état des pneus ou même vérifier qu'il n'y ait pas de bombe.

Tu regardes trop de films, Cora ! Oui, ben je pars du principe qu'une femme avertie en vaut deux !

Rien à déplorer à première vue. Mais j'aimerais en finir avec ça une bonne fois pour toutes. Je me dirige donc vers la fenêtre de Mme Abitmol, qui n'a pas bougé d'un pouce, captivée, comme si elle regardait son téléfilm préféré. Je toque deux coups à la vitre, la ramenant à la réalité.

— Mais dites donc, vous ! s'excite-t-elle en ouvrant sa fenêtre. Vous allez y laisser des traces, avec vos doigts !

— Bonjour, Mme Abitmol ! À tout hasard, vous n'auriez pas vu un homme rôder autour de ma voiture ?

— Pensez-vous que je reste prostrée là toute la journée ?

Oui, je le pense !

— Eh bien, sait-on jamais...

— Non, je n'ai pas vu d'homme !

L'opportunité était trop belle ! Je m'apprête à faire demi-tour, quand la vieille continue.

— Mais une femme, oui.

— Une femme ? m'étonné-je.

Je n'avais pas du tout envisagé ce cas de figure, je suis bouche bée. Devant ma tête de merlan frit, Mme Abitmol jubile, heureuse de son effet.

— À quoi ressemblait-elle ?

— Oh, elle était bien camouflée, je ne peux pas vraiment la décrire…

— Dans ce cas, comment savez-vous que c'était une femme ?

— Je suis vieille, mais pas aveugle ! me houspille la septuagénaire.

— Elle avait les ongles peints en rose ! grimace-t-elle. Quel mauvais goût !

Ça fait peu d'indices… Je remercie Mme Abitmol et rejoins ma voiture. Je prends place au volant en cherchant dans mon entourage une fille aux ongles roses. Aux ongles roses… Autant dire que cela pourrait être n'importe qui… Je démarre le moteur et roule jusqu'au portail, qui reste ouvert depuis des semaines. Voilà pourquoi on entre dans ma résidence comme dans un moulin.

Je fais crisser les pneus, afin de vérifier que mes freins fonctionnent toujours. On ne sait jamais, j'ai encore prévu de vivre quelques années. L'heure affichée sur mon tableau de bord m'indique que je ne suis pas en avance, oui c'est récurent. Je passe la seconde et remonte la rue qui me conduira au point de rendez-vous fixé par Jullian. Je suis une vraie pilote, je me gare sur le parking en quatrième vitesse, offrant un dérapage poussiéreux à mes futurs collègues, attendant devant un énorme van. Tu parles d'une bonne impression !

Je descends de la voiture, récupère ma valise et m'avance vers la horde. Cinq hommes m'attendent de pied ferme. Parmi eux, je reconnais Jullian, toujours affublé d'une sexytude désinvolte, trois autres sont bodybuildés et le dernier n'a vraiment pas le physique de l'emploi, il est rondouillard pour ne pas dire gros. Jullian s'avance vers moi pour me soulager de mon bagage tandis que les yeux de ses acolytes me passent aux rayons X. Le malaise ne dure que quelques secondes et prend fin lorsque mon sexyboy me présente.

— Cora, voici Angelo, mon boss.

— Enchanté, Cora !

Je serre la poignée de main qu'il me tend et réponds à sa politesse par un sourire.

Angelo est le plus grand de tous, il doit faire 1m95. D'une carrure imposante, il a un visage carré, une fine bouche, des dents parfaitement alignées d'un blanc étincelant. Des yeux bleus cristallins, qui me feraient presque peur, et des cheveux châtains taillés dans une coupe en brosse. Je ne m'étonnerais pas qu'il ait des origines de pays de l'Est.

— Lui, c'est Matt, reprend Jullian en me désignant le garçon, un de mes meilleurs amis…

— Salut !

Le Matt en question m'emprisonne dans une étreinte, en me faisant la bise. Moi qui n'aime pas trop les contacts, me voilà prise au dépourvu et pas très à l'aise. Il est légèrement plus grand que moi, blond, les cheveux rabattus sur le côté, bien délimités par une raie nette. Des yeux bleus céruléens, sa peau est aussi douce que celle d'un nouveau-né et teintée d'un bronzage doré. "C'est un beau bébé" comme diraient les copines !

— Moi, c'est Tony.

— Salut ! lancé-je en m'approchant du troisième homme pour lui faire la bise.

Son visage ne m'est pas inconnu, et pour cause...

— On a déjà dû te le dire, mais tu ressembles vraiment à...

— Cristiano Ronaldo ? Oui, je sais, me répond-il, en fourrageant ses cheveux bruns.

— Mais en mieux ! lui rectifié-je avec un clin d'œil.

Son regard noisette s'illumine, il est vraiment canon. Il me gratifie d'un sourire en coin, qui en dit long sur ce qu'il peut penser...

— Pas touche ! coupe mon Bodyguard à l'intention de son ami.

Jullian, à présent placé entre Tony et moi, le foudroie de ses iris. Je me sens flattée mais aussi affreusement infantilisée. Il n'est pas mon père et je ne lui appartiens pas. Bien que ce côté possessif ait fait vibrer ma culotte, je décide de mettre fin au combat de coqs en m'avançant vers le dernier homme, au physique plus rond.

— Alors, voici la gonzesse !

Je m'arrête net face à cet accueil glacial. Je ne l'avais vraiment pas vu venir.

— J'déconne, ma biche, moi c'est Alain. Je suis le maître de cérémonie.

— Enchantée, feins-je, échaudée.

Ça a l'air d'être un sacré numéro, celui-ci, il dispose visiblement d'une répartie acerbe. Les présentations ainsi faites, nous prenons place à bord du van, direction notre première prestation. Je me retrouve coincée sur le siège arrière du milieu, entre Jullian et Tony. Autant dire que face à leurs carrures respectives, j'ai des vapeurs... Angelo, qui conduit, m'informe qu'il a discuté longuement avec Marco et que malgré ses réticences à « *me prêter* », ils sont parvenus à trouver un terrain d'entente. Peut-être même une éventuelle collaboration entre nos deux agences. Je joue les filles ravies, mais n'en pense pas moins. Je refuse d'imaginer une autre fille à ma place, j'y suis, j'y reste. Et puis, c'est grâce à moi qu'un éventuel partenariat est possible.

Non, c'est grâce à Jullian ! C'est quand même moi qui lui ai inspiré cette idée ! Flûte !

Si Marco pense qu'il peut profiter de cette occasion pour se remplir les poches sur mon compte, il risque de ne pas apprécier que je me garde l'exclusivité ! J'apprends dans la foulée, qu'Alain est un transformiste, c'est ce qui fait sa particularité. Je l'imagine en Pamela Anderson ou en Conchita Wurst. Les deux images me font pouffer de rire. Heureusement, personne ne s'en aperçoit.

Les chamailleries et taquineries des garçons vont bon train et monopolisent la discussion. La main de Jullian effleure ma cuisse, par-dessus mon jean. La chaleur s'insinue en bas de mes reins. Je jette une œillade à mon bellâtre qui continue de se chamailler avec Matt. J'ai peut-être interprété trop vite ce rapprochement. Enfin, c'est ce qu'il me semblait, avant que sa main enlace la mienne, diffusant sa chaleur délicieuse. Je me risque à croiser son regard à nouveau, comme si je pensais y trouver le feu de la passion. Mais non, il ne consent toujours pas à poser les yeux sur moi. J'en déduis alors que son approche est clandestine, sentiment malaisant pour moi, car je n'en comprends pas la cause.

Mes craintes se confirment quand Tony jette un œil à nos mains et que Jullian me lâche. *Houlà ! Ça n'augure rien de bon* ! Angelo s'adresse à moi, dans un moment d'accalmie. Dans l'intention de mieux me connaître, il me pose des questions sur mon expérience de la scène, mes tenues, mes rapports avec Marco et les filles de mon agence. Il tâte le terrain et je prends conscience que je passe mon entretien d'embauche à ce moment-là. En bonne professionnelle, je réponds à ses interrogations, le rassurant sur mon expérience, vantant mes qualités d'adaptation et omettant volontairement mes relations tendues avec Marco depuis mes mésaventures. Je ne sais pas ce que Jullian lui a dit, ni pourquoi il a décidé de me prendre pour son crash test, mais ça n'avancerait à rien de m'étendre sur ce sujet, qui ne regarde que moi. Je vois bien que je n'ai pas étanché sa soif de savoir, mais tant pis, à mon tour de les connaître un peu mieux.

Je leur demande donc depuis quand a commencé leur collaboration, quelle superficie couvre leurs spectacles, d'où vient l'idée de ce nouveau concept... La diversion fonctionne à merveille, ils répondent chacun leur tour. À ses vingt ans, Angelo a monté son agence qui existe depuis maintenant dix ans. Matt et Jullian font partie des plus anciens, Tony, lui, est arrivé il y a deux ans. J'ai droit à de croustillantes anecdotes sur le début de chacun, ce qui me fait beaucoup rire. Leur agence est très prolifique, ils sont implantés dans tous les Casinos de France et dans certains pays frontaliers. La troupe est divisée les weekends pour couvrir un maximum de contrats et, selon Tony, je suis dans la fine équipe.

J'apprends également qu'Angelo s'est séparé récemment de la fille avec qui il avait monté son agence. Elle lui a brisé le cœur et a fondé une troupe de danseuses dans la capitale. L'idée de fonder une équipe mixte a toujours été prévue, mais le goût de la trahison l'avait laissée en suspens. À l'évocation de l'ex madame Angelo, l'atmosphère se charge en électricité, le sujet est encore chaud et je me rends compte qu'avec mon interrogatoire, je suis en train de plomber l'ambiance. Je cherche une porte de sortie pour revenir à des sujets plus sympas, mais rien ne me vient. C'est Alain qui parvient à désamorcer l'ambiance, qui l'eût cru ?

— Assez parlé de cette salope ! clame-t-il. Bon, ma belle Cora, je pense que tout ce que ces hommes ont envie de savoir, c'est si tu es célibataire...

Je blêmis devant les regards braqués sur moi, dans l'attente d'une réponse. Je cherche des yeux le seul beau gosse qui pourrait me faire dire non, mais celui-ci est quasiment en train de se briser la nuque pour regarder le paysage. À quoi je m'attendais ? À ce qu'il assume ? J'ai pourtant constaté de mes yeux qu'il en avait une belle paire, mais apparemment, il les a oubliées sur le parking. Pas de chance.

— Eh bien... je... oui ! réponds-je innocemment.

Les sourires s'étirent, laissant apparaître leurs dents reluisantes, ou leurs crocs acérés devrais-je dire. J'ai l'impression d'être un agneau au milieu des loups. *Il y aurait pire comme mort !*

— Attention, les gars, intervient Angelo, je ne tolèrerai pas de division dans la troupe ! Ne me faites pas regretter de l'avoir amenée. Gardez le cran de sécurité sur vos calibres !

— Pour qui tu nous prends, Angelo ! raille Tony, la lueur du défi dans les pupilles.

La situation devient plus que gênante, je cherche une ancre à laquelle me raccrocher afin de retrouver un élan de sécurité, mais c'est le regard noir de Jullian qui s'arrime au mien. Déconcertée, je ne comprends pas ce que me vaut un tel châtiment. Je me rencogne au fond de mon siège et ferme les yeux, bercée par les mouvements du véhicule, me persuadant que si je ne peux pas les voir eux non plus. *Ouais, ouais....*

CHAPITRE 22

Quelques heures plus tard, nous arrivons sur la Côte d'Azur. J'émerge lentement de ma sieste, ma joue bouillonne. Des effluves de parfum embaument mes cloisons nasales, mais cette odeur ne m'est aucunement familière. Mes paupières papillonnent, c'est alors que je prends conscience que j'ai échoué sur la musculature de Tony... Oh la bourde ! Pas besoin de lorgner Jullian pour comprendre, au son de son grognement étouffé, que ses mirettes-mitraillettes sont rivées sur moi, mécontentes. Je me redresse d'un bond comme si une mouche m'avait piquée.

— Bien dormi, belle endormie ? me questionne Tony, avec son sourire goguenard.

— Désolée, soufflé-je.

Je ne sais pas vraiment si je suis désolée envers Tony pour lui avoir bavé sur son t-shirt, ou désolée envers Jullian, de m'être trompée d'épaule. Quoi qu'il en soit, la formule convient aux deux. Que celui qui la veut s'en saisisse !

Le van ralentit pour nous arrêter enfin devant l'hôtel, le « Four season », plutôt classe ! Je ne me fais pas prier pour descendre, mes membres ont besoin de s'étirer pour retrouver leur aisance de mouvement. L'hôtel se situe en front de mer, le panorama est à couper le souffle. L'air marin fouette mon visage avec douceur lorsque je sors du véhicule. J'inspire une bouffée d'iode en allongeant mes bras au-dessus de ma tête. Angelo revient après avoir pris les clefs des chambres à la réception. Il nous les distribue et donne ses instructions :

— Alors, nous avons quatre chambres, Cora et Alain, vous avez le privilège de ne pas partager les vôtres. Tony, tu partages la mienne. Je vous laisse vous reposer et vous préparer pour ce soir, rendez-vous 19 h à la réception. Cora, j'ai besoin de ta bande son pour l'intégrer au spectacle.

Je sors le sésame de mon sac à main et le lui tends. Ce mec a un charisme de fou ! Il récupère mon CD et se dirige vers le coffre pour décharger les valises. Je suis le mouvement et récupère aussi mon chargement. Mais au moment où je m'engouffre dans le tourniquet de l'entrée, une main empoigne la poignée de ma valoche. Jullian marche d'un pas rapide à mes côtés. Sans que j'aie le temps d'ouvrir la bouche, il m'entraîne vers l'ascenseur le plus proche.

— Je t'aide à monter ta valise ! me dit-il avec froideur.

Cet élan de galanterie ne me dit rien qui vaille. Son visage est fermé, ses traits tirés et sa veine frontale palpite. Il y a de l'eau dans le gaz... Je m'abstiens d'ouvrir la bouche. Le ding de l'ascenseur nous indique que nous sommes arrivés à mon étage, nous nous engageons dans le couloir d'un pas décidé. Je trouve la porte de ma chambre, passe la clef devant le détecteur et entre, talonnée de près par mon dragon en colère. La porte à peine fermée, il se met à brailler.

— Tu m'expliques ? C'était quoi ce p'tit jeu avec Tony ? C'est mon pote, putain !

— Je ne comprends pas ! lui soutiens-je.

Il est furax ! Son t-shirt tendu sur ses muscles menace de craquer, je devrais craindre pour mon intégrité mais ce n'est pas le cas. Les flammes en moi se déchaînent avec frénésie, remplissant mon être d'une fièvre exaltante. Il mime mes répliques pour se rendre plus explicite.

—« *Tu ressembles à Cristiano Ronaldo, mais en mieux* »... « *Je suis célibataire* » et vas-y que j'm'endors sur toi...

— T'as bien fait de choisir la danse, l'acting c'est pas ton truc ! me moqué-je.

— Ça ne me fait pas rire ! Tu me prends pour un con depuis le début. Tu es comme toutes les autres, une allumeuse !

Trop, c'est trop ! Je n'en encaisserai pas davantage. Je lui décoche une gifle magistrale qu'il n'a pas vue venir, le bruit de celle-ci, qui s'échoue sur sa joue, nous plonge tous les deux dans la stupeur de l'instant. Je suis tétanisée par mon geste qui fut totalement pulsionnel, ma main endolorie tremblote légèrement. Lui, n'a pas bougé d'un iota... mais reste tendu comme une arbalète. Je suis consciente que je risque de me prendre un revers, mais il n'est pas question que je batte en retraite. Je ne saurais dire si mon palpitant qui s'emballe est dû à la peur ou à l'excitation. Ce moment de latence me semble durer des heures. Il me saisit les deltoïdes avec ardeur. J'anticipe un coup de boule en contractant mes paupières fermées (oui, fermer les yeux est mon échappatoire favorite), mais ce qui me percute, ce sont ses lèvres qui s'écrasent avec fureur sur les miennes. Il viole l'entrée de ma bouche scellée. Je capitule, répondant à son allégresse. On n'est plus sur des nuées de papillons dans le ventre, mais plutôt sur le feu de l'enfer qui me consume ! Il me jette sur le lit et se rue sur moi, tel un pirate à l'abordage. Que m'arrive-t-il ? Je suis surexcitée. D'une main, il remonte les miennes au-dessus de ma tête, en pétrissant ma poitrine de l'autre. Je ne contrôle plus le moindre gémissement qu'il m'extorque. Il lèche mes lèvres, je lui mords les siennes. Le grognement qu'il laisse échapper m'entraîne un peu plus loin dans les cercles de Dante. Il se relève et arrache mon débardeur comme s'il était fait de papier. La pression de mon jean n'y résiste pas non plus.

— Ça va commencer à me coûter cher en fringues, tes lubies.

— Ferme-la !

Quoi ? Non mais... je.... Quoi ! *Oh arrête, t'adores ça ! Non, c'est pas vrai... Oui, c'est ça ! Enfin un qui t'arrive à la cheville, la folle du cul !* Merci ma conscience !

Ma surprise momentanée s'accompagne d'un sourire mutin, ce qui n'échappe pas à mon Dieu vivant. Après m'avoir délestée de mon jean et de ma petite culotte, il remonte à hauteur de mon cou pour en mordre les courbes et dans un souffle, il me susurre :

— J'en étais sûr !

Une barrière s'effondre, percée à jour, je n'ai pas peur de mon reflet dans ses iris flamboyants, j'ai confiance, peut-être à tort. Je n'ai jusqu'à présent, jamais laissé qui que ce soit me parler ainsi, encore moins un homme. Il ne me juge pas et me donne envie de me livrer, d'assumer ma part de fantaisie, que beaucoup ne comprendraient pas ou auraient vite fait de cataloguer. Une danseuse un peu masochiste qui aime les mots salaces, pourrait facilement s'apparenter à une actrice porno. Cet homme me déconcerte, il parvient à me décoder sans difficulté, il cherche même à connaître mes envies pour les assouvir. Il est différent de tous ceux que j'ai connus et qui ne pensaient qu'à prendre leur pied, sans savoir si cela me convenait. Jullian donne autant qu'il reçoit, c'est pourquoi je décide de lâcher la sauvage qui est en moi, juste une fois, pour lui... Je saisis une poignée de ses cheveux et l'enjoins à se mettre sur le dos. Nue et à cheval sur lui, ma chevelure cerise caresse les courbes de ma poitrine laiteuse. Mon playboy se délecte du spectacle, si j'en crois sa langue qui caresse le bord de ses dents parfaitement alignées, avec avidité. Je ressens son désir comme s'il m'appartenait, il décuple le mien. Certains diraient que je suis cérébrale, mais il n'y a rien d'intellectuel dans ce que nous partageons, de l'empathie peut-être et encore. Sa proximité attise le brasier de ma passion. Je glisse mes doigts sous son t-shirt, le faisant remonter en même temps que ma langue brûlante sur les sillons de ses abdos durcis par l'envie. Je lui retire son haut sensuellement. Je suis un fin gourmet, la mise en bouche est aussi importante pour moi que le plat de résistance. D'un geste lui intimant de ne pas bouger, je me tourne en position « chevauchée interdite », dégrafe l'attache de son jean avec mes dents et le fais glisser jusqu'à ses pieds en me cambrant pour qu'il profite de la vue de mon intimité ardente offerte à ses yeux. Sa virilité déjà saillante se niche au creux de mes seins, mon organe vital se débat tel un forcené en cage. Je me redresse en balançant ma tignasse en arrière. Les mains puissantes et empressées de mon amant agrippent ma croupe pour me faire basculer sur le côté. Reprenant sa position de mâle dominant, il se glisse entre mes jambes et me dévisage comme un fruit interdit.

— Tu me rends fou, déclare-t-il, je pourrais tuer pour te garder dans mon lit.

Le pouvoir de la chair... si délectable et ingrat à la fois. Combien m'ont promis la lune, mais m'ont laissée dans le noir une fois leur fantasme assouvi ? Je me ferme à ces pensées moroses, décidant de ne profiter que de l'instant présent. Ce que je ressens là, tout de suite, c'est sa conviction et son désir palpitant entre mes jambes.

— Approche, lui intimé-je.

Une fois à hauteur de son lobe, je lui partage ce que j'aimerais qu'il me fasse. Une confidence dans laquelle ses lèvres s'étirent de contentement. Ma requête est emplie d'un langage fleuri, peu recommandable dans la bouche d'une jeune fille.

— Crois-moi, reprend-il d'une voix suave, tu n'es pas prête pour tout ce que je veux te faire...

J'arque un sourcil en signe de défiance, ce qui le fait rire. Nous partons ainsi dans une transe effrénée. Nos lèvres se goûtent encore et encore, mes doigts, les siens, prennent possession de nos intimités. Il envahit mon corps et y dépose son empreinte. Nous fusionnons, nous imbriquons, variant les positions de nos corps à corps, désireux d'honorer le désir de l'autre plus que le sien. Il me poignarde comme un démon et je rêve que le temps s'arrête. La jouissance nous délivre à l'unisson, de ce supplice marathonien. Éreintés, nous nous effondrons sur le lit, nos visages façonnés par la paix qui nous habite. Nos doigts s'entrelacent, nos regards se harponnent.

— J'ai jamais vécu ça, me dit Jullian, haletant.

— Je t'ai perverti ! blagué-je, moi aussi à bout de souffle.

— Ne t'inquiète pas, j'ai déjà perdu mon âme... me confie-t-il avant d'emprisonner mes lèvres.

C'est officiel, je vais mourir d'épuisement ! Moi non plus, je n'ai jamais rien connu d'aussi bon, mais me garde bien de le lui montrer. Son sexe revigoré, il est parti pour entamer l'énième round. Je suis loin d'être farouche, et même complètement addict à son toucher, alors si mon heure est venue, je pars heureuse et plus que comblée !

La mélodie d'une sonnerie parvient à nos oreilles, interrompant nos préliminaires. C'est le portable de Jullian. À contrecœur, mon Apollon m'abandonne pour chercher son pantalon laissé au sol, dans lequel il extirpe l'objet trouble-fête.

— Allô ? Quoi ? Merde, j'arrive.

Le regard affolé, il raccroche.

— Tout va bien ? demandé-je perplexe.

— On est censés se retrouver dans quinze minutes en bas !

Chiotte ! Je saute du lit comme une hystérique, cherchant dans ma valise mes affaires du soir. Jullian enfile ses fringues éparpillées çà et là et se dirige vers la porte.

— À tout' ! clamé-je machinalement à son intention.

Il se fige net et revient sur ses pas, comme s'il avait oublié quelque chose d'essentiel. Il s'approche de moi à la hâte et dépose un baiser sur mes lèvres avant de repartir. Je suis sur un petit nuage, rêveuse de cette alchimie qui nous lie. Je tâtonne l'intérieur de mon sac, sans savoir ce que j'y cherche.

Cora, bouge-toi !

Ma conscience me ramène à l'urgence : je dois être lavée, maquillée, coiffée et en bas dans dix minutes, un cauchemar ! Je file sous la douche, munie de ma brosse à dents, j'optimise mon temps du mieux que je peux. Je nettoie ma peau de la sueur et des fluides laissés par mon tête à tête avec mister Apollon, en insistant bien sur mon entrejambe qui ne cesse de couler. Bizarre... La vérité me saute en plein visage, quand je crache l'excédent de dentifrice. On n'a pas mis de capote !

Trois heures de baise intense et t'y penses que maintenant ? Bravo ! Tout va bien, je ne tomberai pas enceinte, mais va savoir où il a fourré son grand chauve avant moi... Une fois sortie de la douche, ma fuite a l'air de s'être tarie, il était temps ! Je m'affaire devant le miroir, que j'essuie de la paume pour enlever la buée. Mes instruments de maquillage prêts à l'emploi, j'envoie tout, la boîte et les clous ! Je n'ai pas le temps de faire un gros travail mais je m'applique à faire le teint, un léger dégradé sur les yeux et un peu de baume à lèvres. J'accentuerai le tout plus tard, en me préparant avant le spectacle. J'enfile une combinaison bustier pantalon, des bottines noires et dompte ma crinière emmêlée. Fin prête, je m'active à rejoindre le groupe. J'enfile quelques breloques dans l'ascenseur et consulte ma montre qui m'indique que la bande doit poireauter depuis dix bonnes minutes. Les portes s'écartant enfin devant moi, je sors dans une démarche précipitée. Les Backstreet boys sont au complet, sur leur trente-et-un, et trépignent.

— J'suis là ! m'exclamé-je.

— Ça valait le coup d'attendre ! me lance Tony.

CHAPITRE 23

Le club dans lequel nous nous produisons est splendide. Situé à la pointe de la croisette, cet énorme complexe dispose d'un accès direct à la plage, d'une énorme piscine, d'un restaurant et d'un club select, dans lequel aura lieu notre show. Pour un coup d'essai, je trouve que c'est risqué, mais je ne suis pas la patronne... Angelo me propose son bras, avant d'entrer dans l'établissement hyper chic.

— Ça va aller, Cora ? m'interroge-t-il.

— Je ne suis pas si facile à impressionner, mais j'avoue que pour un test en direct, je n'aurais pas pensé à un tel endroit.

— Mes principales sources de revenus sont les Casinos, avec eux, l'erreur peut s'avérer fatale. Ce genre d'endroit dispose d'une certaine exigence, mais s'il y a un raté, je ne risque pas de perdre mes plus gros clients.

— Je vois, assez d'exigences pour s'appliquer, mais petites conséquences en cas d'échec.

— Tu as tout compris ! J'espère que Jullian a dit vrai sur toi...

Il pique ma curiosité.

— Que t'a-t-il dit ?

— Que tu étais envoûtante… Connaissant son sens de l'esthétisme, je suis plutôt confiant. Quoi qu'il en soit, nous serons fixés tout à l'heure.

Et un petit coup de pression, un ! Nous sommes accueillis par le couple qui gère l'établissement, d'apparence distinguée, je dénote quelque chose de tendancieux chez le tandem. Elle, porte une robe noire qui lui arrive jusqu'aux chevilles. Son tissu est transparent sur les côtés, détail qui révèle qu'elle ne porte pas de sous-vêtements. Lui, est vêtu d'un costume trois pièces gris anthracite, ce qui lui donne un air de dandy. Ils sont tous les deux grands et fins, je pressens chez eux une nervosité sous-jacente. Leurs prunelles aiguisées nous passent en revue.

— Bienvenue au Palm ! Je suis Joy, la maîtresse de maison, et voici mon compagnon, Rob !

Angelo empoigne les mains tendues et nous présente à son tour. La satisfaction dans les regards de nos hôtes est immanquable, jusqu'à ce qu'ils se posent sur Alain. Pour ces êtres qui gravitent dans le paraître et cultivent le charme ainsi que l'élégance, la vue des rondeurs de notre animateur a le don de les faire tiquer. Mais ce n'est pas le principal concerné que ça dérange. Tiré à quatre épingles dans son costume, il arbore un port de tête princier et dédaigneux. Le couple nous invite à passer à table et je ne me fais pas prier, je suis affamée ! Les plats sont divins, une cuisine raffinée et déclinée en plusieurs assiettes disposées au centre de la table. Je lorgne immédiatement sur le carpaccio de saint jacques se trouvant en face de Jullian. Celui-ci n'a pas manqué mon air de convoitise, il s'empare de l'assiette et demande à Matt de me la faire passer. Nos sourires de connivence interrogent les autres convives. Joy et Angelo sont en plein briefing, elle attend de nous un vrai spectacle, mais elle ne veut surtout pas du kitch. Elle n'est pas contre un spectacle osé, pourvu qu'il reste classe. Enfin une femme qui sait ce qu'elle veut ! Ça change dans ce milieu de misogynes. Son comparse, lui, reste silencieux, une main coulant dans le dos de sa femme, il me dévisage d'un air machiavélique. Je ne sais pas ce qu'il se passe à l'intérieur de sa tête, mais ça carbure ! Les autres hommes écoutent les blagues salaces racontées par Alain, heureusement inaudibles pour les gérants, à cause de la musique d'ambiance. Moi, je picore dans toutes les assiettes, y compris celle de Matt assis à ma gauche. Je suis démasquée lorsque je m'empare de la dernière frite de son cornet. Ses yeux s'arrondissent sous la surprise de mon braquage alimentaire, puis s'étirent malicieusement.

— Je vois que ta *discussion* avec mon pote t'a mise en appétit... dit-il à voix basse, pour que moi seule l'entende.

— Ma *discussion* ? réponds-je la bouche pleine.

— Oh, arrête ! C'est mon meilleur ami, je ne suis pas con ! Il se passe un truc entre vous, il m'avait déjà parlé de toi avant.

— Ah oui ? En bons termes j'espère.

— Il parle toujours de ses nanas en bons termes.

Je déglutis péniblement le reste de pommes de terre qui forment une boule dans mon œsophage, je la sens descendre laborieusement jusque dans mon estomac, m'irritant très fortement le conduit. Il vient officiellement de m'informer que j'ai rejoint le harem de mon serial baiseur. Je ne peux empêcher ma mâchoire de se contracter, ce qui a pour effet de faire vibrer les muscles de ma mandibule. Devant mon irritation non feinte, Matt tente de se rattraper.

— Excuse-moi, je ne voulais pas...

— Non, laisse... J'étais au courant que la monogamie n'était pas à la mode chez vous !

J'ai grave les boules ! J'ai besoin d'en découdre. Ma jalousie crève les yeux. Je ne suis pas une fille de plus à épingler à son tableau de chasse ! Je suis LA nana qu'il regrettera de ne plus avoir dans son lit. Je m'éclipse poliment, prétextant d'aller me repoudrer le nez (non, je ne vais pas me droguer, juste aller aux toilettes). Ce soir, je dois mettre le paquet, il en va de ma crédibilité d'artiste et de femme. Je vais montrer à ces hommes qui est le sexe fort. Je furète dans l'établissement gigantesque, je sonde la clientèle qui me correspond tout à fait, très pédante et licencieuse à la fois. Mon numéro aura de l'effet sur eux, j'en suis convaincue.

Je passe les portes du club où le personnel s'affaire aux préparatifs pour l'ouverture. L'endroit est feutré, cosy et chic. Les lights, suspendus aux structures métalliques, m'indiquent que leurs jeux de lumière doivent être à la pointe de la technologie. Le sol est en granit noir, les banquettes en arc de cercle se multiplient sur différents étages et arborent des couleurs prune, ciselées d'arabesques dorées. Un bar en marbre longe le mur de gauche, les verres à cocktails scintillent sur leurs étagères (pas de verres tubes en plastique dégueulasses). Le luxe est sans conteste le mantra de ce lieu. Au bout de l'allée principale qui sépare la pièce en deux parties, trône une scène accessible par trois marches. Dans le coin de celle-ci est érigée une tour dans laquelle se trouve le DJ et le light. C'est pile ce que je cherchais ! Après m'être présentée, je leur fais part de mes besoins pour mon show. Je ne laisse rien au hasard, je checke avec eux les passages, le mien se trouvant au milieu. Parfait, j'aurai du temps pour me préparer. Je passe directement aux loges, se situant à l'autre extrémité de la scène, où je retrouve Alain en pleine métamorphose. Je suis espantée[24] ! (comme on dit dans le sud) En plein make-up, il peaufine l'installation de ses faux-cils en carton... Non, sans blague ! En carton ? Ils doivent mesurer 6 ou 7 cm facile, gare au vent ! C'est vraiment un original. Il a des airs de Cruella d'enfer, j'adore ! Surpris de me voir arriver, il s'exclame :

— Ah chouette, La donzelle ! Viens par là et aide-moi à agrafer mon soutif.

— Tout de suite, ma chère, m'exécuté-je sarcastique.

---

[24] Terme utilisé pour dire qu'on est ébloui, épaté, waouh ! Faut tout vous dire les gars ! ;)

— Que vas-tu nous faire ce soir ? reprend-il, infirmière sexy, fliquette cochonne ou chatte en chaleur ?

Je lève les yeux au ciel, désabusée.

— Je voiiiis... Tu n'es pas de celles qu'on range dans une case ! Je comprends que Jullian soit attiré par toi. Tu es un petit chat sauvage qui a besoin d'être maté !

— Hahaha... ris-je de bon cœur. C'est moi qui matte et pas l'inverse !

— Mouhahaha j'adore les connasses ! On va bien s'entendre.

Une fois l'agrafe de son soutien-gorge épinglée, je fais claquer l'élastique contre sa peau, un sourire mutin fixé au visage. La diva se lève et enfile une robe à paillettes blanche, à l'extrémité de laquelle se déversent des plumes noires et blanches. Il coiffe un couvre-chef du même acabit. À présent, on dirait une version houleuse de Geneviève de Fontenay. La troupe de beaux gosses arrive, prenant possession du peu d'espace dont nous disposons. Une loge pour six, c'est serré, surtout avec le matos qu'ils ont, je parle des costumes, bien sûr. Soudée à ma chaise, face au miroir, je tente de forcer le trait de mon liner, mais la concentration n'y est pas. Ces hommes à la plastique de rêve se foutent à poil, sous mes yeux, pour endosser leurs costumes. Je m'enfonce mon crayon dans l'œil à maintes reprises. Je vais finir par me faire saigner la cornée ! Je suis voyeuse et ne peux m'empêcher de scruter les p'tits culs autour de moi. Je ne connais pas une femme qui ne souhaiterait pas être à ma place ce soir. Les minutes défilent et j'entends la salle se remplir, le trac s'aventure dans mon estomac, mais je n'en fais pas cas. On le ressent toujours avant d'entrer en scène, il fait partie de ma routine, à la différence que ce soir, je dois assurer. Bien que je n'aie aucune chorégraphie, aucune idée précise de ce que je vais faire, j'y vais à l'impro totale. L'heure approche, les garçons, dans leurs costards de Borsalino, s'apprêtent à entrer en scène. Je suis enfin seule et apte à me concentrer sur mon faciès. J'enfile les tenues pour mon effeuillage, en finissant par une robe de soirée noire, col bateau, échancrée qui met mes galbes en valeur. Le tissu est fendu jusqu'à la cuisse, découvrant un bas résille assorti à mon porte-jarretelle. Je perfectionne ma tenue avec une paire de gants en satin noir, remontant jusqu'aux coudes, et emprisonne ma chevelure dans une banane élégante, tenue par un mikado en argent. Je pare mes lèvres d'un rouge carmin, en accentuant l'arc de cupidon, afin de les rendre plus pulpeuses. Une touche d'highlighter pour illuminer le tout et je suis… prête ! Enfin, je crois. Les mecs reviennent, à poil. Décidément, j'aurai vu plus de lunes ce soir, que ces six derniers mois. Leurs muscles sont huilés par une fine couche de sudation acquise pendant leur prestation, les hissant au summum de la sexitude ! Pour ma part, je ne compte pas suer à ce point. Jullian s'approche de moi, tellement près que les attaches de ma robe menacent de céder.

— A ton tour, beauté. Je vais enfin pouvoir me rincer l'œil !

— Comme si tu n'avais pas déjà tout vu.

— Je n'ai pas eu droit à cette tenue, marmonne-t-il en caressant l'attache de ma jarretière.

— Non, tu me l'aurais arrachée... et j'y tiens !

Nos iris battent en duel quelques instants, avant qu'Angelo me rappelle à l'ordre.

— Cora, c'est à toi !

Je me mets en route vers la sortie des loges qui donne sur la salle.

— Mais tu vas où ? demande-t-il inquiet.

— Bosser !

Je claque la porte derrière moi et file me mettre en place.

La musique de mon mix retentit, « I put a spell on you », version 50 nuances de Grey, pas très original, mais efficace. J'ai décidé de changer les codes et de ne pas commencer de la scène. Je suis postée à l'entrée du club, dans une posture lascive à la Jessica Rabbit. Les projecteurs se braquent sur moi, suivant mon entrée. Les mains crantées sur mes hanches, je déambule dans une démarche sulfureuse, les regards s'arriment à moi, tous autant qu'ils sont... Cette attention est grisante, des frissons parsèment mon corps tout entier, je jubile. Je ressens la musique imprégner chaque parcelle de mon corps, la séductrice en moi prend le contrôle. Je marque des arrêts à certaines tables sur lesquelles je me permets de m'asseoir langoureusement, caressant mon buste avec langueur. Je passe à une autre où je plante mon escarpin de 12 cm sur le cuir de la banquette, laissant ma robe découvrir ma peau et tout cela, bien entendu, devant les yeux des mâles en extase. Je continue mon manège, virevoltant de table en table, mes yeux de biche transpercent les miroirs des âmes dans lesquelles ils se fichent, me rapprochant toujours un peu plus de la scène. Ma mise en bouche est parfaite, les gentlemen me tendent leurs mains, m'invitant à les émoustiller et à les choisir pour la suite du show, chose que je prends un malin plaisir à faire traîner. La scène n'est plus qu'à quelques pas et, si j'en crois ma bande son, le second morceau ne va pas tarder à arriver, « Earned it » de The Weekend, j'adore les classiques. Un homme que je reconnais me barre la route, Monsieur Rob, le dandy à la barbe longue, soigneusement taillée. Je comprends que je n'aurai pas le choix de mon partenaire, mais soit. Le client est roi !

Je lui tends ma main avec raffinement, au moment où la musique change. Il attrape le bout de mon majeur et tire sur le tissu pour me l'extraire, sexy ! Un meneur ! Pas de souci chéri, tu vas souffrir. Je joue les choquées, puis me tourne afin de mouvoir mon corps contre le sien, retirant mon second gant avec les dents. Sans trop en faire, je m'écarte de lui et le contourne pour monter les escaliers qui donnent sur la scène. En haut de ceux-ci et toujours en rythme avec la musique, je fais glisser la fermeture de ma robe dos à l'assemblée, elle chute au sol en suivant mes courbes voluptueuses. Me voilà à présent en guêpière transparente. Je déplie mes longues jambes afin de m'extraire du tissu jonchant le sol, mes pas sont légers, je flotte et roule du fessier jusqu'à la chaise disposée au centre de la scène, sur laquelle je m'assois, croisant les jambes avec pudeur. J'enroule ensuite mon index en direction du maître des lieux, lui intimant d'approcher. Mon hôte s'exécute bien volontiers, une fois à proximité, je l'arrête en plaçant mon pied sur son bas-ventre. D'un élan du menton, je lui indique de me déchausser, il retire mon escarpin avec précaution et doigté, je me cambre avec allégresse. Il s'accroupit ensuite et retire le second, et à cet instant, je comprends. Ce type est un libertin ! Il a la culture du sexe et ses codes. Je le lis dans ses yeux fallacieux. Écartant les jambes de chaque côté de la chaise, telle une invitation, son visage approche de mon intimité. Je le laisse y croire une fraction de seconde, avant d'encercler son visage de mes doigts et de le faire remonter à hauteur de ma bouche, le repoussant ensuite d'un air nonchalant. Je le fais s'asseoir à ma place et commence le lap dance. Puis me place dans son dos, faisant courir mes mains le long de son buste, je dénoue ensuite sa cravate avec grâce et m'en sers pour lui ligoter les mains dans le dos. Un problème de réglé. Ce genre d'individu peut s'avérer trop tactile. Lorsque je repasse devant lui, il me lance un « c'est de la triche », auquel je réponds par un sourire sadique. Mon show, mon corps, mes règles ! L'enjambant sans le toucher, je m'emploie à onduler du bassin, marquant quelques saccades en rythme sur le tempo, puis tire le mikado de ma chevelure afin de libérer mes cheveux soyeux. Mon exhibition continue, jouant avec ma crinière insoumise, je déserte ensuite les jambes de mon libertin pour que le reste de la salle puisse savourer le spectacle. Je délasse mon corsage avec grâce et le laisse choir au sol, à côté de ma robe. La dernière musique se lance « I see red » de Everybody loves and outlaw. Je reprends place sur les cuisses de ma victime, une jambe tendue vers le ciel afin de retirer mon bas, passant de l'une à l'autre en décrivant des écarts dans l'espace. Sur la pointe des pieds, je déambule le long de la scène, déroulant l'infinie longueur de mes membres inférieurs. Je joue avec le reste de l'assemblée, m'incline en faisant remonter mon toucher de la cheville à la cuisse, rejetant mes cheveux en arrière. Je fais monter la tension, en dégrafant mon balconnet pour en libérer ma poitrine qui pointe vers les cieux. Des nippies sertissent mes mamelons, deux cœurs en strass, oui, coquette jusqu'au bout des seins ! Je reviens une fois de plus sur les genoux du coquin, enroule mes jambes aux pieds de la chaise et me laisse descendre la tête en arrière en me caressant sensuellement. La musique diminue, annonçant le final. Il faut finir à poil, c'est la règle, mais j'attendrai les dernières secondes. Pour le moment, je joue la carte de l'esbroufe, topless face à la foule, je glisse la main dans mon tanga et en retire par le bout une chaîne en strass, la déroulant sur quatre-vingt-dix centimètres, en simulant les affres de l'orgasme. Les bouches et les yeux s'arrondissent, j'imagine sans mal ce qu'il se passe dans leurs caleçons... Le pouvoir de la suggestion ! J'habille ensuite mon bassin de cette mince chaînette argentée, les dernières tonalités sont sur le point d'arriver. J'accroche les élastiques de mon tanga à l'aide de mes pouces avec lesquels je joue, ma langue déferle timidement sur mes lèvres. Je roule des hanches, accompagnant mon geste, et progressivement, laisse le dernier rempart de ma pudeur chuter à son tour... Les détails sur mon émoi sont bien plus grisants pour ces messieurs que la vue de mon corps nu. Le timing est parfait, la musique prend fin, d'une révérence traditionnelle, je salue mon public levé, qui applaudit de bon cœur. Je récupère élégamment mes affaires et libère Rob de ses entraves.

Je me presse jusqu'aux loges, heureuse d'en avoir fini. J'ai droit à un super accueil. Tous me félicitent. Tony me demande même si je pourrai garder ses clefs de bagnole dans ma poche secrète. Le sale gosse ! Il me fait rire. Jullian me surprend en m'enroulant dans une serviette, à la hâte, il n'a pas l'air très à l'aise. Je soupçonne mister Macho d'être écartelé entre l'envie de me prendre comme un sauvage et celle de me kidnapper loin de tous ces mâles. Après tout, il reste un homme, une fille comme moi est un fantasme au pieu, mais pas celle qu'on revendique. J'envie ces autres femmes, j'envie celles qui sont aimées en entier... Moi, on ne m'aime que la nuit, à l'abri des regards et dans la discrétion.

— C'est dangereux ce que tu fais, Cora, me souffle Jullian.

— Si tu es sage, je te laisserai faire ma deuxième partie de soirée, minaudé-je.

— Je suis sérieux ! Tu les laisses trop y croire et après, tu te fais agresser.

Et paf, dans ta gueule, Cora ! Alors ça, c'est un coup bas !

Je le foudroie du regard pour ce qu'il ose me dire. En gros, mon agression est légitime car je fais trop bien mon travail ? Je ne comprends pas, ou du moins, refuse de comprendre. On vend du rêve, du fantasme, je joue mon personnage sans jamais dépasser les limites, j'en fais même beaucoup moins que toutes les autres, que veut-il ? Me garder enfermée dans sa garçonnière, à son bon vouloir, pour son usage personnel ? Ah non, pour me protéger de moi-même... Décidément, il est vraiment d'une connerie sans nom ! Surtout que c'est lui qui est à l'origine de ma présence ici. Mais voilà, c'est un homme qui n'assume pas, comme les autres !

CHAPITRE 24

De retour à l'hôtel, je file dans ma chambre et m'y enferme. Malgré la réussite de cette soirée, je garde un goût amer en travers de la gorge. Je ne décolère pas, Jullian et moi ne nous sommes pas échangés trois mots sur le retour. Moi qui avais imaginé qu'entretenir une relation avec un mec issu du même milieu que moi serait plus simple... Ben pas du tout ! C'est même le summum de la complexité. Sa phrase me revient continuellement en tête et me fait mal. Je suis énervée contre lui, ou peut-être est-ce à moi que j'en veux, pour me préoccuper autant de ce qu'il pense. Je croise mon reflet dans le miroir et ne peux réprimer un sentiment de dégoût.

Voilà la dure réalité ! Toutes ces années durant lesquelles on m'a éconduite pour mon métier, pour ma faculté à la séduction et pour les regards que l'on me porte, tous ces échecs sentimentaux m'ont brisée, m'ont rendue indigne d'être aimée, pour ce que je suis, ce que je représente. En toute honnêteté, l'idée que cette agression puisse être de ma faute, m'a déjà traversé l'esprit, j'ai été imprudente. Habituellement, ma carapace me permet de me défendre contre toutes ces attaques et de ne pas leur accorder crédit, mais je me suis entichée de mon beau chippendale, plus que je ne l'aurais dû. Son avis compte pour moi et qu'il ose suggérer ce genre de chose, m'anéantit. Il est temps pour

Cendrillon de redevenir citrouille, je me fais couler un bain et m'y immerge totalement dans l'espoir de nettoyer la noirceur qu'il y a en moi. La chaleur m'apaise, me réconforte, je lâche prise un bref instant. J'en sors lorsque la pulpe de mes doigts se parchemine, m'emmitoufle dans un peignoir, prête à rejoindre mon lit. Je me faufile sous les draps, quand on frappe à la porte. Je grogne, mais décide de ne pas aller ouvrir, peu importe qui c'est, il se découragera avant moi. Plus un son, plus un bruit, merci Seigneur ! Je vais pouvoir dormir. Un bip électronique me sort de mes limbes. Les yeux écarquillés, je comprends que quelqu'un est en train de s'introduire dans la chambre. Mon souffle se bloque, la pénombre de la chambre s'éclaircit grâce à l'éclairage du couloir, une silhouette imposante passe l'encadrement, puis la porte se referme. D'un bond, j'allume la lampe de chevet, prenant au dépourvu l'intrus. Pourquoi ne suis-je pas étonnée ?

— Ce n'est que moi, me dit Jullian planté devant le lit.

— Que ne comprends-tu pas, quand la première fois, je ne t'ai pas ouvert ? Tu penses que rentrer dans ma chambre sans mon consentement serait plus judicieux ?

— Tu es fâchée, donc…

— Non, je suis fatiguée ! feulé-je.

Son regard insistant me prouve qu'il en attend plus.

— Tu m'as blessée ! Je comprends que ce n'est pas facile pour toi et je te suis reconnaissante de m'avoir trouvé ces contrats pour ce weekend, mais si ma présence te dérange, ce serait peut-être mieux que je rentre chez moi.

— Ne dis pas ça ! Je suis heureux que tu sois ici avec moi.

— Oui, pour pouvoir me tringler quand bon te semble ! Je ne suis pas stupide, tu ne veux pas t'afficher avec moi car mon travail te fait honte. Mais j'ai un scoop pour toi, je suis danseuse ! Séduire, c'est mon métier, tout comme toi. Je ne compte pas changer, ni arrêter de bosser et encore moins faire partie de ton harem à la con !

— Si tu me laissais en placer une ! gronde-t-il excédé.

Renfrognée contre mon oreiller, ma bouche plissée, pour contenir ce qui pourrait en sortir, je croise les bras sous ma poitrine, attendant sa plaidoirie.

— Tout ça, c'est nouveau pour moi, je suis macho et possessif.

Sans blague...

— Et te voir proche d'autres mecs, ça me rend fou ! J'ai conscience d'avoir réagi comme un con tout à l'heure. Je ne me suis jamais intéressé aux filles de ce milieu parce que je savais que ça ne collerait pas avec mon tempérament. Et puis tu es arrivée. Tu as chamboulé tout mon monde, balayé tous mes principes. Je ne comprends pas exactement ce qu'il y a entre nous et ça me fait peur… car la seule certitude que j'ai là, tout de suite, c'est que je t'appartiens corps et âme.

Ses paroles résonnent en moi. J'aurais pu moi aussi lui dire tout ça, si je n'étais pas tétanisée par ma peur de l'abandon. Mon cœur manque un battement, pulsant de façon arythmique, tel du morse, il m'enjoint à lui laisser les commandes.

Dans un geste d'une infinie tendresse, je prends le visage de Jullian en coupe. Mon regard planté dans le sien, je lui dévoile tout ce que je n'ai pas le courage de lui dire. Nos lèvres se télescopent, scellant notre appartenance l'un à l'autre.

Jullian Marino, je suis mordue, pourvu que ton poison si doux soit-il, ne devienne pas l'instrument de ma destruction…

Au petit matin, je m'éveille dans les bras de mon MEC. Oui, c'est acté, après une nuit pleine de confessions sur notre attirance mutuelle, nous avons décidé de vivre cette histoire qui nous dépasse. Nous sommes conscients que tout ne sera pas facile, de par nos jobs et notre rythme de vie, néanmoins, nous avons pris le parti de nous faire confiance et de vivre au jour le jour. Je butine l'ovale de sa mâchoire, soulignée d'une fine couche de poils. Il s'éveille à son tour en refermant ses bras musclés autour de moi.

— Bien dormi ? demandé-je.

— Plus que bien ! Surtout quand tu frottes ton popotin contre moi.

Il joint le geste à la parole en m'empoignant fermement l'arrière-train. J'arbore mon plus grand sourire, des étoiles plein les yeux. Mon corps répond instantanément à son appel, sa cuisse emprisonnée dans les miennes, il ne peut pas ignorer l'humidité qu'il s'en dégage.

— Humm... Mademoiselle Osteria, je crois que vous avez une fuite qui mériterait d'être étanchée.

Je glousse, emportée par mes hormones. Son torse fond sur le mien, sa peau douce et ferme électrise tout mon être. Son membre gorgé de sang pulse à l'entrée de mon fourreau, je me contorsionne sous son corps, languissante.

Cora ! Il y a certaines règles qui ne sont pas négociables ! Une fois, honte à lui, deux fois, honte à toi !

Je stoppe net la progression de mon étalon. Quelle emmerdeuse cette conscience, même si en effet, elle a vu juste.

— Attends... m'étranglé-je pantelante, on a déjà oublié la capote la dernière fois et tant qu'on n'a pas fait les examens, il serait préférable qu'on ne prenne pas plus de risques.

Loin de décourager mon dieu du sexe, celui-ci me fixe, toujours plus excité.

— Tu as raison, mais je ne peux décemment pas te laisser dans cet état. Je vais donc colmater cette fuite à l'ancienne !

Il enfouit sa tête sous le drap et commence son examen. Quelques coups de langue plus tard, accompagnés d'encouragements exagérément verbalisés, je décide que l'égalité des sexes est un principe qui se doit d'être respecté et m'emploie à lustrer sa clef de 15 en même temps qu'il colmate ma fuite, qui, soit dit en passant, est de plus en plus abondante.

La journée se déroule sans le moindre nuage à l'horizon. Nous descendons déjeuner, main dans la main, à l'initiative de Jullian qui me revendique à présent comme sienne. Je dois avouer que j'adore l'ardeur qu'il met à marquer son territoire. Le monde qui m'entoure me semble bien plus beau, depuis que je le partage en pleine lumière avec mon bel Apollon, le ciel est plus bleu, les gens plus humains et Suzan bien moins nunuche... Je suis shootée au bonheur !

Le reste du séjour se déroule dans la joie et la bonne humeur. Je crée des liens avec les garçons. Je ris aux blagues d'Alain, parle marketing avec Angelo grâce à qui j'améliore mon numéro. Je me prends d'une affection fraternelle pour Tony car, sous ses airs de sex-symbol, se cache une profonde sensibilité. C'est un cœur d'artichaut, trop chou. Nous passons des heures à discuter sur ses relations passées et le handicap qu'il a pour se faire aimer, pour autre chose que sa plastique. Pas étonnant que le courant passe si bien, c'est moi en mec ! Nos interactions ne dérangent plus Jullian qui nous regarde avec un air attendri. J'apprécie beaucoup cette appartenance au groupe. Le lien qui les unit est fort, toujours présents les uns pour les autres, solidaires aussi. Matt me racontait qu'il leur est déjà arrivé plusieurs fois de ne pas pouvoir honorer un plan en solo, mais qu'il y avait toujours un pote prêt à rendre service en s'acquittant du travail, sans prendre le moindre sou. On ne verra pas ça avec les filles ! Aucune de nous ne se déplacerait pour aller bosser gratis. La rivalité chez eux n'existe pas, en tout cas pas au sein du groupe dans lequel je suis immergée. Dans leur team, chacun est libre de choisir les numéros qu'il préfère travailler, ils se prêtent leurs accessoires, leurs idées, leur cohésion est parfaite et la confiance sans demi-mesure. J'assiste à un véritable choc des cultures !

Trois jours que Jullian et moi roucoulons, aimantés l'un sur l'autre. Nous dormons, mangeons, bossons, et nous lavons même ensemble. Nous ne pouvons pas nous empêcher de nous toucher, comme s'il était impossible pour nos corps de se passer l'un de l'autre, un lien implicite nous relie, profondément ancré dans nos chairs et d'une intensité peu commune. Si notre conscience professionnelle nous le permettait, nous nous enfermerions dans une chambre avec un stock inépuisable de capotes et copulerions comme des lapins en rut, jusqu'à la fin du monde. Mais, pénurie de latex oblige, nous nous efforçons de contenir la fièvre en nous livrant à des caresses, morsures, léchages et séances de frotti-frotta.

Je n'en peux plus, si ça continue, je vais mourir d'envie, ma frustration s'est transformée en obsession ! Moi qui pensais qu'il n'y avait que les hommes qui possédaient une bite dans la tête, eh bien, je sais aujourd'hui, que la réciproque est vraie. Surtout lorsque, arrêtée sur une aire d'autoroute, je fixe un cône de signalisation orange en me pourléchant les lèvres. Si la bienséance ne me fustigeait pas autant, je m'y serais déjà empalée avec enthousiasme à l'image d'une cowgirl en plein rodéo. Prise en faute, en plein fantasme de voirie, Jullian se marre.

— À nous deux, on fait la paire, se moque-t-il.

— Je vais bientôt me taper la tête contre les murs, confessé-je.

— Tout à l'heure, quand Matt mangeait sa pêche, j'ai eu une trique pas possible, j'aurais pu lui fendre le crâne en deux.

— Jullian, je t'en supplie, ne parle plus ! Le son de ta voix accompagné du mot trique et fendre, sont un supplice.

Il m'attire contre lui, pose son menton sur le haut de ma tête, et me cajole le dos de ses mains puissantes.

— Je vais devoir passer quelques jours chez moi à notre retour. Je dois régler certaines affaires et j'en profiterai pour faire les tests. Après quoi, je viendrai te rejoindre et te baiserai jusqu'à ce que tu ne puisses plus t'asseoir.

— Attention, Monsieur Marino… Il se pourrait que ça prenne plusieurs jours…

— Oh mais, j'y compte bien, ma beauté !

Je l'embrasse amoureusement, ravie de la perspective qui s'offre à moi.

CHAPITRE 25

Retour au bercail !

L'absence de mon rital n'a pas tué mon envie, mais a au moins eu le mérite de me rendre une certaine lucidité. Sans les stimuli de sa présence, mon instinct animal rend les commandes à mon intellect. Je repasse mon séjour en mémoire… savourant chaque détail et vérifiant que tout ce que j'ai vécu n'était pas un rêve. Je suis la femme d'un homme, je suis en couple avec le mec le plus sexy du monde, il me désire, me protège et m'honore comme un Dieu. Je suis ultra chanceuse, enfin ! Oui enfin, j'y ai droit ! Je n'oublie pas pour autant les photos et messages de haine reçus avant mon départ, mais aujourd'hui, rien ne peut entacher ma bonne humeur. Je me sens capable de soulever des montagnes ! Je compte bien éclaircir ce mystère et retrouver la déglinguée qui en est responsable, en temps voulu. Je reprends ma routine hebdomadaire en rendant une petite visite à Liam. Je suis pressée de savoir comment évolue sa relation avec Nathan et aussi, de lui faire part de mon weekend de rêve. Lorsque mon meilleur ami m'accueille, nos visages se synchronisent, exprimant la même mièvrerie.

— J'ai une super nouvelle ! claironne mon kiki.

— Moi aussi ! lui réponds-je, en trépignant comme si j'avais cinq ans.

— Toi d'abord !

— Non, toi d'abord !

Notre bonheur ferait de l'ombre au soleil, tellement il irradie la pièce. Nous nous installons en tailleur sur le canapé, l'un en face de l'autre, dévorés par la curiosité. Je laisse Liam commencer.

— Nathan m'emmène à Venise !

— Wouah, c'est génial ! Je suis tellement heureuse pour toi.

— Et ce n'est pas tout, on pense emménager ensemble.

Comme si je venais de prendre une douche froide, mon sourire s'évanouit. La question qui me brûle les lèvres, mais dont je redoute la réponse, se fraye un chemin jusqu'à ma bouche.

— Tu vas partir... ? balbutié-je.

— Partir ? Non, je ne pourrais pas te laisser, ma caille. Il est prêt à venir vivre ici.

Mon regard retrouve son éclat, comme celui d'un enfant au matin de Noël. J'enlace mon frère de cœur, émue par sa confidence. Inséparables depuis nos quatorze ans, je n'envisage pas un instant ma vie sans lui. Lorsqu'il relâche son étreinte, j'aperçois une larme perler au coin de ses yeux.

— Bon alors, et toi ? Dis-moi tout ! se reprend-il.

— Tu as devant toi une femme en couple, m'extasié-je, en levant les bras au ciel.

— Atta-tta-ttant ! Ton chippendale ?

Je hoche la tête avec frénésie.

— Hallelujah ! Cora, tu mérites tellement d'être heureuse. Et compte sur moi pour lui briser les rotules, s'il s'avise de te faire souffrir.

Je salue son entrain à vouloir me protéger, mais je pense que face à mon armoire à glace, ses chances de lui en coller une sont extrêmement minces.

— Autant de bonnes nouvelles, ça se fête ! claironne-t-il. Daïquiri ?

En voilà un qui sait me prendre par les sentiments. Le temps qu'il prépare nos cocktails, je me répands en bavardages sur le feuilleton de ma vie en ne lésinant pas sur les sentiments naissants qui m'animent. Par la suite, nous nous adonnons à notre sport favori : la projection. Nous fantasmons sur notre vie à venir. Moi, j'imagine Liam en femme d'intérieur, affublé d'un tablier, attendant que son pompier rentre à la maison pour lui éteindre le feu et lui, m'imagine avec une tonne de mouflets. Mouais, disons qu'avec mon triste exemple de maternité, je n'ai jamais envisagé en avoir, car je ne supporterais pas de reproduire les mêmes erreurs que ma génitrice. Ma chère maman a toujours été plus femme que mère, dirigée par sa libido. Un jour, elle a rencontré mon père qui l'a accidentellement mise enceinte. Elle a eu la main chanceuse, l'homme sur qui elle est tombée, est ce qui existe de mieux en termes de droiture. Il est honnête, loyal et responsable. L'extrême opposé d'elle. Il m'a reconnue à ma naissance et m'a offert son nom, juste avant que ma mère ne s'enfuie en m'emportant sous le bras, dans le noir de la nuit, le laissant alors sans nouvelles de sa progéniture. Le sentiment de trahison qu'il a éprouvé, l'a poussé à la haïr. Qui pourrait l'en blâmer ? J'ai grandi au milieu de cette guerre, servant de faire-valoir, qui, à mes dépends, a servi à faire mûrir l'imposture de mon existence. Ma mère s'est toujours conduite avec moi comme si j'étais sa copine, elle me parlait de ses conquêtes, de ses problèmes. J'ai assisté aux premières loges à sa descente aux enfers lorsqu'elle a commencé à boire, les pires années de ma vie. Lorsqu'il est devenu évident pour moi, que je n'arriverais pas à la sauver de ses travers, j'ai souhaité renouer avec mon père. Je me suis retrouvée immergée au sein d'une nouvelle famille où je me sentais de trop. Je ne pouvais m'empêcher de penser que tout ce que l'on voyait en moi, c'était elle. Lorsque j'ai atteint l'âge ingrat de l'adolescence, je ne supportais plus cet héritage trop lourd à porter. J'ai fui mes parents et tous leurs ressentiments pour avoir une chance de trouver qui j'étais et surtout, pouvoir vivre une vie qui m'apporterait le bonheur ainsi que l'amour. Ma grand-mère est la seule personne qui m'ait comprise et offert son soutien absolu.

C'est dans ses yeux que j'ai trouvé l'amour inconditionnel, celui qui m'a permis de prendre confiance en moi et, qui a fait que je puisse m'émanciper de toute cette merde.

Tout le monde peut faire des enfants, mais personne ne peut leur éviter la souffrance. Face à cet état de fait, je ne suis pas sûre de vouloir prendre le risque de me reproduire. Mais attention à ce que l'on dit, dans notre société, la femme enceinte est la meilleure version de l'être humain, le mammifère sacré. On fustige la gazelle habillée trop court, mais on s'émerveille devant la vache en salopette. Surtout qu'entre les deux, s'il y en a bien une qui s'est fait tirer, c'est la grosse[25]. Liam connaît l'intégralité de mon histoire et je le soupçonne de tâter le terrain, afin de guetter l'évolution de mon état d'esprit. Je me sors de cette introspection via une pirouette humoristique, en lui disant que je serais capable de les empoisonner quand on connaît mes talents de cuisinière.

Nous poursuivons la soirée en visionnant notre série préférée. L'une des héroïnes reçoit une lettre anonyme dans sa boîte aux lettres, ce qui la met dans tous ses états. Mon cerveau tisse rapidement des liens et juxtapose à cette scène, les images de mon propre harcèlement. Je n'ai encore rien dit à mon ami sur cette affaire, mes révélations viendraient entacher ce moment et je n'arrive pas à m'y résoudre. De plus, il serait capable de faire une croix sur Venise juste pour pouvoir jouer les grands frères protecteurs. Et ça, moi vivante, il en est hors de

---

[25] Tirade empruntée à l'humoriste Alexandra Pizzagali.

question ! Ce grand nounours qui a pris soin de moi pendant toutes ces années, mérite bien plus que de faire du baby-sitting. Je suis une grande fille, qui n'a jamais failli, encore moins face à l'adversité. Mon esprit vagabonde, je pense à mon athlète... Que fait-il en ce moment ? A-t-il fait ses tests ? Je pianote un message sur mon téléphone.

[Cora : Salut, beau brun...]

La réponse ne se fait pas attendre.

[Amore mio : J'en connais une qui a encore faim... de mon corps ;)]

[Cora : Je suis démasquée ! :p Tu as fait les tests ?]

[Amore mio : Non, je n'ai pas eu le temps, j'ai pris rendez-vous pour demain, après quoi je t'enlève.]

[Cora : ☺ J'ai hâte ! Tu m'emmènes où ? Le mec de mon meilleur ami l'emmène à Venise, un peu cliché, je sais, mais il a le mérite d'être romantique.]

[Amore mio : Où tu voudras, Beauté, du moment que je t'ai pour moi seul !]

Mon cœur entame un air de salsa effréné ! Nous échangeons quelques sextos lorsque je reçois un texto de Marco. Après m'avoir demandé si j'allais mieux, il m'informe d'un plan de dernière minute, en collaboration avec Angelo. Un clip devant se tourner dans une villa sur la Côte d'Azur pour un groupe de chanteurs en vogue du moment. Ils ont besoin d'une dizaine de filles, dont je fais partie. Bien entendu, mon patron ne pouvait pas me tenir éloignée plus longtemps, sachant que c'est grâce à moi qu'il a pu avoir ce plan. Je lui confirme ma présence, enjouée à l'idée de revoir mon bel étalon d'ici peu. Le sommeil m'emporte sur cette douce pensée.

Le lendemain matin, je file au laboratoire d'analyses, afin d'effectuer les tests qui me permettront d'assouvir ma concupiscence. J'ai l'impression de passer le bac, assise sur ma petite chaise blanche. J'attends que l'infirmière appelle mon nom, ma jambe martèle le sol de petits à-coups, le stress me gagne. Pourquoi ? Il n'a pas lieu d'être, j'ai toujours fait attention lors de mes relations, même s'il m'est impossible de les compter, tellement il y en a eu. Cette pensée assombrit mon esprit, un brin de honte continue de germer en moi, même si, à ma décharge, j'ai vécu selon mes envies et n'ai pas à rougir de mes choix. Pourtant, je dois bien l'admettre, ma quête de l'amour m'a poussée à user de mon corps, car je pensais que c'était la seule façon de parvenir à me faire aimer. Or l'amour, ce n'est pas la rencontre de deux corps, mais celle de deux êtres, et ça, je viens juste de le découvrir. Quand la laborantine crie mon nom, m'extirpant à moi-même, je me lève comme la première de la classe et me dirige vers la petite pièce qu'elle me désigne. Elle effectue la prise de sang et je regarde le liquide pourpre remplir le tube d'analyse... C'est la première fois que j'effectue ce test en ayant dérogé à la règle de « sortez couvert ». Mes relations n'ont jamais été assez longues pour m'octroyer du sexe sans latex, encore une première expérience que j'ai hâte de vivre. Les résultats me seront communiqués par mail d'ici demain. Je ne suis plus à un jour près ! J'espère juste que sur cet examen, je serai bien notée.

Je reçois un texto de Jen qui m'invite à la rejoindre pour déjeuner. Je réponds avec plaisir à sa proposition, récupérant ma voiture. Direction « La Tartinette », brasserie réputée pour ses fameuses bruschettas, offrant accessoirement un cadre intimiste, au cœur d'un jardin romantique.

CHAPITRE 26

Ma blonde incendiaire m'attend à une table intégrée avec goût, entre une grande fontaine et un rosier buisson aux fleurs couleur parme. Bien que cet endroit respire la sérénité, manger à proximité de tous ces bourgeons parfumés ne me rassure pas. La faune qu'elle attire, me maintient sur le qui-vive et me fait sursauter à chaque fois qu'une bestiole vole un peu trop près de moi. Tentant du mieux que je peux d'en faire abstraction, j'embrasse mon amie sur la joue et m'installe en face d'elle. Sans préambule, elle m'assaille de questions sur mon weekend en terrain masculin. Je lui apprends les dernières nouveautés, qu'elle accueille de son sourire éclatant et en viens à lui parler des révélations de Mme Abitmol, sur mon mystérieux corbeau.

— Alors, ce serait une meuf ? me demande-t-elle surprise.

— Apparemment.

— C'est dingue, ça ! Tu me diras, ça pourrait être n'importe qui, des jalouses, ce n'est pas ce qui manque ! dit-elle en mordant dans sa tartine.

— Ça m'aide bien, bredouillé-je avec ironie.

— Tu penses à quelqu'un ?

— Pas vraiment, mais cette saloperie est futée. Elle a réussi à avoir mes contacts, à s'infiltrer sur mon lieu de travail, sans même me mettre la puce à l'oreille.

— Ouais, elle a bien remué la merde. T'inquiète, ma poule, on va la trouver et je me ferai un malin plaisir de lui raser la tête à cette grognasse !

Je ris, à la fois amusée et perturbée par son désir de punition. J'entrevois un instant ma copine dans une vie antérieure, tondant les têtes des femmes ayant succombé aux nazis. Freud serait sûrement d'accord avec moi pour dire que la blonde qui me fait face, souffre d'une légère névrose de guerre. Nous basculons sur un sujet plus gai et finissons nos tartines avant que les guêpes nous attaquent. Je manque plusieurs fois de me jeter à terre afin d'éviter une piqûre éventuelle de ces nuisibles. Le tableau est des plus folkloriques.

Nous décidons de prendre le café chez moi, avant de se faire exclure du lieu paisible que nous dénaturons de nos petits cris perçants. L'après-midi avec Jen me fait du bien, elle me raconte les derniers potins de l'agence. J'apprends donc que Marco a dégoté une nouvelle recrue, aussi insipide qu'une coquille vide, que Lena a mis une droite à une nana en plein show (ce qui est l'événement de l'année ! Lena est une peace and love et déteste la violence), je regrette d'ailleurs d'avoir manqué ça, et également que Stella a été absente des radars ce weekend, ce qui a fortement agacé Marco. J'imagine qu'elle a dû profiter de son Jules durant ces quelques jours. Il est vrai que je n'ai pas eu de ses nouvelles depuis un petit moment, mais je ne m'en fais pas, c'est un électron libre et elle sait qu'en cas de problème, elle peut venir chez moi. Je ne compte plus les fois où je l'ai retrouvée à la maison, suite à une peine de cœur. Nous discutons ensuite du tournage du clip à venir ainsi que de la présence de mon beau-gosse et de ses amis. Jen me demande si Sean sera de la partie et je dois dire que je n'en ai aucune idée. Mais cet intérêt soudain pour lui me semble louche, je connais la miss et soupçonne une cachotterie.

— Je crois qu'il est temps que tu passes à table, Jen !

— Pourquoi ? Non, c'est juste...

Plus elle s'embourbe dans son élocution, plus je lui découvre une gêne qui n'est pas coutumière.

— Ne me dis pas que tu l'as revu ? la questionné-je.

— Il se pourrait bien...

— Non !

— Eh si... Ben quoi ? Tu me connais, j'adore corriger les mauvais garçons, me balance-t-elle, revancharde.

Je suis sidérée. Si je m'attendais à ça ! J'avais bien compris que le jeune homme était à son goût, mais vu les circonstances de leur rencontre, je ne pensais pas qu'il y aurait une suite. Je remballe ma réplique moralisatrice, après tout, je ne suis pas la mieux placée pour émettre un jugement. Même si l'oiseau en question m'a plus l'air d'un coucou que d'un aigle et qu'il ne m'inspire pas vraiment confiance, Jen est une femme forte, qui sait très bien ce qu'elle fait et où elle met les pieds.

Je la charrie pour la forme et écoute le reste de son récit. Apparemment, ils se sont retrouvés via les réseaux et sont sortis ensemble un soir, au cours duquel ils ont fait plus ample connaissance. La coquine a assouvi sa pulsion lubrique punitive et depuis, elle n'a pas de retour. Le problème se trouve ici. La belle n'a pas l'habitude des silences radio, *ça, c'est plutôt à moi que ça arrive*. Elle, elle fait tourner la tête des hommes et reste, en toute circonstance, la décisionnaire de l'évolution ou de l'avortement de la relation. Mais ici, le gus lui a coupé l'herbe sous le pied et ça la rend chèvre ! Je lui promets de glaner des infos auprès de Jullian, de façon subtile, cela va de soi. Ces mecs font des ravages et je compte bien prêter main forte à ma cop's.

Nous sommes à la veille du tournage, je devrais recevoir les résultats de mes tests et pense déjà à me retrouver seule avec mon étalon. J'élabore une multitude de scénarios pour nos retrouvailles, tous aussi intenses les uns que les autres. Ma peau frémit au souvenir de son contact et mon corps exulte une douce chaleur à l'idée des prochains. Minou, sensible à mon aura, vient se blottir contre moi. Je le cajole et me nourris de son affection. Mon téléphone sonne et je décroche avec un sourire de midinette quand j'aperçois le nom de l'appelant.

— Dis-moi que tu es devant ma porte, ton gourdin à la main…

— Quelle entrée en matière ! Bébé, sois sûre que si j'y étais, ta petite porte, je l'aurais défoncée !

Miaouuuuuuuu, je ne sais plus de quelle porte on parle, mais je suis tout ouverte ! *Non mais tu t'entends ? Chuut, la rabat-joie !*

— Sinon, tu as de bonnes nouvelles pour moi ? demandé-je, tentant de reprendre contenance.

— Eh bien, je ne sais pas si tu as reçu tes tests, mais en ce qui me concerne, il se pourrait que j'aie des Chlamydias.

Ah ben là, autant dire qu'il m'a coupé la chique et fait passer l'envie en une phrase. Abasourdie, les yeux exorbités et la bouche ouverte, je reste plantée là sans mot dire.

— Hahaha…

— Je rêve ou tu te marres ?

— Relax, beauté ! Je plaisante, je suis clean.

— T'en as d'autres en réserve, des blagues à la con ? m'indigné-je.

— Qu'est-ce que tu me plais, quand tu t'énerves, petite tigresse.

La barbe ! Je ne trouve pas ça drôle du tout. Je dirais même plus, il me sort par les trous de nez ! Il y a des sujets qu'on ne peut pas tourner en dérision. Mais comme je suis une adversaire de taille, je me promets de lui rendre la monnaie de sa pièce, un jour prochain.

— Angelo nous a bookés sur le tournage de demain. Il m'a dit qu'il avait fait appel à ton patron pour les filles...

— Oui, j'y serai. Sean y sera ?

Pas très subtile, j'en conviens...

— Pourquoi tu me parles de lui ?

Retour du macho.

— Pour savoir...

— Oui, il y sera... mais revenons à nous, après le boulot, tu es à moi. Prévois de ne pas rentrer chez toi, un bon moment.

J'émets un ronronnement que même Minou ne comprend pas. Il me quémande des caresses, en frottant sa queue velue sous mon nez. Je peine à repousser ma boule de poil.

— Si je comprends bien, reprends-je, tu ne me rejoins pas ce soir.

— C'est ça, je veux que tu te reposes et que tu sois fraîche pour demain.

Un peu frustrée, mais pas refroidie pour autant, je souhaite une bonne nuit à mon beau gosse qui m'enveloppe de sa voix suave, concluant notre échange. Pour me permettre de patienter, je décide de préparer mes affaires. J'étale une valise sur mon lit et commence à vider la moitié de mon dressing, en quête de mes plus belles tenues. Je fais deux tas, un pour le tournage du clip où je jette quelques maillots de bain, paréos et escarpins ouverts, et un autre pour les quelques jours de crapahutage sur le pic Jullian. Et là, je tique... Ce qui devait s'apparenter à une distrayante récréation, se transforme en une véritable enquête de Sherlock Holmes. Je n'arrive pas à remettre la main sur plusieurs de mes tenues et accessoires. Les victimes présumées sont : une nuisette en satin, une veste de blazer, un trikini et une paire de stilettos. Je tourne et retourne mon placard, qui a l'air à présent d'une zone sinistrée. Je continue mes recherches dans le reste de mon appartement. Devenue complètement folle, je continue ma perquisition dans des endroits improbables, du genre... le micro-onde. Au cas où mon trikini se serait offert un petit bain de soleil en mon absence.

Cora, tu es désespérante quand tu t'y mets !

Facile à dire, la moralisatrice, ce n'est pas toi qui as perdu la moitié de tes tenues fétiches ! J'enrage, comment ai-je pu égarer mes merveilles ? Une chose est sûre, elles ne sont pas ici ! C'est la panique, je ne vais tout de même pas entamer ma vie de « petite amie en titre » avec un pyjashort de la petite sirène ! Après avoir fouillé les moindres recoins, mon intérieur est un véritable champ de bataille ! Minou est enseveli sous des montagnes de linge, mais il a l'air de s'y plaire, au moins un qui s'amuse.

Pourquoi tu te prends la tête ? Après tout, tu passeras plus de temps à poil, empalé sur un pic à brochette, qu'habillée.

Elle a raison, l'emmerdeuse - hormis pour le pic à brochette -, pour la longueur ça irait, mais pour le reste, ce ne serait pas rendre justice à mon étalon.

Avec dépit, je me fais une raison et finis d'organiser mon sac. Je passe par la salle de bain et range dans une trousse de toilette mon nécessaire, que je n'enfermerai que demain. Quelques heures plus tard, après avoir rangé mon merdier, je peux enfin savourer le moelleux de mon lit. J'écris un dernier SMS à Jen avant de m'endormir :

[Cora : Sean sera présent demain, alors je compte sur toi pour lui montrer ce qu'il néglige ! Et question : tu peux venir t'occuper de Minou quelques jours ?]

[Jen : Bien sûr, ma poule ! Je prendrai soin de ton chat pendant que tu prendras soin de ta chatte ! ;)]

Sur cette réponse poétique, j'éteins ma lampe de chevet et glisse vers le sommeil.

CHAPITRE 27

Biiiiiiip ! Bip ! « Avance ! » Biiiiiiiiiiiip ! Biiiip !

Au volant de ma berline, je me fraye un chemin dans les rues de la petite ville balnéaire de Cassis. Je reste ultra concentrée pour ne pas faucher une vieille sur mon passage. Ma conduite est sportive car, comme on peut le deviner, je ne suis pas en avance. Ce matin, avant de prendre la route, j'ai dû faire un détour par le laboratoire d'analyses pour récupérer mes résultats, que je n'avais pas encore reçus. Un poil parano, je m'étais fait tout un film sur le pourquoi du comment ils n'étaient pas arrivés, me disant qu'il y avait un problème. En fait, non, la pimbêche de standardiste avait tout simplement oublié de m'envoyer le mail. Bref, mes résultats sont dignes de recevoir une mention, c'est déjà ça.

Pour l'heure, je me démène pour trouver la villa perchée sur les hauteurs, afin de rejoindre l'équipe et tourner ce fameux clip. Entre mon GPS qui m'envoie dans des impasses, se perdant à chaque coin de rue, et Marco qui ne cesse de m'appeler pour, je cite, « que je me magne le cul », je suis à deux doigts de la syncope. Je transpire comme une bête, ai failli par trois fois envoyer ma voiture dans le port et frôle dangereusement l'homicide involontaire. Si ce n'était pas pour retrouver les beaux yeux de *mon petit ami* (wow, très bizarre de me l'entendre dire), j'aurais tout envoyé valser.

J'arrive enfin au lieu-dit. J'ai tellement la poisse, qu'il n'y a pas une place pour se garer. Je me faxe in extremis entre deux bagnoles, garées sur un trottoir et descends du véhicule, comme une furie hystérique. Mes mules à talons ne m'aident absolument pas pour courir. Il ne manquerait plus que je me fasse une cheville et c'est carton plein. J'avance jusqu'au portail où la musique résonne. Je m'arrange aussi rapidement que possible, replace mes cheveux, étire ma robe qui, jusque-là, avait pris la place d'une ceinture et adopte un air des plus naturels possible. Je sais soigner mes entrées, après tout, je suis une bombe !

C'est bien de s'en souvenir de temps en temps.

D'une démarche chaloupée, je passe le portail. Face à moi c'est l'effervescence, une foule de nénettes se trémoussent en maillot de bain, apparemment motivées par un tableau que je ne risque pas de manquer. Les Backstreets boys, accoudés au mur de la villa, se jouent des miss. Pour moi, il n'y en a qu'un seul qui sort du lot... Il m'observe, je me calcine... C'est lui, MON mec ! Comme si je le découvrais pour la première fois, envoutée par le charisme qui irradie sa stature, je ne touche plus le sol, je vole ou... je suis en train de me ramasser sur la dalle de béton rehaussée. Je me rattrape de justesse pour ne pas m'étaler devant l'assemblée, bien que le spectacle soit déjà risible. C'est ce qu'on appelle une entrée fracassée !

Mes nerfs commencent à flancher et déclenchent en moi un fou rire incontrôlable.

T'as raison, vaut mieux se marrer qu'en pleurer !
Jullian, arrivé à ma hauteur, me saisit par les hanches et m'attire contre lui, je renoue avec ces odeurs familières qui m'avaient tant manqué. Mon hilarité se fige quand il saisit ma bouche, le ciel peut bien me tomber sur la tête, plus rien n'a d'importance.

— Salut, Beauté. Tu es renversante !

— Et renversée quelques fois, ajouté-je.

Il esquisse un sourire qui me fait fondre et envoie au tapis mon palpitant. Je pourrais rester dans ses bras à le dévorer du regard toute ma vie. Mais c'est sans compter l'avis de mon patron furieux.

— Cora, enfin ! Grouille-toi d'aller te changer, tout le monde t'attendait pour commencer à tourner, tu vas me faire passer pour un con !

Je sens les bras de Jullian se raidir, à côté de lui, Marco ressemble à un roquet cherchant à récupérer son os. Je caresse de mes paumes les bras musclés de mon amant pour lui faire comprendre que tout va bien. Je dépose un baiser sur ses lèvres charnues et m'éloigne de lui à contrecœur, pour suivre mon boss jusqu'à la pièce dédiée à notre préparation. Mes copines sont au complet. Jen, Lena et Stella finissent de parfaire leurs tenues. Quand elles me remarquent, j'ai droit à un câlin collectif.

— Ça fait du bien de vous voir ! leur dis-je en les enlaçant.

— Tu nous as manqué, ma puce, me souffle Lena à l'oreille.

— Je ne m'attendais pas à ce qu'il y ait autant de monde, je croyais qu'on n'était que dix filles ? les interrogé-je.

— Ils ont ameuté toutes les folles du quartier, cingle Stella, de la main d'œuvre gratuite qui espère faire une apparition dans le clip et elles sont prêtes à tout, ces connasses !

— Oui, j'ai vu ça ! Elles sont en rut !

— Bon, ma poule, change-toi vite, en attendant je vais faire un tour de repérage, me lance Jen, avec une œillade de connivence.

Je sais déjà où elle va, l'opération « Sean » a commencé, ça promet d'être épique. Je m'exécute aussi vite qu'il m'est possible de le faire et rejoins mes super nanas au bord de la piscine. Tout le monde est déjà en place. Le scénario est sympa, moi et le reste des filles de l'agence, posons sur des transats ou en bord de jacuzzi, en sirotant un verre, pendant que la team de mecs, convertis en serveurs sexy, sont à notre service. En arrière-plan, la trentaine de groupies agglutinées.

Le cadre est idyllique, le jardin dispose d'un énorme bassin à débordement avec vue sur la mer, le soleil est au zénith et nous gratifie de sa douce chaleur. Le groupe de chanteurs déambule entre nous, au son de leur musique, et entonne ce qui sera sûrement le hit de l'été.

Les prises s'enchaînent, je ne vais pas tarder à choper une insolation. Ma peau, habituellement entraînée au salon d'UV, est en train de prendre une teinte rosée qui ne me dit rien qui vaille. Je crame comme une merguez sur un barbecue, de plus, il m'est impossible de m'hydrater. Je suis consignée sur ce transat, faisant mine de boire un cocktail qui contient en réalité de l'huile de moteur, d'où ces jolies couleurs fluo. Pour les besoins du réalisateur, Jullian a été choisi pour une séquence avec une des filles de mon agence. Ils sont dans le jacuzzi, jouant le rôle de deux amoureux.

Du calme, Cora, c'est le travail ! Oui, oui, je sais, mais cela ne m'empêche pas d'être aussi verte que le liquide dans ma flûte.

À travers mes lunettes aux verres dégradés, je fusille ma collègue du regard. Sûrement la nouvelle recrue de Marco, elle est plutôt mignonne, si on aime les visages figés par la chirurgie. Changement de décor, enfin ! Cette fois, on se retrouve *toutes* dans la piscine, bien que celle-ci soit grande, ça grouille là-dedans. Les mecs, eux, se trémoussent sur des podiums, c'est sympa. Pour une fois qu'on peut se rincer l'œil en barbotant. Accoudée sur le rebord, je matte mon Apollon à m'en brûler les rétines. Torse nu, un col nœud papillon, manchettes aux poignets et petit boxer blanc bien rempli... Un délice ! La tension qu'il y a entre nous est palpable, l'effort qu'il me faut pour ne pas me jeter sur lui et le violer à même la terrasse, est surhumain !

Heureusement, la journée passe assez vite et nous arrivons à la dernière séquence du tournage. Nous sommes à présent en robe de soirée pour les filles, et costard pour ces messieurs. Nous défilons sur un tapis rouge comme des stars de cinéma, les groupies singent à la perfection la foule en délire. Chacune au bras d'un chanteur ou d'un sexy boy, nous arpentons l'allée de la maison qui descend jusqu'à une limousine flambant neuve. Après moult minutes, le metteur en scène signe le clap de fin. Youpi hourra ! Jouer les greluches, c'est dingue ce que ça fatigue. J'ai les zygomatiques en feu à force de sourire bêtement et mes pieds commencent à être endoloris. Mais ces désagréments sont minimes, quand je pense à mon escapade romantique qui est sur le point de débuter. La foule d'hystériques, à présent libre, investit le site du tournage, se mêlant aux chanteurs, c'est la cohue.

Les filles me rejoignent, impatientes que je leur présente officiellement le chippendale qui s'est initié dans ma vie, même si dans les faits, elles l'ont toutes déjà rencontré. Je cherche Jullian dans la foule, il n'est qu'à quelques mètres de moi, d'où je suis, je ne vois que sa tête, qui surplombe largement celles des autres. Je ne peux réprimer un mauvais pressentiment quand j'aperçois sa posture penchée en avant. Il a l'air désemparé, je ne suis pas assez proche pour en comprendre la cause, mais une fois que je réussis à me faufiler à travers le troupeau de figurants, la vérité me saute en plein visage. Jullian enlace une jeune femme, bien plus petite que lui, blonde, la peau bronzée, elle appuie sa joue contre son buste et l'étreint avec urgence.

Tout se bouscule dans mon esprit, qui est cette fille ? Pourquoi est-elle collée à MON mec ? Et pourquoi ai-je le sentiment que les réponses à mes questions ne vont pas me plaire ? Tétanisée et incapable de dire ou de faire la moindre chose, je reste là, rejointe par mes amies qui assistent au spectacle. Lena me prend la main en signe de soutien, Jen me donne un coup d'épaule, m'enjoignant à regarder les mains de cette salope posées sur ma propriété.

Premier choc : ses ongles sont roses ! Un flash de Mme Abitmol envahit mon subconscient. Ma gorge se resserre, prise d'une fulgurante crise d'épilepsie sensorielle, je reste en apnée jusqu'à entendre Stella au creux de mon oreille :

— Ma caille, je suis désolée mais je crois que c'est sa meuf. J'ai entendu les garçons en parler, je ne voulais rien te dire avant d'en être sûre, mais là...

Deuxième choc, ma tête pèse lourdement sur mes épaules, probablement dû au manque d'oxygénation. J'ai des picotements dans les yeux et des nœuds dans la gorge. Jullian pose enfin son regard sur moi et là, c'est le drame, je peux lire la culpabilité dans son regard. Mon cerveau reptilien prend les commandes devant la démission de mon cortex et m'octroie deux possibilités : petit un, je tombe dans les pommes, sans jamais me réveiller ou petit deux, je prends mes jambes à mon cou pour fuir ce désastre.

Pas besoin d'une grande réflexion, je détale comme un lapin, percevant la voix de Jullian qui me suit de près.

Mais face au danger, mon corps, saturé d'adrénaline, est d'une rapidité irréelle. Je m'engouffre dans la maison, attrape mon sac et sors par la fenêtre, afin de rejoindre le grand portail à l'arrière de la maison. Une fois dans ma berline, je mets les gaz, percutant les voitures stationnées de part et d'autre. Les alarmes se mettent à hurler, la pression est tellement forte que les larmes commencent à inonder mes joues, brouillant un peu plus ma vue. Je parviens enfin à m'extirper de ce mouchoir de poche et ne pense qu'à une seule chose, partir le plus loin possible.

Je profite des quelques heures de route qui me séparent de mon appartement, pour démêler toute cette débâcle. Jullian est en couple ! Je comprends maintenant ses hésitations à officialiser notre relation et aussi ce que signifiaient ses affaires à régler. Le pire, c'est que malgré moi, je me retrouve encore dans la position de la maîtresse, en prime, je suis complice d'un adultère. Quelle grande bécasse j'ai été, de croire que cet homme pouvait vouloir une relation sérieuse avec moi. J'ai piétiné ma moralité pour lui et tout ça pour être atrocement trahie. Ah, ils ont bien dû rire ses potes, me voyant entichée de lui.

Je le déteste, je me déteste, je déteste le monde entier ! Tout devient clair, le pneu crevé, les photos, le site internet, le mot accroché à ma voiture, il s'agissait d'elle. La femme bafouée, à qui on a volé son mec. Elle prenait sa revanche, rien de plus. Je dois avouer qu'elle n'y est pas allée avec le dos de la cuillère. Je suis maudite... Retour à la solitude, je vais finir seule dévorée par mon chat et on retrouvera mes restes dans sa merde... Les sanglots reprennent de plus belle. Dans ce genre de moment, poursuivre sa vie semble impossible. Mon téléphone me sort de mes pensées lugubres, il n'arrête pas de sonner ! « *Amore Mio* », le ridicule de cet intitulé me donne envie de me projeter contre un platane. Tous les signes me criaient de ne pas plonger à cœur perdu dans ce piège à gonzesses. Mais non, moi, je me suis crue plus maline que les autres ! Les filles tentent également de me joindre, mais je ne veux parler à personne. Je mets l'objet en mode avion, poursuivant ma route. Je ne sais pas où aller, je ne peux pas rentrer chez moi et prendre le risque d'y retrouver mon ex-amant, je serais capable de perdre mes moyens. Mon cœur d'artichaut a perdu toutes ses feuilles et ne résistera pas à un autre assaut. Je ne peux pas non plus passer la nuit dans ma voiture... Je tente un coup de poker, Liam. Il est le seul chez qui je peux me replier. Espérons qu'il ne finisse pas le boulot trop tard.

Je patiente dans ma voiture depuis des heures, écoutant une série de chansons qui ne me rendent pas service. Si j'avais eu un flingue, j'aurais été tentée de m'en servir. Le coupé cabriolet de mon ami se gare sur sa place attitrée. Je m'avance pour le rejoindre et le prends visiblement par surprise, car il sursaute.

— Bon sang, Cora, tu m'as fait une de ces peurs !

Il fait nuit, mais les lampadaires environnants permettent à Liam de déchiffrer mon visage. Les sourcils bas qui se rejoignent subtilement au centre, le regard brillant et les coins de ma bouche tendant vers le bas... comment ne pas comprendre le désarroi dans lequel je me trouve ? Il me prend dans ses bras et m'aide à rentrer chez lui. Il ne me pose aucune question, il se contente de m'allonger sur son canapé et de me recouvrir d'un plaid. Je n'ai plus aucune énergie, en moi tout est vide et silencieux, mes paupières sont lourdes, très lourdes, lorsqu'elles se ferment j'embrasse avec plaisir le néant qui s'offre à moi.

CHAPITRE 28

Trois jours se sont écoulés, au cours desquels je n'ai pas bougé du canapé. Je ne fais que dormir. Par moments, j'ouvre les yeux pour me nourrir, du moins grignoter, ma bouche ne se descelle qu'à ce besoin. Le temps s'est arrêté, plus rien n'a d'importance, je ne veux juste plus penser. Je m'épanouis dans ce désert sensoriel où ma seule priorité est d'aller pisser. Mon nounours protecteur est juste incroyable de compréhension, il me laisse le temps dont j'ai besoin, se contentant de passer chez moi pour nourrir Minou et de satisfaire mes moindres désirs. En outre, comme je n'en ai aucun, ce n'est pas bien difficile. Jusqu'au quatrième jour, où il s'installe en face de moi et me dit d'un ton cérémonieux :

— Bon, Cora, je sais que c'est difficile, mais il va falloir que tu me parles. Même si j'ai une petite idée de ce qu'il se passe, tu dois arrêter de t'enfermer dans ta bulle.

Je le regarde, le visage inerte par mon manque d'émotion. Je n'ai pas l'intention de dire quoi que ce soit, sous peine de faire remonter un flot de tristesse incontrôlable. Mon meilleur ami, jusque-là patient, commence à perdre son sang-froid et reprend :

— Tu me fais peur à rester prostrée dans ton silence, je t'ai laissé de l'espace mais là, c'est trop, je ne peux pas gérer tes affaires à ta place !

Voyant qu'il fait chou blanc, il passe la seconde.

— Tu t'es fait larguer ! Ce n'est pas la fin du monde, arrête de te comporter comme une gamine !

Mon masque de porcelaine se fissure, je sens mes traits se déformer avec laideur, la boule qui stagnait dans mon estomac remonte dangereusement dans ma gorge et la noue. Mes yeux se brident et avec l'élégance d'un enfant de deux ans, je me mets à chialer comme une désœuvrée.

— Bouuu… ouuuuhouuu… houuuuu, il m'aaaaa… trahiiiiii…iiie, babillé-je entre deux hoquets.

— Viens là, chérie, là, il fallait que ça sorte.

Liam entreprend de me consoler dans une accolade, sa tête posée sur la mienne et décrivant des cercles dans mon dos avec sa main. Maintenant que les vannes sont ouvertes, je me répands en explications et en plaintes à peine compréhensibles.

— Il ne te méritait pas, ce connard ! éructe-t-il.

Bien que ça parte d'un bon sentiment, je crois que je suis atteinte du syndrome de Stockholm, parce que je garde le désagréable sentiment que c'est moi qui ne le méritais pas. Il était tout ! Beau, gentil, ultra sexy, protecteur, bien outillé, travailleur.

Cora, tu t'enfonces, là ! C'est la cata !

Comment vais-je arriver à reprendre le cours de ma vie ? Maintenant que j'ai déserté mon job, il est sûr que Marco m'a blacklistée et avec Jullian que j'ai pris la main dans le sac, je ne risque plus de travailler avec eux. Il s'y opposerait sûrement d'ailleurs, et moi, je ne le supporterais pas. Je retombe comme une masse sur le canapé qui me sert de lit depuis ces derniers jours. Je suis dépitée. Par bonheur, Liam toujours à mes côtés, me propose un deal.

— Je suis censé partir demain avec Nathan pour Venise, mais il est hors de question que je te laisse seule, donc soit j'annule, soit tu viens avec nous.

— T'es pas sérieux ? Tu ne vas pas cramer tes chances de vivre ton idylle pour moi ! Ça ne ferait qu'ajouter une couche à mon mal-être.

— Bon alors, c'est décidé, tu viens avec nous ! De toute façon, ta valise est déjà prête.

Je dodeline de la tête en signe de négation et enfouis mon visage sous le plaid. Je ne veux pas aller à Venise. La ville des amoureux ! Mais qu'est-ce que je vais bien pouvoir y foutre ?

Tu pourras toujours rester enfermée dans ta chambre d'hôtel, il y a pire pour cuver son mal. Et puis tu connais Liam, il ne nous laissera jamais, donc si tu ne veux pas briser un couple supplémentaire, tu dois prendre sur toi.

Ça faisait longtemps qu'on l'avait pas entendue, celle-là ! Elle n'a pas eu voix au chapitre ces quatre derniers jours, du coup, elle s'en donne à cœur joie. Je risque un coup d'œil en direction de mon super têtu et constate qu'il est déjà pendu au téléphone pour réserver le vol et la chambre. Voyons le positif, là-bas, je suis sûre de ne croiser personne.

8 h 05, début de l'embarquement. Je suis exténuée, mon marathon de séries télévisées s'est un peu trop éternisé cette nuit. Je n'ai plus l'habitude de me lever si tôt, ni même de sortir du canapé, mes larges solaires m'aident à appréhender la lumière du jour. J'ai l'impression d'être un vampire qui serait sorti trop tôt de son cercueil. J'ai l'allure d'une pleureuse italienne. Je suis tout en noir, une couleur qui se marie extrêmement bien avec mon humeur.

Nous sommes accueillis à l'entrée de l'avion par le personnel navigant, tout sourire. J'ai déjà le mal de l'air. Je peine à leur rendre la pareille, mes lèvres s'étirent, donnant l'impression que je me suis coincé le doigt dans une porte. Le vol est assez court, je pensais que Nathan me haïrait pour mon incruste de dernière minute, mais ce n'est absolument pas le cas. Il est gentil et prévenant à mon égard, même lui ne me laisse pas l'occasion de détester la gent masculine comme il se doit. Ce qui est de bon augure, c'est que les tourtereaux ne me calculent pas le moins du monde. Ça me permettra d'avoir la paix et me soulage de voir que ma présence ne sera pas un fardeau pour eux. La preuve, ils se bécotent depuis que les roues de l'avion ont quitté le sol, je vais vomir.

Et ma pauvre, t'es pas au bout de tes peines !

J'enfile mon casque sur la tête et enclenche ma playlist. L'objectif ? Arrêter de penser et si possible dormir, la tête dans les nuages au sens strict du terme. J'ai vraiment un tempérament mélancolique, la plupart de mes musiques sont tristes à pleurer. La voix de Gavin James retentit dans mes oreilles sur le titre d' « Always » :

What am I supposed to do without you ?
Que suis-je censé faire sans toi ?
Is it too late to pick the pieces up ?
Est-il trop tard pour ramasser les morceaux ?
Too soon to let them go ?
Trop tôt pour s'en séparer ?
Do you feel damaged just like I do ?
Te sens-tu abîmée comme moi ?
Your face, it makes my body ache
Ton visage, il fait souffrir mon corps
It won't leave me alone
Il ne me laissera jamais seul

You're in my head
Tu es dans ma tête
Always, always
Toujours, toujours
I just got scared
J'ai juste été effrayé
Always, always
Toujours, toujours
I know there's nothing left to cling to

Je sais qu'il ne reste rien à quoi se raccrocher
But I'm still calling out your name
Mais je dis toujours ton nom
You're in my head
Tu es dans ma tête
Always, always, always
Toujours, toujours, toujours

Oh ohoh...

Une corde ! Vite !

Mon cœur saigne lorsque j'entends ces paroles qui font tellement écho à ma détresse. Je sors discrètement les mouchoirs de ma poche, essuyant mon nez toutes les cinq secondes.

10 h 15, arrivée à l'aéroport Marco Polo, le temps est au beau fixe, je me laisse guider par les hommes que j'accompagne, pour la suite du transport. Il y a deux façons de se rendre sur l'île de Venise, en bus ou par bateau. En attendant qu'ils se décident, je récupère des prospectus sur les activités de la ville, ce qui m'intéresse le plus dans un premier temps, ce sont les bars. Liam et Nathan m'informent qu'ils ont choisi l'option bateau, qui est la plus rapide, mais aussi la plus romantique... *Magnifique !*

Nous arrivons au ponton où notre Moscafi[26] nous attend. Nous prenons place à bord de celui-ci, direction le canal Cannaregio où se situe notre hôtel, le « Carnival

---

[26] Bateau-taxi.

palace ». Les embruns recouvrent mes lunettes de fines gouttelettes, ce qui ne m'empêche pas d'admirer la cité flottante qui se dresse devant moi. Les cheveux dans le vent, je ressens déjà les effets de la Dolce Vita qui dénoue légèrement mon estomac. Finalement, cette escapade pourrait être salutaire, autant profiter de ma solitude pour faire un peu de tourisme. Notre embarcation nous dépose dans le quartier juif du centre historique de Venise, l'hôtel se dresse face à nous. Sa façade colorée en ton de brique est discrète, mais accueillante. L'intérieur par contre, me laisse bouche bée ! La décoration baroque et contemporaine révèle le luxe de cet écrin, de prime abord simpliste. Nous foulons le sol en effet marbre blanc qui s'étend jusqu'au comptoir de la réception. Celui-ci est couleur or et blanc, contrastant avec les murs noir mat. Lorsque je sonde la hauteur sous plafond, je découvre des lumières formant des arabesques dorées qui soulignent le charme et l'élégance. Le personnel est polyglotte, ce qui est rassurant, sachant que mes bases d'italien sont très approximatives. Après avoir récupéré les clefs de nos chambres, nous empruntons l'ascenseur jusqu'au niveau deux. Là encore, je prends une gifle d'esthétisme, les couloirs sont parés d'une moquette noire qui absorbe le bruit de nos pas, les murs ont une teinte améthyste, habillés des mêmes luminaires se trouvant à la réception, je suis sous le charme. Ces italiens ont vraiment un goût exquis pour la décoration.

CHAPITRE 29

Avant de nous séparer, nous nous donnons rendez-vous une heure plus tard pour aller flâner dans les ruelles de la cité des doges, le temps, j'imagine, pour mes deux comparses, de consommer leurs retrouvailles. Nos chambres se trouvant côte à côte, je prie pour ne rien entendre. J'investis ce qui sera mon pied-à-terre durant ces quelques jours de vacances. Je suis conquise. À l'entrée, une porte derrière laquelle se trouve une salle de bain en marbre : baignoire, bidet[27], une vasque assortie à la robinetterie dorée, *très classe !* Le reste de la chambre est plus sombre : tapisserie baroque dans les tons de noir, assortie au lit baldaquin King size, des tentures dorées, ornant d'immenses fenêtres. Je suis enchantée et comprends à présent, le prix exorbitant débité sur ma carte bleue. Je pourrai toujours vendre un rein à mon retour pour compenser mon déficit, mais pour l'heure, je compte bien en profiter un max !

Une douche et un ravalement de façade plus tard, je décide de troquer mes guenilles de deuil pour enfiler une jolie robe blanche, ceinturée à la taille, assortie d'une étole, d'escarpins et d'une pochette. Assise au bar de

---

[27] Invention française vieillotte, que les Italiens affectionnent particulièrement, on peut l'utiliser pour se laver les pieds, dans ma famille on s'en est toujours servi pour se laver les fesses, mais chacun voit midi à sa porte.

l'hôtel, j'attends mes compagnons qui ont quinze minutes de retard, en sirotant un Martini avec olive. On soulignera que pour une fois, j'étais à l'heure, même s'il n'y a personne pour le constater.

Je commence à craindre qu'ils ne me fassent faux bon. Par chance, ma parano est vite dissipée quand le couple montre enfin le bout de son nez. Ils sont très élégants. Nous partons bras dessus, bras dessous, en direction de la place Saint Marc. Tout est magnifique, de l'architecture gothique des bâtiments, aux ruelles intimistes renfermant des magasins aux vitrines de masques somptueuses. Et tous ces petits ponts permettant de passer d'une rive à l'autre, offrent une parenthèse enchantée, lorsque passent les gondoliers entonnant des airs de barcarolles[28]. Malgré tout, l'idée des talons aiguilles n'était pas la meilleure. Tout se fait à pied et donc, je commence à souffrir. Mais peu importe, si c'est le prix à payer pour être belle. Je me sens telle Angelina Jolie dans le film « The tourist ». Rien ne viendra ternir mon fantasme. Mon supplice prend fin lorsque nous arpentons l'immense place de la basilique St Marc. Il y a du monde, mais moins que si nous étions venus en pleine saison. Je constate que les touristes ne sont pas les seuls qui aient envahi la place, un nombre incalculable de volatiles s'agitent autour de nous. Apparemment, c'est une attraction phare et dont malgré moi, je suis la star. Je me fais becter par une dizaine de pigeons. Je ne comprends pas, je n'ai rien à manger sur moi, à moins que ces débiles d'oiseaux ne

---

[28] Chant des gondoliers.

m'aient confondue avec une tomate mozza, au vu de ma robe blanche et de mes cheveux rouges. Nous prenons place en terrasse d'un petit bistrot pour déjeuner. Je commande un Spritz et une salade, tandis que Liam et Nathan se partagent une pizza. L'astre brillant est à son apogée et je commence à fondre sous mes lunettes de soleil, il me tape sur le crâne, à moins que ce ne soit les trois cocktails qui me montent à la tête. Nathan prend la parole, un peu perplexe.

— Cora, après le déjeuner, on aurait aimé faire un tour en gondole. Mais on ne veut pas que ça te mette trop mal à l'aise...

— Ne vous en faites pas pour moi, le coupé-je, c'est un incontournable pour les amoureux... Je prendrai une autre gondole, tranché-je, en suçant ma rondelle d'orange imbibée d'alcool.

D'un geste de la main, je m'exclame :

— Garçon ? Il conto per favore !

Je m'épate ! Le serveur s'exécute et me dépose l'addition, comme si c'était moi qui invitais. Le prix est plus que salé : dix-neuf euros le Spritz ! Non, mais ils m'ont pris pour une américaine ? À ce rythme, il va falloir que j'ajoute un poumon à ma vente d'organes, si je veux tenir la distance.

Nous partageons la note et prenons congé pour nous diriger vers les bateliers qui bordent le canal. Les gondoliers sont vêtus de costumes traditionnels, comprenant un pantalon noir, un haut de marinière ceinturé à la taille par un large ruban de soie rouge ; que l'on retrouve également sur leur canotier. La marche jusqu'à eux me semble plus aisée quoique, semée d'embûches. J'arrive à perdre ma chaussure, restée coincée entre les pavés qui jonchent la place.

Mais il en faut plus pour m'abattre, je ris telle une imbécile. Le marin nous informe du prix de la balade et là encore, je manque m'évanouir ! Cette excursion vénitienne est en train de virer au hold-up ! J'arbore alors mon plus beau sourire et tente de charmer l'homme pour obtenir qu'il baisse son prix, je m'agite avec les bras, tentant de me faire comprendre. Le gondolier s'adresse alors à Liam en anglais, lui assurant que je ne pourrai monter dans sa barque que s'il me met une camisole. Les trois hommes se bidonnent sur mon compte, très classe, merci. Je sors les soixante balles de mon portefeuille et prends place sur le fauteuil de velours rouge, trônant au centre de la gondole. Liam et Nathan en font autant dans l'embarcation attenante à la mienne. Le tour dure vingt minutes, durant lesquelles nous arpentons de petites ruelles aux habitations encore dans leur jus et au charme incroyable. Mon rameur, baryton, entame sa chansonnette. C'est mimi, mais je préférerais un classique, que je connaisse... c'est donc comme ça que je me retrouve à bramer :

— LA CHATTE ET MI CANTAAAAAREEEEE !!!! CON LA GUITARE AL MANOOOOO...

Les passants me regardent avec effroi, je ne suis peut-être pas au point niveau paroles, *un peu trop d'espagnol sûrement*, mais qu'est-ce que ça fait du bien ! Je m'époumone en beuglant ma chanson, j'extériorise tous mes ressentiments contenus depuis trop longtemps. Je devine l'embarras de mon guide lorsque l'embarcation quitte les ruelles, débouchant sur la lagune, afin de rejoindre l'embarcadère de la place Saint Marc. J'ai chaud et la houle me donne un haut-le-cœur, je peine à contenir mes remontées, ouvrant la bouche par à-coups comme un poisson à l'agonie. Je ne peux plus tenir, je me penche de tout mon poids sur le rebord pour vomir... La burrata me sort par le nez, je déguste ! Au moment où je finis enfin de sortir mes tripes, une vague se fracasse contre ma barque, ce qui me déséquilibre et me fait valdinguer, tête la première, dans le canal. Je bois la mer et les poissons ! La panique !!! Je sais nager, mais l'eau est dégueulasse et ça pue ! Les gondoliers s'amassent autour de moi, dans une opération sauvetage, mes solaires en travers de la tronche, je lève la tête vers le ciel pour ne pas les faire tomber. Je sens déjà que j'ai perdu une chaussure, mon pied nu brasse l'eau verdâtre pour me maintenir à flot, si quelque chose me touche, je hurle ! Je saisis les rames que l'on me tend, pour me ramener à terre, la honte. Je suis mortifiée, et sobre, cela va sans dire ! Trempée comme un rat, le cul sur les pavés, je grelotte et m'aperçois que ma tenue imbibée d'eau, laisse apparaître mes dessous.

Bravo, Cora ! Tu arrives encore à te donner en spectacle !

Mon gondolier est en train d'injurier un local qui amarre son bateau, je comprends que c'est à cause de lui si j'ai fini à l'eau. En moins de temps qu'il n'en faut pour le dire, un mouvement de foule se rassemble autour de moi, police, services de secours, journalistes. Bref, tout ce qui est des plus gênants, sachant dans quelle tenue je me trouve. Mes amis me rejoignent, éberlués par la situation. Je comprends que ma baignade improvisée est un vrai phénomène de société, après avoir répondu à toutes les questions concernant cet incident, nous sommes enfin autorisés à rentrer à l'hôtel. Premier jour de vacances et j'ai déjà failli mourir, il serait peut-être plus judicieux d'y aller mollo sur l'apéro, tant que je suis ici. Il m'aura fallu trois shampoings et deux bains de bouche, pour venir à bout de cette odeur infecte d'égouts. Le téléphone de la chambre sonne au moment où je m'apprête à faire une sieste.

— Signorina Osteria, je suis Lorenzo, le réceptionniste, je vous informe que suite à votre accident dans la lagune, la municipalité souhaite vous offrir votre séjour parmi nous. Tout ce qui concerne les prestations de l'hôtel vous sont offertes, nous espérons que vous garderez un bon souvenir de notre belle ville.

— Merci, Lorenzo, je devrais en effet, mieux en profiter à présent.

Je raccroche le combiné, ramenant mon poing de haut en bas, un séjour aux frais de la princesse ! Galvanisée par cette étonnante, mais bonne nouvelle, je retourne à ma sieste, savourant un peu plus le lit dans lequel je me perds.

CHAPITRE 30

Le soir venu, je décide de laisser les amoureux en tête à tête, je ne vais pas tenir la chandelle. De plus, j'estime qu'ils n'ont pas à m'avoir dans les pattes toute la journée. Liam est conscient que mon moral est à la hausse et se fait donc moins de soucis. Je passe un ensemble kimono vert émeraude, j'opte cette fois pour des chaussures compensées, et pars en direction du centre de la cité. La nuit est tombée et je redécouvre la ville à travers ses multiples lampions qui éclairent d'une lueur intimiste les façades serties de voûtes et de sculptures. D'innombrables musiciens déambulent entre les restaurants, entonnant des ballades sentimentales, pour le plaisir des passants. Cet endroit est affreusement romantique et romanesque. Je marche sans destination précise, me laissant porter par les effluves des plats élaborés dans les différents restaurants qui parsèment ma route. J'arrive devant les marches d'un pont qui me semble immense, le pont Rialto. Il brille dans la pénombre, tel un véritable trésor architectural, à moitié ouvert d'un côté, l'autre est garni de magasins souvenirs, magnets, porte-clefs, masques, figurines en verre, canotiers, il y en a vraiment pour tous les goûts. Furetant dans chaque boutique, je fais des folies. Une musique, venant du niveau le plus élevé, m'interpelle, un musicien reprend la chanson « Caruso » de Pavarotti. J'adore les voix de ténors... Quand j'avais treize ans, ma grand-mère m'a offert ma première opérette, un souvenir qui me marquera à jamais. Son timbre m'emporte et je ne suis pas la seule. Les passants encadrent le chanteur, difficile d'apercevoir l'artiste, mais l'entendre me suffit. Face à la rambarde de pierre, je pose mes coudes sur le rebord, soutenant mon visage en coupe. Je ferme les yeux, ravagée par les frissons, ma sensibilité durement sollicitée par les notes mélodieuses, je m'octroie le droit de verser une larme, le regard perdu vers l'horizon. Mon esprit s'évade de la prison dans laquelle je l'avais enfermé, le visage de Jullian me revient, encore, ravivant la douleur de ma séparation. De mes doigts, je masse mes tempes dans l'espoir d'atténuer le tourment de mes pensées. Je l'entends m'appeler... Sa voix me paraît si forte et réelle, que je souffre le martyre. Ce n'est que lorsqu'une main se pose sur mon épaule, que je tourne la tête et constate, effarée, que l'homme qui se tient à mes côtés, est celui que j'ai quitté il y a une semaine de cela.

— Jullian ? m'étranglé-je.

Je balaie la foule des yeux, achevez-moi ! À croire que même en m'exilant à des milliers de kilomètres de lui, ce n'est jamais assez loin.

— Que cherches-tu ? me demande-t-il.

— La débile avec qui tu es venu !

— Je suis venu seul. Il faut qu'on parle.

— Ah ça, non ! Comment t'as su que j'étais ici ?

— J'ai croisé Jen chez Sean, elle m'a dit que tu étais partie en Italie et comme tu m'avais dit que ton meilleur ami venait ici...

Super, je suis tombée sur le seul chippendale avec des neurones ! C'est bien ma veine !

Écoute au moins ce qu'il a à dire, il a quand même fait tout ce chemin pour toi... Toi, la garce, remonte dans ton cocotier !

— Cora, je sais que la situation dans laquelle tu m'as trouvé prêtait à confusion, mais si tu veux bien m'écouter, je te promets après ça, de respecter ta décision si tu ne veux plus me voir.

— Je suis toute ouïe ! feulé-je, saisissant l'occasion de m'amender de son emprise.

— Tu as mangé ? me demande-t-il, craignant ma réponse.

Je hausse les yeux au ciel, excédée. En même temps, je l'imagine mal me déballer son sac en plein milieu du pont, bousculé par les passants.

— Chacun paye sa part, pas d'entourloupe ! décidé-je, d'un ton abrupt.

Il répond par un sourire qui me donne envie de le faire passer par-dessus bord, tendant la main dans ma direction pour m'inviter à le suivre. Je la refuse, d'un air revêche et descends les escaliers, la tête haute, avec condescendance.

Tu ferais mieux de regarder tes pieds ! Elle commence à me les briser, celle-là !

Mais encore une fois, elle a raison. Les marches de pierres aux formes irrégulières se dérobent, j'en loupe une, ce qui suffit à me faire atterrir tout en bas sur mon postérieur. *Grrrrrrr*, je me relève les poings serrés. Putain de ville de merde !

Jullian arrive à ma hauteur à vive allure, je lui brandis mon index sous le nez, lui intimant de la fermer et reprends ma route, comme si je n'allais pas écoper d'un énorme bleu sur le coccyx. Je cherche un resto qui soit plus laid que les autres, mais ce n'est pas chose aisée. Je m'arrête devant une brasserie qui propose des antipastis, quelques tables sont positionnées le long de la ruelle. Informel, apéro... ça le fait !

Nous prenons place et commandons, pas d'alcool pour moi, je risquerais de rentrer en France en fauteuil roulant. Et puis, je dois garder la tête froide pour entendre ce que le serial baiseur en face de moi a à dire.

— Très romantique, ce petit bistrot.

— Viens-en au fait ! lui ordonné-je.

— Ok. La fille que tu as vue dans mes bras au clip, s'appelle Charlotte.

— J'm'en branle !

— Elle et moi avons partagé une histoire pendant six mois.

— Espèce d'enfoiré !

— Mais tu vas la fermer ! Tu m'as dit que tu m'écouterais d'abord, si ensuite tu veux m'insulter, je te laisserai faire !

Je me rencogne dans le fond de ma chaise, bras et jambes croisés, dans une attitude des plus fermées. Il reprend :

— Quand je t'ai rencontrée, je ne pensais pas que ça nous mènerait quelque part, mais les choses se sont emballées et je ne savais plus comment faire. Tu dois comprendre que j'étais avec cette fille depuis six mois et qu'honnêtement, je n'avais rien à lui reprocher. Je te connaissais à peine, je n'allais pas tout plaquer comme ça.

J'attrape le couteau sur la table et commence à jouer avec, le connard s'enfonce de plus en plus et je ne sais pas ce qui me retient de lui arracher la langue.

Si, tu le sais. Priver le monde de cet organe serait une tragédie.

— Ce que j'essaie de te dire, reprend-il, c'est que j'ai été lâche et j'aurais dû être sincère avec toi, dès le début. Je suis venu te demander pardon.

— Ça fait cher le voyage pour un pardon, je ne pense pas que ta nana apprécie.

— Tu n'écoutes pas quand je te parle ? C'est fini ! Quand nous nous sommes quittés après le weekend, j'ai rompu avec elle. Je pensais l'avoir bien fait, mais apparemment non, puisqu'elle a débarqué sur le clip pour tenter de me récupérer. Tout ce qui compte, c'est que je ne suis plus en couple avec elle.

—« *Tout ce qui compte ?* »... Tu m'as menti ! m'indigné-je, en tapant du poing sur la table. Tu es quand même au courant que tout le harcèlement que j'ai subi venait d'elle ?

— Quoi ? Impossible, Charlotte n'est pas comme ça.

Dieu, qu'il m'horripile !

— Ma voisine l'a vue déposer un mot sur ma voiture et dessus, il y avait marqué « je sais qui tu es, trainée ». Elle m'a dit que la nana qui l'avait glissé dans ma portière, avait les ongles roses et scoop : ta charlotte a les ongles roses !

— J'ai du mal à le croire, dit-il en passant sa main sur son front. Ça n'a pas de sens, je l'aurais forcément vue ! Et laisse-moi te dire qu'il y a la moitié des filles qui portent cette couleur.

— Oui, mais qu'une seule qui en a après moi. Et tout ça, à cause de toi ! m'emporté-je.

Il ne moufte plus, comme s'il venait tout à coup de prendre conscience de son rôle dans toute cette histoire. Ses épaules s'affaissent dans un soupir, qui me crève le cœur, je mesure l'ampleur de son affliction et je dois réprimer une terrible envie de le prendre dans mes bras.

En attendant, c'est toi qui en payes les pots cassés !

Je dois me reprendre, ma vie n'est plus qu'un champ de bataille et je me dois de la remettre sur pied. Malgré la charmante histoire de Jullian, il n'en reste pas moins qu'il m'a menti et m'a désignée pour cible de sa jobarde d'ex. En plus, rien ne me dit qu'il ne me trompera pas à mon tour.

— Écoute, Jullian, c'est bien beau tout ça, mais je pense que j'ai assez donné. Tu as trompé ta meuf avec moi et à cause de ça, j'en ai bavé ces dernières semaines. Mon patron ne peut plus m'encadrer, je suis en pleine dépression... Regardons les choses en face, toi et moi, on n'a pas les mêmes principes !

— Qu'est-ce que tu veux dire ?

— Je veux dire que toi et moi, c'est fini.

Ma gorge se serre, comme pour m'avertir que la marche arrière ne sera plus possible. Je suis en train de renier mes sentiments pour laisser place à ma raison, mais surtout à la peur qu'elle renferme. Cet homme assis devant moi, pour qui mon cœur bat à tout rompre, a perdu son air insouciant. Il me dévisage, incrédule, cherchant au fond de mes yeux, la femme qui s'était abandonnée dans ses bras.

— Non, je ne l'accepte pas ! Toi et moi, c'est écrit.

D'un instinct territorial, il englobe ma main dans la sienne. Ce contact déclenche en moi une avalanche de frissons, la chaleur de sa peau douce m'avait tellement manqué. Je ne sais comment nos visages se rapprochent, mes yeux se ferment pour ne pas affronter les siens, aveugle, je sens à présent son souffle sur mes lèvres. Ce serait tellement plus simple de le laisser me posséder à sa guise, mais encore plus douloureux de le voir partir à nouveau ou pire, de devoir le partager avec une autre. Cet état de fait me sort de ma transe avant de franchir l'ultime limite. Prise d'affolement, je me lève d'un bloc et prends la fuite en direction de l'hôtel.

Aïe, aïe, aïe ! Je n'étais pas loin de flancher ! Arrivée à l'hôtel, je traverse la réception et m'aperçois qu'il me manque quelque chose... mon sac ! J'ai dû l'oublier sur la table du resto, oh la mouise ! Lorenzo est encore de service, bien gentiment, il me donne un autre passe, pour que je puisse enfin aller me coucher.

CHAPITRE 31

Mission du jour : récupérer mon sac à main.

Je retrouve le couple d'inséparables pour le petit déjeuner. Celui-ci est servi dans la cour intérieure de l'hôtel, au sein duquel règne la zénitude, même si pour ma part, je reste légèrement tendue.

— Bonjour, chérie ! Bien dormi ? demande Liam.

— Ça va, réponds-je, et vous ?

— Très peu, répond Nathan, un sourire aux lèvres.

Ils étaient faits pour être ensemble, ces deux-là ! Je n'ai jamais vu Liam aussi serein.

— Alors, tu nous prévois quoi aujourd'hui ? reprend Liam, me lorgnant d'un air malicieux.

— Pour commencer, je dois repasser dans le quartier San Marco pour retrouver mon sac, que j'ai oublié hier soir au resto.

— Au resto ? Aurais-tu déniché un bel Italien qui expliquerait les cernes que tu te paies ce matin ?

— Si tu veux tout savoir, reprends-je en grimaçant, j'ai bien rencontré un Italien... que j'avais pourtant laissé en France ! éructé-je, en plantant mes ongles dans la table.

— J'hallucine ! Le chippendale est ici ?

— Incroyable, n'est-ce pas !

— C'est qui ce mec au juste ? demande Nathan, perplexe.

— Un connard qui a joué avec Cora. Pourquoi il est là ? Il veut quoi ?

— Remettre le couvert.

— C'est une blague ? s'exclame Liam si fort, que tous les regards des résidents convergent jusqu'à nous.

Je donne à mes amis plus de détails sur mon aparté de la veille avec Jullian. Liam est rouge comme un gratte-cul, Nathan, plus tempéré, n'ose pas s'immiscer dans la conversation. Pourtant, il tente une approche.

— En même temps, c'est un beau geste d'être venu jusqu'ici pour te retrouver.

De concert, son mec et moi le regardons, assassins.

— Vous avez raison, c'est un connard ! se ravise-t-il.

Nathan vient d'apprendre sa première leçon de vie conjugale, toujours soutenir l'être aimé, même quand il a tort, sous peine de lourdes représailles.

Plus tard dans la matinée, nous sortons de l'hôtel. Aveuglée par le soleil, je ne remarque pas tout de suite Jullian qui se tient adossé contre le ponton, mon sac à la main. L'image est tout droit sortie d'un magazine de mode, pantalon blanc, t-shirt beige, mocassins et lunettes de soleil. Je fais signe aux garçons de m'attendre, Liam, plus tendu qu'un string, a envie de sortir les crocs, mais j'entends Nathan le restreindre.

— Du calme, mon p'tit bourdon, on n'est pas loin.

« *P'tit bourdon* » ? Je pouffe, dos à eux. Je m'approche du bellâtre qui se dore la pilule en pleine cagne[29].

— Ciao, Bella.

Purge ! Cet accent italien a un effet dévastateur sur mes neurones. Il va falloir la jouer dure, enfin... être forte.

— Merci de m'avoir ramené mon sac, déclaré-je, en me voulant plus détachée que possible, maintenant, si tu le permets, mes amis m'attendent.

— Je suis désolé pour tes amis, mais si tu veux ton sac, il faudra venir avec moi.

D'un mouvement leste, il saute à l'intérieur du bateau garé juste devant, me faisant signe de grimper.

---

[29] Le Sud pour les nuls : la cagne, c'est quand le soleil tape très fort.

— Non, mais tu n'es pas sérieux ? Je ne risque pas d'aller où que ce soit avec toi !

— Dommage pour ton sac, me taquine-t-il, démarrant le moteur.

Ce mufle a la tête plus rigide que de la pierre, c'est insupportable ! Je dois absolument récupérer ce sac qui contient toute ma vie. Je me retourne vers mes compagnons de voyage, toujours occupés à évaluer la situation. D'un geste rassurant, je leur fais comprendre que je les rejoindrai plus tard. Liam est au bord de la syncope, mais je compte sur la présence de son homme pour lui faire passer l'envie de me tuer. À mon tour, je monte dans l'embarcation qui met les voiles aussi sec. Je me tiens au pare-brise, feignant de garder mon équilibre et évitant surtout de m'accrocher à ces muscles qui me font de l'œil. Il faut dire que le rafiot de mon rital n'est pas très spacieux, je le soupçonne d'ailleurs de l'avoir choisi pour ça. Mon ex-amant met les gaz, navigant dans la lagune comme si elle lui appartenait. Je me demande où il m'emmène, sachant que nous nous trouvons à présent de l'autre côté de l'île. La ville est encore plus belle, vue de la mer. Mon kidnappeur du dimanche coupe les moteurs et jette l'ancre en plein milieu de nulle part.

— Qu'est-ce que tu fais ? dis-je d'une voix légèrement paniquée.

— Je veux qu'on reprenne notre conversation d'hier, tu as pris la fuite au meilleur moment.

— Il n'en est pas question !

— Bon, alors on va rester ici pour un bon bout de temps.

Je suis coincée sur cette barque. Pour avoir goûté l'eau la veille, je ne me sens pas du tout de rentrer à la nage. De plus, je suis affligée par le culot qu'il a de me faire chanter. Il retire son t-shirt avec zèle et monte sur la proue du bateau pour s'asseoir sur le bain de soleil. Mon thermostat affiche les quarante degrés Celsius.

Du nerf, Cora, tout va bien se passer !

Je tourne sur moi-même, cherchant une échappatoire sous le regard amusé de mon Adonis. *Ex ! EX !*

— Viens t'asseoir... me dit-il, de sa voix suave, en tapotant le matelas de sa main.

— Mais que veux-tu à la fin ?

— Ça n'est pas évident ?

— Mon cul ? Ça, j'avais compris. Tu l'as eu, « veni, vidi, vici[30] », maintenant c'est fini !

— Non, Cora, je te veux toi, tout entière et sans concession.

Mon cœur fait une embardée, qui m'arrache un couinement de douleur. Je suis à présent en hyperthermie et aussi rouge que mes cheveux, derrière mes lunettes.

---

[30] Célèbre expression de Jules César " je suis venu, j'ai vu, j'ai vaincu".

Sans en avoir conscience, mon corps s'est rapproché du sien, attiré par sa déclaration. À l'intérieur de moi se joue la guerre de cent ans, mon cœur et ma raison se crêpent le chignon, afin de déterminer si je dois capituler et vivre notre histoire qui a commencé d'une manière très bancale, ou l'assommer avec une bouée d'amarrage pour récupérer ses clefs et retourner à terre. Gagner du temps...

— Comment est-ce que je peux avoir confiance ?

— Regarde-moi, Cora, me commande-t-il en soulevant mon menton à l'aide de son index, laisse-moi une chance de te prouver ce que je ressens.

Il accompagne sa requête d'une moue digne d'un enfant. J'esquisse un sourire face à sa technique de persuasion.

— Si tu me rends mon sac à main, je te laisse la journée...

— Il ne m'en faut pas plus, rétorque-t-il, en s'appuyant d'un clin d'œil.

Il embrasse mon front, déterminé à mener à bien sa mission. Il me présente mon sac avec révérence et se remet à la barre.

Si tu penses t'en sortir aussi facilement, c'est mal me connaître, songé-je intérieurement. Je compte bien lui rendre ses affronts coup pour coup.

— Alors, quel est le programme ? demandé-je en prenant place sur la banquette de cuir blanche.

— Nous sommes à Venise, je vais te faire visiter.

Le Riva vire de bord et emprunte l'entrée du grand canal. Tout en naviguant au pas, Jullian renfile son t-shirt et accoste, quelques minutes plus tard, sur un ponton proche du Rialto. Tel un chevalier servant, il me fait faire la tournée des grands ducs ; basilique Saint Marc, palais des doges, pont des soupirs et tutti quanti ! Le midi, nous prenons des Tramezzini, spécialité qui s'apparente à notre club sandwich. Nous partageons ce repas, assis sur le rebord d'un des innombrables ponts qui composent la ville. Je profite qu'il réponde à un appel pour secouer son soda comme une forcenée. Quand il revient vers moi tout sourire et qu'il ouvre sa bouteille, la boisson lui explose au visage, constellant son ensemble clair de tâches de sucre. Je me moque en cachette, ravie d'observer l'énervement durcir ses traits. Malgré tout, il parvient à prendre sur lui et reste doux, attentionné. Mais je ne compte pas m'arrêter là. Mon besoin de vengeance, me pousse à lui mener la vie dure. Pour notre dernière visite, après avoir pris les billets, je simule une envie pressante, pendant que Jullian m'attend, je me faufile vers notre guide et commence la visite seule. Trente minutes plus tard, je ressors avec le groupe sous le regard ahuri du bellâtre.

— Mais enfin, Cora, où tu étais ?

— Aux toilettes ! réponds-je, faussement outrée de sa question. J'ai un petit creux, si on allait manger une glace ?

— Et la visite ?

— Oh, ça ne me dit rien, ces églises se ressemblent toutes.

Ses mandibules se contractent, il s'agace et moi je jubile, néanmoins, je dois lui reconnaître un sacré self-control.

Nous prenons notre collation dans un magasin réputé pour ses gelati[31]. En véritable gentleman, Jullian insiste pour m'inviter. Grand bien lui fasse... Je tiens les glaces pendant qu'il règle l'addition et en profite pour manger la pointe de son cornet, je remets ensuite la serviette correctement autour, ni vu ni connu. J'ai cinq ans d'âge mental et la perspective du désastre à venir orne mes lèvres d'un sourire machiavélique.

Quelques minutes plus tard, je ne peux me retenir de rire quand Jullian arbore un nouveau style de pantalon, à la base blanc, maintenant proche d'une aquarelle aux teintes verte et chocolat. Les passants ne peuvent s'empêcher de le dévisager et j'en rajoute en leur offrant un regard d'exaspération.

— Permets-moi de te dire, Jullian, que tu n'es pas sortable ! ironisé-je.

---

[31] Glaces

— Il est vrai qu'aujourd'hui, il ne m'arrive que des merdes...

Ses yeux insistant lourdement sur ma personne, je crois qu'il me soupçonne de ne pas être étrangère à tous ses malheurs. Je rosis légèrement sans relever.

Qu'est-ce-qu'il s'imaginait ? Que me récupérer serait simple ? Ben nan !

— Mais j'ai au moins le mérite de te faire sourire, reprend-il, alors si je dois ressembler à un Arlequin pour ça, soit.

Nos corps se frôlent, nos doigts se touchent par inadvertance, enfin je crois. Bien que je sois toujours en mode vendetta, mon corps se détend à sa proximité, il m'apaise, éveille mon âme jusqu'à présent endormie. Je suis dans une bulle de quiétude.

Le reste de la journée s'écoule au rythme de nos balades, à travers des ruelles exiguës. Un vendeur ambulant est arrêté par Jullian qui lui achète l'intégralité de ses roses. Je commence à faiblir. Flattée de son attention, je me surprends à rechercher son contact, télescopant mon épaule contre lui, emprisonnant sa main dans la mienne. Je laisse mes pulsions s'exprimer, même si le chemin qu'elles empruntent me fait peur. Jullian ne me brusque pas, patient, il me laisse venir à lui, comme une abeille attirée par le miel. Au fond, je sais que le choix que j'ai à faire ne m'appartient plus, il s'impose, lourd de conséquence. Mon cœur ne bat que pour lui, aussi fort qu'il n'a jamais pulsé pour quiconque.

Finalement, c'est peut-être ça que tout le monde appelle le grand saut, savoir que l'on se jette corps et âme dans une relation en prenant le risque de s'écraser au sol, comme une merde.

Avec le temps et mon expérience en la matière, j'aurais dû m'être trouvé un plan d'atterrissage d'urgence, mais non. Je n'ai jamais tiré aucune leçon de mes aventures passées, vouée à reproduire encore et encore les mêmes schémas. Fataliste, moi ? Du tout ! Masochiste au mieux. En plein milieu d'un pont, Jullian fait une halte, me ramenant contre lui. Je tiens les roses dans une main, l'autre étant toujours emprisonnée par la sienne. J'essaie de rester stoïque, mais c'est de plus en plus difficile. Ses yeux me donnent le vertige. Une parade, vite ! Sans y réfléchir, je lâche les fleurs, qui tombent dans le canal. Je saisis le prétexte de ma maladresse pour me dégager de lui avec urgence.

— Oh, non ! J'en ai fait tomber la moitié.

— Je t'en rachèterai…

— Non, c'est celles-ci que tu m'as offertes, regarde, maintenant c'est un nombre paire et cela porte malheur, il faut que tu en récupères au moins une !

Perplexe, Jullian comprend que je ne lâcherai pas prise facilement, évaluant le petit canal qui ne doit pas dépasser les 1m50 de largeur, il se décide à y aller. Je trépigne comme une gamine qui continue son petit jeu mesquin. Mon chevalier enjambe la bordure pour descendre sur les débuts de marches donnant sur une porte en bois, puis s'emploie à attraper une des roses ondulant dans l'eau. Le bord est étroit, l'escalier recouvert d'humidité me semble bien glissant. Alors qu'il avait trouvé ses appuis, le mocassin de Jullian ripe sur un écueil d'algues, l'envoyant à l'eau. Choquée, mais ravie, je joue les ingénues en prenant de ses nouvelles. Tout va bien, il a pied, l'eau ne lui arrive qu'au ventre. Le spectacle est divin, son t-shirt lui colle à la peau, sublimant son corps sculptural. Cependant, cette fois je crois que c'est la blague de trop.

— Bon, tu es satisfaite maintenant ? bougonne-t-il.

Je pince mes lèvres en hochant la tête. Je crois qu'il a eu son compte. Je l'aide tant bien que mal à remonter, toujours secouée des rires de sa chute. À peine a-t-il repassé la balustrade, qu'il me tend la fameuse rose qu'il me manquait. Cet homme est d'un romantisme à toute épreuve. Quand je saisis la fleur, j'accroche ses iris et me fige. Ses lèvres parsemées de gouttelettes me font vriller. Je crois que mes dernières résistances sont restées dans le canal avec le reste du bouquet.

Mon téléphone vibre au fond de mon sac, c'est Liam qui s'inquiète. Il me demande par message si je suis toujours entière et à quelle heure je les rejoins. Quand Jullian prend conscience qu'il a perdu mon attention, il me dévisage intrigué.

— Ce sont mes amis, ils me demandent quand je les rejoindrai ? l'informé-je.

— Eh bien, tu m'as donné la journée et celle-ci se termine à minuit. Après, je redeviens grenouille et toi seule aura le pouvoir de me délivrer de mon triste sort.

Il rabat une de mes mèches de cheveux à l'arrière de mon oreille. Son enthousiasme et son désir de faire durer notre tête à tête me rendent toute chose, même si je ne suis pas un gros challenge, puisque déjà prête à lui sauter sur la braguette au moindre signal. J'apprécie cependant qu'il prenne sa mission reconquête au sérieux, sans tenir compte de mes mauvais tours. Je tapote un message pour Liam, lui disant de ne pas m'attendre et range l'objet après l'avoir mis en silencieux. Mon ex-futur-amant (*ça devient compliqué !*), récupère ma main et m'entraîne à l'autre bout de la place Saint Marc.

— Où va-t-on maintenant ? me hasardé-je.

— Je t'emmène à mon hôtel, je dois me changer.

— Hein ?

— Du calme, Beauté, ricane-t-il, tu devrais me connaitre maintenant, je ne t'arracherai ta culotte que quand tu m'en donneras l'ordre.

J'étouffe un hoquet et lui claque une gifle sur l'épaule en guise de rébellion. Malheureusement pour moi, mon geste attise la flamme qui danse dans ses yeux. Mes jambes se mettent à accélérer la cadence, décidément, je suis complètement désaxée. Mon corps prend ses propres décisions sans me concerter, trahissant mon désir équivalent au sien.

CHAPITRE 32

Nous traversons la place désormais dépeuplée. L'heure du dîner approche. Les touristes sont rentrés se préparer avant d'investir les restaurants. Nous longeons le bord du canal jusqu'à arriver devant une façade couleur brique identique à celle de mon hôtel. Sur celle-ci, le nom « Danieli » trône en lettres d'or. Nous nous engageons dans l'entrée et je laisse fuiter un « oh la vache ! », devant le spectacle éblouissant qui s'offre à moi. L'intérieur est d'un luxe indécent : colonnes en marbre rose assorties au sol, arcade en pierre de style gothique, une hauteur de plafond qui s'élève sur des dizaines de mètres débouchant sur une verrière. Les escaliers sont bordés de tapis rouges, on se croirait dans Downton Abbey[32], en plus, waouh ! Une question jaillit soudain dans mon esprit.

— C'est ton hôtel ? T'es un mafieux, c'est ça ?

Ma remarque a l'air de l'amuser et il ne me contredit pas, ce qui est loin de me rassurer. Nous empruntons les escaliers menant aux chambres. Ma nuque me picote, j'ai peur. Aurais-je vendu mon âme au diable ? Pendant le temps que nous prenons à déambuler dans les couloirs

---

[32] Série dramatique historique, mettant en scène une famille d'aristocrates vivant dans un manoir anglais en 1910.

habillés de tapisseries d'époque et de toiles de maître, mon esprit, un peu trop fertile, échafaude des spéculations sur les éventuelles activités illicites de mon beau gosse. Trafic de drogue, trafic d'armes, traite d'êtres humains... Vais-je me retrouver dans un donjon, vendue aux enchères en tant qu'esclave sexuelle ?

Cora, tu pars trop loin ! Oui, sûrement, mais en même temps, comment peut-il avoir les moyens de se loger dans un tel palace ? Et puis, je ne le connais pas depuis longtemps, que sais-je vraiment de lui ? Je crois que je viens de croiser Angelina Jolie. Merde, j'hallucine !

Nous nous enfonçons dans un couloir au bout duquel se trouve une immense porte en bois que mon grand brun ténébreux déverrouille à l'aide d'une clef ornée d'un pompon rouge. La chambre rouge de Christian Grey ? Mon organe vital s'emballe, lorsque Jullian m'invite à entrer. Je découvre une superbe suite dans les tons gris perle. Le mobilier d'époque donne beaucoup de cachet à la chambre. Les tapis immaculés qui recouvrent le sol, amènent de la chaleur et pour couronner le tout, le plafond est décoré de fresques encadrées de moulures.

« *Des moulures au plafond, Kevin !*[33] »

Mes yeux papillonnent sans savoir où se focaliser, jusqu'à ce que j'aperçoive le balcon et sa vue sur l'île de San Giorgio Maggiore. Plus j'en découvre et plus

---

[33] Sketch d'Inès Reg.

j'angoisse. Mais bon sang, qui est ce mec ? Me voyant un peu perplexe, Jullian répond à mes interrogations.

— Mes parents sont en affaires avec l'établissement et sont de bons amis des propriétaires. Ils ont toujours une chambre à disposition quand ils descendent à Venise.

— Impressionnant ! concédé-je, mais dis-moi, dans quoi sont tes parents exactement ?

— Je te l'ai dit, dans l'import-export.

— Oui, ça d'accord, mais qu'exportent-ils ? De la drogue... ? Des femmes ? marmonné-je, à demi-mot.

— Ha ha ha, rien de tout ça ! Ma famille est dans la vente de spiritueux.

Il continue de rire, en ouvrant la gigantesque porte-fenêtre qui mène à la terrasse, au moins je ne l'ai pas vexé, c'est déjà ça. Son histoire tient la route, même si elle souligne le fait que nous n'appartenons pas au même monde. Je triture mon short en jean comme une empotée. Je ne me sens pas à ma place, à l'image d'un caillou au milieu de pierres précieuses. Je crois que j'ai perdu mon assurance dans le hall de l'hôtel.

— Tu as faim ? demande Jullian.

— Un peu, mais je dois avouer que je ne suis pas très à l'aise pour manger ici, je ne suis pas habillée pour ce genre d'endroit et...

Il me coupe dans ma tirade paniquée, en m'enveloppant contre lui. Je respire à nouveau. Il est le remède à mon anxiété, mon phare dans la nuit.

— J'ai une idée, reprend-il, ce soir pas de chichi, on va se commander à manger dans la chambre et discuter. Pourquoi tu n'irais pas te faire couler un bain ? Il y a des peignoirs et des pantoufles dans la salle de bain. Je passe commande en attendant.

Pourquoi pas ? L'eau chaude est mon sanctuaire pour m'aider à évacuer la pression et y voir plus clair. Je hoche la tête timidement, pas très rassurée tout de même.

— Et avant que tu te fasses des idées, je te promets de ne pas t'espionner dans la salle de bain.

Le rose me monte aux joues. Il doit me prendre pour une timbrée, il sait très bien que j'ai envie de lui, mais ne me fait pas l'affront d'en profiter. Il m'apprivoise avec brio. Je me hisse sur la pointe des pieds et colle mes lèvres contre sa joue émaciée. Je me dirige dans la salle de bain toute aussi ostentatoire que le reste de la demeure, fais couler l'eau en me demandant pourquoi je ne l'ai pas invité à me rejoindre. Les jets massants de la baignoire sont une véritable bénédiction ! Dépourvue de la moindre tension, mon corps se fait plus léger, mon esprit en est de même.

C'est décidé. Je dis oui à la vie, oui à Jullian et je compte bien cesser ce jeu du chat et de la souris. Il est grand temps de s'autoriser à être heureuse. Je sors de la salle d'eau enroulée dans un des fameux peignoirs de l'hôtel. La chambre est vide et aucun bruit ne me suggère la présence de mon hôte. Je furète sur la pointe des pieds, m'aventurant jusqu'à la porte vitrée qui donne sur le balcon. Oh mon Dieu ! Pas de chichi ? Mon œil, ouais. Une table ronde est superbement dressée : nappe blanche, fleurs, champagne dans son seau de glaçons, bougies et un énorme plateau de fruits de mer. C'est tellement cliché. Mais aussi incroyablement romantique ! Si je m'écoutais, je lui demanderais de m'épouser. Dos à moi, son visage est rivé sur le coucher de soleil. Les derniers rayons caressent son visage, l'enveloppant d'un hâle de lumière. Quel spectacle magnifique. Je constate qu'il s'est changé, je me racle la gorge afin de l'avertir de ma présence. Surpris, il se retourne vers moi.

— J'espère que tu m'excuseras. On avait dit pas de chichi... mais je voulais marquer le coup.

Il fourrage dans ses cheveux, attendant une réaction de ma part. Il est tellement beau quand il est vulnérable... Je comprends que son ex ait viré à la folie. Comment laisser cet homme s'en aller ? J'ai perdu bien trop de temps à polémiquer avec moi-même, je ne gâcherai pas une seconde de plus.

Je dénoue la ceinture de mon peignoir et la laisse tomber sur le sol. J'ouvre les pans de celui-ci et dévoile ma nudité. Jullian me fixe, crispé, ses mains écrasant le rebord de pierre. Quand il le lâche enfin pour me rejoindre, une brise vient effleurer ma peau qui se recouvre de milliers de frissons, faisant durcir la pointe de mes mamelons. Arrivé à ma hauteur, le mâle me toise de son regard brûlant.

— Dois-je en déduire que tu acceptes de redevenir mienne ?

Mon pouls s'accélère. Son langage possessif décuple mes émissions de phéromones. C'est un comble pour une féministe telle que moi. Je rêve de lui appartenir, d'être sa chose, son exutoire, son temple.

— Parce que bien que ma queue menace de craquer mon pantalon, je ne te prendrai que si tu décides de nous redonner une chance.

Ses lèvres retracent les contours de ma mâchoire. Je sais que je détiens le pouvoir de mettre fin à ce suspense insoutenable pour lui, mais soyons honnêtes, je prends mon pied à le voir si excité.

On n'avait pas dit qu'on ne perdrait plus une seconde ?

D'accord. C'est l'heure de faire le grand saut :

— Oui, lancé-je dans un souffle.

Sa respiration se bloque une fraction de seconde, ses épaules s'abaissent dans un élan de soulagement. Il plante ses yeux dans les miens avec une intensité qui émoustille l'intérieur de mes cuisses. La foudre vient de s'abattre sur Venise, mon cœur est désormais sien. C'est comme si je l'avais toujours su, mais c'est là, maintenant, que je comprends ce que ça veut dire.

Nos lèvres se goûtent, savourant leur pulpe. Nous prenons plaisir à redécouvrir la moindre parcelle de peau, tenue si longtemps éloignée. Sa main fouille mes cheveux, me ramenant toujours plus fort contre lui. Je m'accroche à son cou et enroule une jambe autour de sa taille. Délicatement, il me soulève et m'emmène sur l'immense lit, m'y dépose avec précaution puis, se redresse en me contemplant. Il retire son t-shirt, enlève sa ceinture... Ses gestes sont sensuels, sans précipitation, comme si ce moment se devait d'être immortalisé. Il dégrafe son pantalon, délivrant son érection fulgurante. Je m'en lèche les babines. Puis, alors que je me redresse pour attraper le pompon, il m'arrête.

— Attends, deux minutes.

C'est la douche froide, je ne comprends pas ce qu'il se passe. Il a l'air de chercher ses mots.

— Je dois te dire quelque chose d'important.

Que peut-il y avoir de si important pour nous interrompre en pleine action ?

— Cora, je crois... que... que je t'aime.

Sa confession m'emporte, j'ai des ailes et je vole. Je suis in love. C'est donc avec mon assurance retrouvée dans ces quelques mots, que je lui réponds :

— Pour ma part, je ne le crois pas... J'en suis sûre.

Comme si je venais de nous délivrer de nos entraves psychiques, la frénésie s'empare de nous. Le barrage de nos sentiments cède, laissant déferler les vagues de passion qui nous animent.

Jullian me dévore littéralement la gorge, s'égarant vers ma clavicule... Puis, sillonnant mes seins gonflés de désir, il en mordille mes bouts dressés. Mon corps entre ses mains expertes, tressaille de plaisir. Nous faisons l'amour, fougueusement, intensément, amoureusement. Je me nourris de ses baisers, de ses caresses, de ses coups de reins puissants, faisant griller mes synapses. Je crie son nom à chaque orgasme qu'il me donne. Aussi insatiables l'un que l'autre.

Des heures s'écoulent, durant lesquelles chacun de ses souffles, de ses grognements gutturaux, me projette dans un univers de luxure, où il n'existe rien d'autre que nous. Perdus au milieu des draps, nos corps enlacés l'un contre l'autre, je capture les traits de son visage parfait, afin de graver ce moment le plus profondément en moi. Lui, dessine des arabesques sur mon front avec son nez. Je ne veux plus jamais quitter ses bras, être loin de lui... Je l'aime, envers et contre tout.

Nous trouvons quand même un moment pour déguster le festin commandé par mon amant. Les bougies ont quasiment toutes fondu, mais nous dévorons intégralement tout ce qui se trouve sur la table. Dieu qu'il est sexy quand il gobe une huître ! Le reste de la nuit est magique, le vide en moi n'existe plus, je suis complète avec lui.

Le jour s'est levé et, à en croire la puissance de l'astre lumineux qui agresse notre réveil, il ne doit pas être loin de midi. Dernier jour dans la ville des amoureux, avant mon retour en France. Même si l'envie de rester au lit est plus que tentante, il faut que je retourne à mon hôtel, pour voir Liam. Le connaissant, il doit s'inquiéter et je ne peux pas le laisser sans nouvelles.

CHAPITRE 33

Après avoir avalé un des meilleurs petits-déjeuners de ma vie, mon chéri et moi partons en direction du Carnival palace. J'envoie un sms sur le chemin, pour avertir mon meilleur ami que je rentre. J'ai les mains moites, Jullian s'en rend compte. Il m'attire un peu plus près de lui et enroule son bras musclé autour de mes épaules.

— Je suis ravi de rencontrer tes amis, claironne-t-il.

J'espère surtout que Liam prendra bien la nouvelle, avec tout ce que je lui ai raconté et son instinct protecteur exacerbé. J'espère qu'il saura garder son sermon pour plus tard. Nous longeons le canal qui débouche sur mon hôtel. Liam et Nathan, installés à une table en bord de quai, sirotent des jus de fruits en se papouillant. L'étape des présentations avec la famille est toujours un baptême du feu, alors autant faire ça vite, comme avec la méthode du pansement. Je me plante devant leur table, en étalant mon plus beau sourire, toujours accrochée au bras de mon beau gosse.

— Salut, les tourtereaux !

Nathan est enchanté de me voir, à l'inverse de mon best, qui me pourfend de son regard accusateur, une vraie mère poule ! Je ne me dégonfle pas pour autant et entame les présentations.

— Liam, Nathan, je vous présente Jullian. Jullian, voici Liam, mon meilleur ami et son homme, Nathan.

— Salut, répond Liam d'un ton assez expéditif, sans même lui décocher un regard.

La gêne à l'état pur. Heureusement, je peux compter sur Nathan pour réchauffer l'ambiance.

— Salut, mec ! Ravi de faire ta connaissance. Je vous en prie, installez-vous avec nous.

Nous prenons place à leurs côtés. Jullian fait bonne figure, mais il a bien perçu l'accueil hostile de mon frère de cœur. Il faut absolument que je désamorce cette situation, avant que…

— Alors Jullian, intervient Liam, tu viens souvent à Venise sans ta femme ?

— Liam ! grondé-je.

— Excuse-moi, Cora, tu as peut-être oublié, mais ce type te mène en bateau.

— Je ne sais pas pour qui tu me prends, répond calmement Jullian que je sens pourtant au bord de l'affrontement, mais je n'ai qu'une femme et c'est elle.

Voyant mon ami sur le point de rétorquer, je me lève et lui ordonne de me suivre. Il s'exécute, laissant nos moitiés à des discussions plus réjouissantes.

— Bon sang, Cora, mais qu'est-ce qui te prend de ramener cet abruti ici ?

— On se calme ! lui ordonné-je. On a bien discuté et il est conscient de ne pas avoir bien fait les choses, mais il n'est plus avec sa nana et il est venu pour moi. Je l'aime et lui aussi.

— Pince-moi, je rêve. Ouvre les yeux ! Les mecs dans son genre sont des manipulateurs, des obsédés. Il t'a dit ce que tu voulais entendre pour te mettre dans son lit et t'y garder au chaud.

— Non, tu ne comprends pas ! Ce n'est pas qu'une histoire de cul, c'est plus fort que ça.

— Cora, tu te fais avoir de longue[34], c'est pour ton bien que je dis ça. Moi vivant, je ne te regarderai pas t'enfoncer dans ce traquenard ! Tu choisis, c'est lui ou moi !

Quoi ?!

Je suis sonnée. Comment peut-il me demander un truc pareil ? Même si je ne doute pas qu'il agisse de la sorte pour me protéger d'une énième déception, il n'a aucun droit de jouer le rôle de mon père, que, soit dit en passant, je n'aurais pas écouté non plus. Liam a toujours été l'homme le plus important de ma vie. Je lui ai concédé une place qui n'était pas bonne pour lui. Il m'a toujours sauvée de moi-même et je lui en ai toujours été reconnaissante, mais aujourd'hui, il se trompe. Je

---

[34] Dans le Sud, "de longue" veut dire continuellement.

comprends que de son point de vue, la situation doit être incompréhensible, mais il ne connaît pas Jullian et ne peut pas être aussi catégorique à son sujet.

— Écoute, Liam, c'est vrai que Jullian n'a pas fait les choses dans l'ordre. Il m'a rencontrée alors qu'il était en couple, mais ensuite, il a quitté cette fille pour être avec moi. Ce n'est qu'un concours de circonstances.

— Oui, il a voulu tester la marchandise avant de l'acheter !

Sa mauvaise foi m'insupporte et je comprends que continuer de me justifier ne me mènera à rien. Pourquoi, lorsque je trouve enfin l'amour, faudrait-il que je perde une amitié ? Non, il est temps de couper le cordon.

— Je n'ai pas à choisir, reprends-je excédée. C'est lui et pas un autre. Toi, tu es ma famille, et lui, représente celle que je suis bien décidée à construire. Je suis désolée que tu le juges aussi vite, sachant que tout le monde a tendance à me cataloguer de la même façon. Sur ce, je te laisse décider si tu veux vivre ce bonheur à mes côtés ou pas.

Je retourne à la table, laissant mon ami à son propre ultimatum. Je me sens soulagée d'avoir pu dire ce que je ressens, d'avoir pris le parti de vivre, pour moi. Fini le temps où je subissais ma vie sentimentale, peu m'importe où celle-ci me mènera, je sais simplement que j'y ai droit et que le cœur a ses raisons, que la raison ignore.

Je connais Liam, et comprends à sa façon de nous rejoindre, qu'il a pris conscience que je n'ai plus besoin d'être protégée, mais aimée pour ce que je suis. Nos discussions s'interrompent, quand il prend place sur la chaise à mes côtés, Jullian se raidit dans l'appréhension d'une nouvelle attaque. Liam tend sa main en sa direction.

— Je recommence, moi c'est Liam. Cora est comme une sœur pour moi, apparemment elle t'a accordé une seconde chance, et pour elle, je te laisse moi aussi le bénéfice du doute.

Jullian, surpris, mais reconnaissant de cette main tendue, l'empoigne avec vigueur.

— Mais si tu lui fais du mal, je te pète la gueule.

Je régurgite mon jus de fruits en tapant fermement sur ma poitrine pour m'empêcher de m'étrangler. Elle est bonne celle-là, en même temps, c'est bien son genre, même si je ne m'attendais pas à ce qu'il lui envoie ça tout de suite.

— Je n'en attends pas moins de toi ! sourit l'homme qui fait battre mon cœur.

C'est donc dans la joie et la bonne humeur que nous terminons notre séjour. Finalement, les deux hommes de ma vie ont l'air de bien s'entendre. Mon palpitant est gonflé d'amour, j'ai la larmichette qui me démange. Pour notre dernière soirée, nous avons partagé un resto entre couples, puis avons décidé de passer la nuit à mon hôtel. Non pas que le « Danieli » me pose problème -

je commençais même à y prendre goût - mais sans mes voisins de chambre pour nous avertir de l'heure du départ, nous aurions manqué l'avion.

Dans le bateau-taxi qui nous ramène à l'aéroport, je regarde s'éloigner la ville flottante avec nostalgie, pleine de reconnaissance pour ces deux jours de pur bonheur. Le vol en avion est une véritable torture. Mes hormones sont en ébullition et les mains de Jullian câlinant l'intérieur de mes jambes n'arrangent rien ! Si ça ne tenait qu'à moi, je l'aurais violé dans les toilettes, mais bizarrement, ceux-ci sont toujours occupés. Captive de ses caresses, l'atterrissage interrompt mon supplice. Jullian arbore un sourire suffisant et victorieux, rira bien qui rira le dernier ! Je n'ai pas dit mon dernier mot. Nous disons au revoir à Liam et Nathan dans le hall de l'aéroport. Je rentre en voiture avec mon beau brun et compte bien prendre ma revanche sur ses mains baladeuses. Il me tarde d'arriver chez moi, pour retrouver mon Minou et bien sûr, assouvir mes besoins débridés en toute tranquillité. Mais avant, je pense avoir mérité une petite mise en bouche. Les valises chargées dans le coffre, nous quittons le parking en direction de mon appartement. Je ne mets pas longtemps à élaborer sa punition. En somme, elle est plutôt simple : finir le travail qu'il a commencé quelques minutes plus tôt. En véritable débauchée que je suis, je dégrafe les boutons de mon short et passe ma main à l'intérieur, sous les yeux alarmés de monsieur testostérone. Il n'a d'autres choix que de conduire en me regardant prendre mon pied. Il déploie beaucoup d'énergie pour garder le cap. Sa veine jugulaire palpite à un rythme frénétique et menace d'exploser à chaque miaulement que je lui inflige. Malgré tout, je suis rattrapée par ma bonté d'âme, et me sens obligée de récompenser son sang-froid par une bonne sucette. Bien évidemment, tout cela se termine sur une aire d'autoroute, le cul dans l'herbe, en train de hurler à la lune notre jouissance. Deux bêtes enragées, voilà ce que nous sommes. Je suis d'ailleurs étonnée que l'on ne se soit pas déjà fait embarquer pour atteinte à la pudeur.

Rassasiés pour l'instant, nous finissons notre trajet qui aura duré le triple de temps qu'il n'en faut réellement. Je commence à me demander s'il ne faudrait pas que j'appelle Marco, histoire de faire amende honorable et ainsi pouvoir remplir mon agenda. Je m'attellerai à cette tâche une fois rentrée. Rien ne sert de se presser, profitons des quelques minutes de salut qu'il me reste, avant de me remettre en mode « working girl ». Du coin de la rue, je constate que mon portail n'a toujours pas été réparé. Ça aussi, il va falloir s'en occuper, depuis que je sais que l'ex-copine de mon homme ne m'a pas à la bonne, il serait débile de ma part de lui faciliter l'accès de chez moi.

CHAPITRE 34

Une semaine a passé depuis notre retour. Jullian et moi ne nous quittons plus. Il a amené le gros de ses affaires chez moi, et même si nous n'avons pas parlé d'emménager ensemble, c'est tout comme. La cohabitation se passe à merveille, surtout quand j'ai droit à ses petits plats faits maison servis avec rien d'autre sur le dos, qu'un tablier sur lequel est taguée l'inscription : « Qui veut mes boulettes ? ». Petit cadeau offert par mes soins, quand j'ai compris que mon cher et tendre s'adonnait à cette activité toujours à poil, et que je me méprenais le plus souvent, sur ce qu'il me proposait de manger.

En tant que jeune couple, nous passons le plus clair de notre temps dans le plus simple appareil, ce qui me fait économiser un max de lessive. Notre intimité est plus grande que jamais, ce qui est une très bonne chose la plupart du temps…

— Bébé ?

— Oui ?

— Ça t'embête de me rendre un petit service ?

— Quoi donc ? l'interrogé-je amusée.

Il tient entre ses mains une tondeuse qu'il agite de gauche à droite, comme si j'allais deviner sa demande. Le tondre ? Mais tondre quoi ? Il est déjà limite imberbe. Je regrette aussitôt d'avoir saisi l'engin, quand je vois ma montagne de muscle s'allonger sur le lit à plat ventre, une serviette en-dessous de lui.

— Euh... Je dois raser quoi au juste ?

— Ce qui dépasse de mon cul, bébé...

Leeeeee malaiiiiiiiiiiiiise ! En effet, nous sommes très proches, voire même un peu trop. Je rougis d'embarras. Nous sommes en couple, qui mieux que moi peut lui rendre ce service, une esthéticienne ? Pour qu'elle ait la vue panoramique sur son service trois pièces ? Hors de question ! Prise au dépourvu, je tente de m'exécuter au mieux. Je suis aussi concentrée qu'un chirurgien opérant à cœur ouvert. Je ne voudrais pas lui entailler l'anus ou pire, lui faire une épisiotomie. Même s'il m'a assuré qu'il ne risquait rien, je suis bien trop attachée à ce corps parfait pour lui infliger la moindre blessure. Je parviens à mes fins quand je dégouline de sueur froide telle une bougie fondue. J'espère que je n'aurai pas à faire ça très souvent, sinon ce sera un coup de cire et basta !

Après avoir aplani les choses avec Marco, il a accepté de me reprendre malgré mes nombreuses incartades. Je n'ai pas eu à le supplier non plus, étant donné que le nouveau partenariat qu'il a conclu avec Angelo est une réussite. Désormais, nos deux agences collaborent régulièrement ensemble, Jullian et moi pouvons en profiter. Je m'arrange pour bosser avec lui quand il part en déplacement et lui s'arrange pour ne pas me quitter quand Marco a besoin d'un mec sur les plans club, de ce fait nous restons partenaires dans la vie comme à la scène. C'est donc sur cette nouvelle perspective que nous nous affairons dans la salle de bain pour notre préparation, en vue de la presta de ce soir. Nous travaillons tous les deux pour mon boss, mais pas au même endroit, de quoi mettre notre résistance de la séparation à l'épreuve.

Fin prêt, mon homme part le premier. Contrairement à moi, c'est un ponctuel. Il m'embrasse tendrement dans le cou, avant de sortir rejoindre Matt. De mon côté, je suis encore à la recherche de mes fringues qui jouent à cache-cache. Ça commence à devenir compliqué ! Je finis par enfiler le petit haut offert par Céleste, un short assorti et une paire de mules à talons transparentes. Je passe encore dix bonnes minutes à mettre la main sur mon rouge à lèvres, que je ne trouve bien évidemment pas et me retranche sur un gloss irisé. J'arrive au club pile à l'heure. Serait-ce la ponctualité de Jullian qui déteint sur moi ? J'avoue que prendre le temps de parcourir les quelques mètres qui me séparent de l'entrée, sans courir, est appréciable.

Ce soir, je retrouve Candice, la fille à tête creuse qui inspira toutes les blagues sur les blondes. Déjà installée dans les loges, elle réajuste son rouge à lèvres rose Barbie, un vrai stéréotype ! Si vous voulez mon avis, cette couleur est un outrage au féminisme ! Pour sa défense, la thématique de la soirée est « Sugar baby ». Bonbons à gogo et couleurs glossy, elle est déjà dans le thème. En ce qui me concerne, je préférerais me faire abattre que de porter cette couleur pupute. Déjà que les tenues sont dans le même registre, faudrait pas pousser mémé dans les orties. Fagotée d'un bikini rose, sur lequel repose un triangle et une culotte en sucrerie, je recouvre mes cheveux d'une perruque au carré blanc glacé, ornée d'un énorme nœud rose. Belle à croquer ! J'imagine déjà tous les lourdauds essayer de choper mes fesses pour avoir une gâterie.

« Une fille sur la cabine DJ et l'autre sur le bar », nous informe le patron. Candice, qui n'est pas très à l'aise avec l'équilibre, me demande si elle peut prendre le bar. *Mais avec grand plaisir !* Ça m'arrange, plus je suis loin de la faune et mieux je me porte.

Escortée par deux malabars, je me dirige vers la cabine et prends place sur un étroit plan de travail, à côté de la table de mixage. Je ne vais pas avoir une grande aisance de mouvement, mais peu importe, action/réaction, on s'adapte. Je prends la décision de ne pas décoller mes talons de leur emplacement afin de ne pas risquer de me prendre les pieds dans le tas de fils qui gît devant moi, alimentant les platines. Je ris toute seule, en imaginant le spectacle de la créature de rêve se fracassant sur le sol, emmenant le personnel dans sa chute et laissant les clubbeurs sans musique. La cata ! Cela dit, cela m'est déjà arrivé, j'avais quinze ans et étais totalement bourrée ! Je suis une femme d'expérience... Les vingt minutes de passage ne se passent pas sans mal. Déjà bien courbaturée par mon sport en chambre, le fait de tenir mes jambes en flexion pour donner du dynamisme à mes mouvements sans décoller du sol, sollicite énormément mes quadriceps, qui commencent à me faire atrocement souffrir. J'observe du haut de mon perchoir, la position de Candice qui me fait raidir les poils dans le dos. La cochonne est en train de se faire becter par une horde de rugbymen éméchés. Elle adopte des positions plus que suggestives pour se faire bouffer le bonbon ! J'ai honte pour elle... Ce n'est pas Dieu possible d'avoir un tel manque d'intégrité. Si mon patron m'entendait, il dirait que c'est moi la coincée du cul, enfin peut-être moins maintenant au vu de mes dernières péripéties. Bien sûr, pour lui, tant que ça plait et que ça fait vendre, tout va bien. Je crois que ce qui m'ennuie le plus dans cette histoire, c'est que je sois associée à sa débauche. Si au prochain passage, je dois passer sur le bar, nul doute que ces bourrins s'autoriseront les mêmes fantaisies.

De retour dans les loges, le patron nous interpelle pour féliciter ma collègue sur son show (je ris jaune) et nous donner la suite des festivités. De ce que je comprends, le boss rondouillard préfère que nous déambulions dans la boîte afin de distribuer des goodies ainsi que de l'alcool. Le passage sera plus long donc, il n'y aura pas de troisième session. Chic ! Je pense déjà à rentrer chez moi avec ma tenue de bonbons comestibles, pour attendre mon chippendale dans une position des plus outrageantes.

Une heure plus tard, j'ai l'impression d'avoir fait le parcours du combattant. Traverser la foule en furie, munie d'un shorty, soutif et bas résille fluo, est loin d'être confortable et sécurisant. Les gens m'épuisent ! Ça commence à me faire peur cet aspect de moi désabusé, comme si depuis mes vacances improvisées, je ne me sentais plus à ma place, ou plus en phase. En même temps, me faire reluquer par tous ces hommes alors que je ne pense qu'à celui qui n'est pas là, ne me motive pas. Je range mes affaires en vitesse, sans me préoccuper de ma collègue encore en train de se mirer. Amoureuse de son reflet, elle risque d'y passer des heures. Je prends congé et me dirige à la hâte vers ma voiture. Durant le trajet, mon esprit vagabonde, je n'aurais jamais pensé désirer un homme avec autant de force. Ma vie n'aura valu la peine d'être vécue que pour cette seule histoire, pour cet homme qui ravage mes pensées... Ma rêverie s'étiole, le regard agressé par mon rétroviseur qui me renvoie les pleins phares d'une voiture qui me colle. Il va me rendre aveugle avec ses conneries !

J'enclenche mes warnings afin de lui signaler qu'il m'éblouit, mais une chose est sûre, il n'en a rien à faire. Je ralentis dans l'espoir qu'il me double, mais il n'en fait rien. Face à ce comportement des plus douteux, une alarme inconsciente se déclenche. J'appuie sur le champignon pour le distancer. Quand je crois l'avoir fait, le véhicule revient à la charge et me colle de nouveau. Mes mains, fermement ancrées dans mon volant, deviennent moites. Je suis en pleine campagne, il n'y a pas âme qui vive autour de moi. La route sinueuse et mal éclairée décuple mon angoisse. Que veut-il ? La route est pourtant assez large pour me doubler et je suis bien au-delà de la vitesse autorisée.

BOOM ! Projetée en avant, je dois user de tous mes talents de super pilote pour maîtriser ma trajectoire. Paniquée, je comprends alors que la voiture qui me suit, veut m'envoyer dans le décor.

Garde la tête froide, Cora, réfléchis !

Je tente d'apercevoir un indice sur l'identité de la voiture, en vain. Serait-ce un mec de la boîte ? L'ex-petite amie de Jullian qui tente de me tuer ? Un peu extrême, non ? Quoique...

Deviner qui se trouve dans cette bagnole ne te sortira pas d'affaire.

L'urgence est de me débarrasser de cet abruti, sans finir à l'hosto. Il ne doit pas me rester beaucoup de kilomètres avant d'arriver en ville. Je ne peux pas tracer jusqu'à chez moi, prenant le risque de me retrouver seule et surtout, de mener ce dégénéré jusqu'à mon domicile. Je décide donc de retrouver Jullian au club où il bosse, qui n'est pas très loin. Si je me débrouille bien, j'arriverai peut-être à semer le Ghost rider. Je retire mes talons en gardant un pied sur l'accélérateur. J'essuie un coup supplémentaire dans le pare-choc. Ok ! On va jouer, c'est parti.

Je rétrograde et adopte le mode sport, Sébastien Loeb n'a qu'à bien se tenir. Mon moteur s'emballe. J'arrive à me décoller. Mon cerveau m'envoie les infos à toute allure. Un embranchement, je tourne à droite, j'actionne le frein à main pour ne pas partir en tonneaux. Les pneus crissent sur le sol, en deux coups de volant, je suis repartie. Je reprends de l'avance, bien que mon poursuivant ne me laisse pas beaucoup de répit. Je continue ma course folle arrivée en ville, je ne pense ni aux radars, feux, ni même aux flics, quoique leur intervention serait amplement requise. J'aperçois enfin l'enseigne du nightclub clignoter dans le ciel, un dernier petit effort...

Quand je rentre dans le parking en mode Fast and Furious, je m'engouffre dans une place et éteins le moteur. Recroquevillée dans mon siège, je constate que la voiture qui me suivait ralentit devant le portail sans y entrer. C'est une Mercedes noire AMG, vitres teintées, un gros bolide. Elle continue sa route. Mon souffle se relâche, mes muscles en font de même. La raideur a laissé place aux tremblements, je suis en état de choc. Je cherche mes mules jetées anarchiquement dans l'habitacle, lors de ma course poursuite, et prends quelques minutes pour remettre de l'ordre dans mes idées.

Il faut que je voie Jullian. Il est le seul à pouvoir me ramener à la raison. Tremblotante, je sors de ma berline pour rejoindre l'entrée du club, la descente d'adrénaline me submerge d'idées noires, comme par exemple, l'idée de surprendre mon mec, mais dans quel état ?

Ou dans quels bras ?

Non, stop ! Il faut que j'arrête ma parano. Mon barrage émotionnel est sur le point de céder. Je cherche parmi la foule l'entrée des loges, quand mon regard se fait happer par la silhouette athlétique de mon beau gosse, encore sur scène. Dieu qu'il est beau dans son jean déchiré avec ses lunettes de soleil. Sa vue ramène en moi une douce chaleur, mes pulsations se font plus régulières. Je ferme les paupières un bref instant pour savourer ma chance.

Quand je les rouvre, une hystérique est montée sur son podium pour se frotter à lui. Ça n'en finira donc jamais ? Elle enlève son t-shirt et dévoile un soutien-gorge rose, encore cette couleur de merde ! Je m'apprête à me frayer un chemin à travers la foule pour faire descendre cette morue par les cheveux, quand Jullian, poliment, la repousse. Il est vraiment parfait ce mec, combien auraient profité de la situation sous prétexte de bosser.

Les nerfs à vif, je suis à la limite de chialer. À présent au milieu de la piste, il ne met pas longtemps à me remarquer. Son passage prend fin et je le raccompagne dans les loges. Me sentant fébrile, il comprend tout de suite que quelque chose ne va pas. Je lui fais donc le récit de ma folle aventure. À la fin de mes lamentations, remonté à bloc, il m'étreint avec urgence contre lui. Mon Dieu que c'est bon, je pourrais rester lovée contre sa peau satinée, à l'odeur musquée, pendant des heures.

— Ça me rend dingue qu'on veuille s'en prendre à toi ! rugit-il à mon oreille.

— T'inquiète pas, je vais bien maintenant. Ce n'est pas ton ex qui va me faire peur.

— Tu crois encore que c'est Charlotte ?

— Eh bien, c'est la seule qui s'entête à me pourrir la vie en ce moment !

— Elle ne roule pas en Mercedes ! contre-t-il.

Je me détache de lui, agacée par sa naïveté. Pourquoi s'évertuer à ne pas la croire coupable ?

Et pourquoi, toi, tu veux tout lui coller sur le dos ?

Oh ça va, pas besoin de s'appeler Sherlock pour faire les liens : les photos, le petit mot sur ma voiture... C'est simple, depuis que je vois Jullian, ma vie n'est qu'un gigantesque foutoir, c'est forcément elle, Mme Abitmol ne l'a pas inventé ! À la vision de ma mine renfrognée, Jullian reprend la parole.

— Ok ! Je vais passer un coup de fil. Ma famille connaît de bons détectives, ils pourront nous rencarder sur Charlotte. Si elle est louche, ils le sauront.

Qu'il est sexy quand il prend les choses en main.

Tu radotes ! Si on peut plus penser tranquille !

— Bon et maintenant, reprend-il, je te ramène à la maison, tu as assez conduit pour ce soir.

— Et ma voiture ?

— On la récupèrera demain, jusqu'à nouvel ordre, je ne te quitte plus des yeux.

Et autoritaire avec ça ! Miam...

CHAPITRE 35

Un nouveau jour se lève, je suis de plus en plus matinale. C'est sur le son de « Boombastic » que je m'affaire en cuisine. J'ondule sur les notes reggae, préparant le petit-déjeuner pour mon Bodyguard. Après tout, c'est le moins que je puisse faire. Mon casque Bluetooth sur les oreilles, la musique à donf, j'envoie les ingrédients au fond de la poêle. Au menu : œufs brouillés. C'est l'unique plat « élaboré » que je sache faire. Je remue mon popotin en jouant avec la spatule, hyper concentrée. Une décharge m'envahit lorsqu'une main claque mon fessier. Je sursaute, je n'avais pas remarqué que j'avais un spectateur. L'œil aiguisé, Jullian prend connaissance de ce que je prépare, tentant comme à son habitude de rajouter son grain de sel. Je lui montre la table du menton, l'invitant à aller s'asseoir. Je le rejoins quelques instants plus tard avec les assiettes.

— Que me vaut un tel honneur ? me demande-t-il avec un sourire narquois.

— J'avais envie de te remercier.

— Et de quoi ?

— D'être là, avec moi.

C'est tellement débile comme réponse, que je pourrais me gifler. Moi, Cora Osteria, qui suis reconnaissante envers un homme d'avoir bien voulu d'elle. Même si c'est en effet ce que je ressens, rien ne m'obligeais à le dire. Mais voilà, face à lui, je suis moi. Avec toutes mes fêlures affectives, bien loin de l'image forte que je revendique en général. Il tire ma chaise contre la sienne et lie sa main à la mienne.

— Je t'aime !

Ces quelques mots balayent tout sur leur passage, ils me remplissent de force et je lui en suis infiniment reconnaissante. Je n'arrive cependant pas à lui répondre. Non pas que ce ne soit pas réciproque, mais si je lui dis, j'ai peur de me perdre à jamais. Je harponne ses lèvres pleines, lui montrant ma reconnaissance et mon amour qui n'arrive à s'exprimer que par ces actes charnels.

Cet après-midi, je vais voir mamie. Je ne comptais pas sur Jullian pour m'accompagner, mais il a insisté pour faire la connaissance de la femme qui m'achète toutes ces tenues affriolantes. Il ne sait pas dans quoi il s'engage mais, ma foi, autant qu'il voie de ses yeux à quoi je ressemblerai dans cinquante ans. Et puis, ça fera également le bonheur de ma grand-mère de voir que j'ai enfin trouvé un homme.

Comme je l'avais suggéré plus tôt, la présentation fut épique. Mamie, qui n'a pas l'habitude d'avoir la langue dans sa poche, s'en est bien servie. Après lui avoir soutiré son pédigrée d'une façon peu subtile, elle a carrément tâté les muscles de mon petit ami. Le pauvre, gêné en premier lieu, a réussi à la mettre dans sa poche à l'aide de quelques ronds de jambe, mais surtout, avec ses marques d'attention envers moi. Selon mon aïeule, il me regarde comme si j'étais la huitième merveille du monde.

Pour moi, il est la première, mais ce n'est qu'un détail.

Les heures s'écoulent sur les récits de notre rencontre. Jullian a la délicatesse de switcher l'épisode de l'agression pour se concentrer sur les aspects les plus glamours, voire les plus drôles, de notre début de relation. Plus à l'aise qu'un poisson dans l'eau, il accepte que nous restions manger pour juger de la cuisine de mamie. Bien entendu, elle se fait un devoir de lui faire goûter son « bagnet verde », spécialité de chez nous. Les taquineries vont bon train, comparant le nord de l'Italie au sud. Je manque de m'étouffer avec mon antipasti quand ma grand-mère, pas piquée des vers, traite mon rital de branleur. Encore un préjugé qu'ont les Italiens envers la partie sud de leur terre[35]. Celui-ci lui rétorque de péter un coup, ça lui fera du bien. Hébétée par cette joute verbale, j'en perds mon vocabulaire. Je ne sais plus où me mettre, ce qui n'a pas l'air d'être remarqué par le duo qui rit aux éclats.

Sur le chemin du retour, j'ai droit à quelques taquineries sur mon patrimoine génétique, c'est de bonne guerre. Même s'il se joue du caractère atypique de mamie, je vois bien qu'il est sous son charme, en même

---

[35] équivalent chez nous des rapports Paris/Marseille

temps qui ne le serait pas ? Son regard est encore plus affûté que le mien pour sonder les âmes et ainsi, leur apporter ce qu'elles désirent. On pourrait parler de don, mais pour moi, ça a tout d'une malédiction. L'humain est torturé de nature et s'appuie sur les autres pour garder la tête hors de l'eau. Je fais partie de ces autres et depuis ma plus tendre enfance, j'ai donné aux êtres qui m'entourent ce dont ils avaient besoin : pouvoir, domination, faire-valoir, bouc émissaire... Sans me rendre compte que c'était à moi, que je faisais du mal et que ce n'était pas ça qui me rendait digne d'amour.

Jullian est un de ces oiseaux rares, un chevalier des temps modernes, il donne plus qu'il ne prend (si on oublie mon corps cinq minutes). Ma frayeur serait de passer de la victime au bourreau et de lui prendre, à mon tour, tout ce qu'il y a de bon en lui. J'ai bien peur d'avoir déjà cédé à mon vampirisme, puisque je n'imagine plus ma vie sans lui et tout ce qu'il y apporte. Depuis que nous sommes partis, j'ai reçu au moins trois messages de ma vieille, elle est dans tous ses états. Le premier me disait, je cite : « il me plait ce sudiste et il est super sexy ! », le deuxième : « il va te rendre heureuse ! » et le troisième : « à quand les noces ? », tout doux mamie ! De nos jours, lui mettre la corde au cou ne signifie pas qu'il ne partira jamais, mais plutôt que je risque de l'étrangler avec. J'observe le paysage et le soleil descendre lentement sur les vignes verdoyantes.

De retour à la maison, je précède Jullian dans le couloir et m'aperçois que la porte de mon appartement est ouverte, pas bon signe. Je pousse celle-ci avec précaution, les lumières sont éteintes, mais une faible lueur, à la fois vive et fugace, m'attire dans le salon. La voix de Jullian me parvient encore du couloir, lorsque je me fige devant ce qui me semble être une scène de film d'horreur. Des bougies sont allumées le long du mur. Une inscription est taguée en lettres dégoulinantes, le même mot que j'avais déjà lu auparavant : « *Trainée !* ». Des photos de moi sont collées en-dessous, partiellement brûlées. Avant même que je ne comprenne ce qui se passe, Jullian allume la lumière et s'approche de l'autel morbide qui m'est dédié.

Je constate alors que les lettres sont tracées de couleur rouge sang, c'est flippant. Mon cerveau refuse d'imprégner cette image et relègue la priorité à mes sens. Une odeur de fer me prend aux tripes, insoutenable, je me rue vers l'évier pour vomir. Jullian, accroupi devant l'horreur, trempe la pulpe de ses doigts dans le liquide rougeâtre et le porte à ses narines.

— Nom de Dieu, on dirait du sang !

Quelle horreur, j'ai du mal à imaginer sa folle d'ex s'introduire chez moi, pour s'y tailler les veines. Mais le constat en est, il n'y a plus de doutes à avoir, elle est totalement barge ! Dieu seul sait de quoi elle est capable... Un éclair jaillit dans mon esprit et je me précipite dans ma chambre, comme une dératée, cherchant sous mon lit la cause de ma panique.

— Cora ? Qu'est-ce que tu cherches ?

— Mon chat, bordel ! Minou, minou, mon bébé...

J'appelle mon compagnon de toute une vie, qui ne répond pas. Aucun signe de lui dans mon appartement. Le sang qui irriguait ma tête, dévale le long de mon corps, annonçant les prémices du tsunami à venir. Les larmes affluent, sans que je n'aie aucun contrôle sur elles. S'il était là, il serait sorti de sa cachette en m'entendant l'appeler. Je m'écroule sur le canapé, la tête entre mes jambes. Jullian tente de me rassurer, mais rien n'y fait. S'est-il enfui ? M'a-t-il été volé ? Toutes ces questions assaillent mon esprit, sur le point de disjoncter. Jullian fait les cent pas au téléphone, saturée d'émotions, je n'entends pas le contenu de sa conversation. Quand il revient vers moi, son regard grave et sombre ne me dit rien qui vaille.

— Je viens d'avoir mon contact, il est catégorique, ce n'est pas Charlotte. Il a commencé sa surveillance hier et elle n'a pas quitté son appart de tout l'après-midi.

Je ne comprends plus rien. Le fait qu'elle soit restée chez elle ne veut pas dire qu'elle n'a rien à voir avec cette histoire. Peut-être a-t-elle monté une secte ? Les « bafouées anonymes ». Organisation qui venge les femmes rejetées par leur mec. Jullian me saisit par les épaules, me sortant de mon délire.

— Cora, il faut appeler les flics, ça va trop loin cette histoire !

Je hoche la tête. N'ayant pas besoin de plus d'accréditation de ma part, il dégaine son mobile et compose le 17. Une trentaine de minutes plus tard, je me retrouve dans un remake des Experts Miami. Des scientifiques ont investi mon domicile et le passent au crible. Une fliquette, à l'air pincé, me harcèle de questions. Je m'emploie du mieux que je peux, à lui expliquer la situation. Jullian, assis près de moi, comble les manques quand cela s'avère nécessaire. Il mentionne aussi le fait que son ex-copine a très mal vécu leur séparation, histoire de ne rien omettre. Elle m'interroge également sur ma profession, je la vois venir de loin, la garce. Avec les photos qui trônent sur mon mur, elle me soupçonne de me prostituer. Elle sent la frustration à plein nez. J'imagine sans mal que le dernier manche qu'elle ait vu, soit celui de sa matraque, accrochée à sa ceinture.

Heureusement, je peux compter sur mon beau brun pour me venir en aide. Il réoriente la conversation sur un autre sujet, avant que l'envie ne me submerge de lui faire bouffer sa queue de cheval, à cette conne ! Durant notre entretien, j'insiste lourdement sur la disparition de mon chat, j'aurais tout de même apprécié qu'ils déclenchent l'alerte enlèvement sur toutes les chaînes nationales pour retrouver mon bébé, mais la donzelle n'a pas l'air du même avis, voire même de ne pas me prendre au sérieux. J'ai les nerfs à vif, la goutte au nez et la crotte au cul, je suis dans une colère monstre. J'aimerais quitter mon corps quelques secondes, dans l'espoir d'avoir une vue d'ensemble de la situation et d'effacer la douleur répandue dans tout mon être. Toute cette agitation m'empêche de réfléchir. Un technicien, court sur pattes, dans une combinaison en papier blanc, se pointe aux côtés de la fliquette et parle librement.

— La porte n'a pas été forcée, on n'a relevé aucune empreinte, ce qui est très inhabituel.

— Je suis sûre à 100% d'avoir fermé à clefs, l'interromps-je acerbe.

Comme si je n'existais pas, il me jette un vague coup d'œil et reprend sa tirade.

— Les analyses du liquide prélevé, révèlent qu'il s'agit bien de sang animal.

Il y a des moments dans ma vie où j'aurais préféré être sourde. C'est le cas, à cet instant précis. C'est la goutte de trop, je refuse d'envisager que mon chat ait été la victime d'un illuminé sataniste. Si je tenais l'enflure qui me fait vivre cet enfer, je le dépècerais de mes mains. Je me lève pour faire quelques pas, pressant mes mains sur ma nuque, afin d'évacuer un peu mes tensions.

— Voyez-vous quelqu'un qui aurait pu vous faire une blague ? reprend la fliquette.

— Ah, parce que vous trouvez ça drôle ? m'indigné-je.

— Ou une personne qui voudrait vous nuire ? insiste-t-elle encore.

Oui, toi ! Tu me nuis avec tes questions débiles !

— Écoutez, répond Jullian, il y a quelques semaines, mademoiselle Osteria a été victime d'une agression à Genève. Nous faisons un métier dans lequel il peut y avoir beaucoup de frustrés, de jaloux, ou même de fous.

— Oui, j'imagine... répond-elle, en me détaillant de haut en bas.

Je vais me la faire !!!! Alors que j'amorce un pas vers elle, mon homme me retient par la taille, de ses bras massifs.

— Désolé, nous n'en savons pas plus que vous. Si vous avez fini, on aimerait bien se reposer maintenant, déclare Jullian.

— Bien entendu, je vais mener l'enquête et me rapprocher des autorités suisses. Allez, les gars, on remballe ! clame-t-elle aux techniciens.

Après avoir tendu une carte de visite à mon homme, la cul serrée sort enfin de mon appartement, suivie de sa horde de gnomes. La panoplie de l'apprenti sorcier ayant été emportée pour analyses, il ne reste que cette inscription sur le mur.

Abattue par la situation, Jullian me presse contre lui, partageant ma peine et je m'enivre quelques instants de sa fragrance, aux vertus relaxantes. Ses larges épaules m'offrent un rempart contre le monde. J'enfonce mes doigts profondément dans sa musculature, comme si je pouvais me fondre en lui. Il pose ses lèvres sur mon front avec insistance.

— Je vais faire un tour dans ta résidence, pour voir si je retrouve Minou.

— Je viens avec toi.

— Non, laisse-moi faire, tu dois te reposer, la journée a été longue.

Je le soupçonne de vouloir m'épargner une macabre découverte. À présent seule, je tourne en rond. Me reposer ? Alors que je suis déchirée par l'angoisse ? Impossible. Sans lui, qui plus est, pour m'apaiser, c'est peine perdue. Face à mon mur vandalisé, je décide de passer mes nerfs en frottant cette merde. Au bout de trois bouteilles de détergent, six rouleaux de sopalin et une crampe dans chaque bras, je réussis à atténuer l'inscription. Il faudra assurément un coup de peinture pour effacer le tout, mais cela aura au moins eu le mérite de m'épuiser. Les effluves de produits me font tourner la tête, je dois lutter pour y voir clair, quand soudain j'entends Jullian qui s'époumone dans le hall.

— Cora ! Cora !

Je me précipite dans le couloir et découvre mon homme portant entre ses bras une boule de poil ensanglantée.

— Non ! Minou, mon bébé.

Ma voix se meurt dans mes sanglots. Je manque d'air et me noie dans mes larmes.

— Il est blessé. Prends tes clefs, il faut l'amener chez le véto.

Je me rue dans le salon et attrape le trousseau posé sur la table. Je cours rejoindre les amours de ma vie m'attendant à la voiture. Je prends soin de bien verrouiller la porte. La nuit bien entamée est fraîche, je suis en claquettes, short et débardeur et bien sûr, dans l'affolement, je n'ai pas pris de veste. L'adrénaline me réchauffe et me fait tenir à l'espoir que mon chat s'en sorte. Je presse le bouton d'ouverture du véhicule, laissant le temps à mon homme d'installer le blessé à l'arrière et bondis sur le siège côté passager, Jullian déjà installé au volant. Je n'ose pas regarder mon compagnon qui miaule de douleur, je dois rester concentrée et forte. J'ordonne à mon homme de mettre la gomme. Aussi affolé que moi, il sait quelle place a ce chat dans mon cœur. Je suis impatiente, intransigeante et grave chiante ! Jullian commence à perdre son sang-froid et m'envoie bouler.

— À droite ! À DROITE ! crié-je, tu es bouché comme un trou de chiottes ou quoi ?

— Cora, je t'aime, mais mords ta ceinture et surtout, ferme-la !

Je suis en transe et n'arrive pas à me calmer. Mon animal souffre le martyre. J'ai le cœur qui saigne à chacun de ses feulements. Jullian, ultra tendu, appuie sur le champignon dès que nous arrivons sur la nationale. La luminosité n'est pas bonne, il n'y a aucun éclairage sur le bas-côté, ce qui rend notre avancée périlleuse. La vitesse me plaque au siège, le danger me semble imminent.

— Jullian, ralentis !

— J'essaie !

— RALENTIS !

— Les freins ne répondent pas.

C'est la panique. Il appuie comme un bourrin sur la pédale de frein, mais le véhicule lancé à toute allure, ne décélère pas. Sans réfléchir, j'empoigne le frein à main et le tire de toutes mes forces. L'engin me résiste et je dois y mettre toutes mes forces avant d'arriver à actionner le levier. Jullian tente de me venir en aide en agrippant le manche à son tour. Je lève le regard pour jauger notre progression, quand une biche, sortie de nulle part, apparaît dans mon champ de vision.

— Jullian, ATTENTION !

Il donne un brusque coup de volant afin d'éviter la bête, mais la voiture lancée dans sa course folle, décolle de la route et part en tonneaux. La cascade me semble interminable. Je n'arrive plus à fixer mon regard, la tête en bas, les jambes en l'air, tout se brouille et se superpose. La seule chose que je perçois, c'est la main de mon bodyguard posée sur mon cœur, me maintenant du mieux qu'il peut contre mon siège. Je tente d'agripper sa cuisse mais en vain. De mon autre main, je protège mon visage des bouts de verre brisé. Ma tête tangue en tous sens. Le bruit de la tôle qui se froisse m'informe de la réalité de la situation. Nous sommes victimes d'un accident. Mon cœur lutte dans ma cage thoracique, ses battements résonnent dans mes tempes, puis brusquement tout est noir, n'existe plus que le silence, apaisant et terrorisant à la fois…

Ma tête va exploser. Je me débats inconsciemment pour récupérer le contrôle de mes membres.

Ouvre les yeux, me sermonné-je,

Argh, je suis contenue dans un contenant qui ne réagit pas.

Allez, ouvre les yeux !

Mes paupières frétillent et finissent par m'obéir, avec peine. Elles s'entrouvrent suffisamment pour que je sois éblouie par une lumière blanche. Quelle conne, je ne me suis pas réveillée, je suis morte ! Soudain, une masse noire apparaît dans mon champ de vision.

Il y a une couille dans le pâté ! Super, ma conscience a l'air d'être intacte.

Vidée du peu de force qu'il me restait, mes paupières s'affaissent à nouveau. J'aimerais crier à l'aide en espérant que quelqu'un vienne à notre secours. J'entends le déclic de ma ceinture de sécurité se détacher, et dans la foulée, mon corps s'écrase sur le sol. La douleur est insoutenable. Je suis trainée sur le bitume, puis soulevée et je m'écroule à nouveau. Séquestrée dans cet amas de chair inerte qui me sert d'enveloppe, je ne parviens pas à refaire surface, la souffrance qui s'est immiscée dans mes tissus a raison de ma combativité et je finis par sombrer dans les limbes, qui se déploient autour de moi, plus apaisantes et reposantes que jamais.

CHAPITRE 36

Lorsque je reviens à moi, ce sont mes sens qui m'assaillent. Un bruit continu de clapotis rythme ma respiration, comme le son de la trotteuse d'une horloge. Chaque goulée d'air que j'inspire ravive mes blessures. J'ai l'impression que mon corps ressemble à un meuble suédois mal assemblé. Mes paupières papillonnent quelques instants, je ne sais pas où je me trouve. Je décolle ma joue du sol froid et humide sur lequel je repose. Wow, ma tête me lance atrocement. Je porte la main à mon front et essuie d'un revers le sang qui s'y écoule. Je tente un état des lieux corporel, afin de vérifier que tout fonctionne. Mes jambes engourdies se déverrouillent, chevilles, genoux, tout fonctionne. Je fais de même avec mes bras qui me répondent également, ma chair est recouverte d'écorchures et de bleus. Lorsque je tente de me redresser, la douleur se rappelle à moi avec vigueur. Je dois avoir une côte fêlée. Si on ajoute à cela ma tête, je dirais que je ne suis pas en super forme, tout comme l'endroit dans lequel je me trouve… On dirait un hangar désaffecté. Le plafond est haut, les murs et le sol en béton, maculés de tags et de moisissure. Les ouvertures sont calfeutrées par endroits avec des planches de bois, je devine à la lumière qui s'échappe des interstices que le jour se lève. L'ambiance qui règne ici me fait froid dans le dos. Des détritus en décomposition jonchent le sol, et une odeur d'urine agresse mes narines. Je réussis tant bien que mal à m'asseoir et me fige, en entendant un râle qui semble émaner de derrière moi.

Il doit y avoir des rats de la taille d'une chèvre dans ce taudis !

J'ose un regard furtif dans mon dos et devine dans un coin, un matelas sur lequel repose une masse que je n'arrive pas nettement à distinguer. *Jullian !* Malgré les élancements de mes blessures, je rampe à genoux vers l'extrémité de la pièce. J'espère qu'il n'est pas trop tard pour l'homme que j'aime, que je puisse encore le sauver. Plus je me rapproche et plus je distingue de longues jambes, bien trop minces pour qu'elles appartiennent à un homme. C'est une femme qui gît devant moi, à moitié nue. Je ne vois pas son visage dissimulé contre le tissu, seule une épaisse chevelure blonde broussailleuse recouvre son profil. J'attrape son épaule, hésitante, et la retourne.

Bordel de merde !

C'est Stella ! Je tente de lui faire reprendre connaissance en prononçant son nom, sans succès. Je lui tapote le visage et la secoue, mais rien n'y fait. Elle respire faiblement, le teint blafard, la peau froide, elle est dans un état cadavérique. En tenant son bras, je constate dans son pli, une plaie béante qui semble s'être nécrosée. Je parcours des yeux le sol autour de nous qui est parsemé d'aiguilles. Mon Dieu, comment mon amie s'est-elle retrouvée là ? Comment n'ai-je pas vu qu'elle avait replongé et de cette manière ? Le goût de ma culpabilité m'étrangle. Je m'en veux de ne pas avoir été à la hauteur de son amitié. Il est vrai que ces derniers temps, je n'ai pas été très disponible, ni même tendre avec elle, mais quand même, elle aurait dû m'appeler ou mieux, venir à la maison... Je sèche les larmes qui roulent sur mes joues et tente de me reprendre.

Bon, je dois la sortir d'ici, chercher de l'aide et retrouver Jullian. Mes entrailles se consument à l'idée qu'il ne s'en soit pas sorti. C'est le chaos dans ma tête, je guette tout autour de moi, et ne vois aucune échappatoire, à l'exception d'une porte en métal rongée par la rouille, sans poignée, évidemment. Je m'efforce de me relever et surtout, de tenir sur mes jambes. Une main sur les côtes, j'essaie d'atteindre les fenêtres entravées, dans l'espoir d'apercevoir quelque chose afin de mieux me situer, voire même entrapercevoir quelqu'un. Celles-ci sont malheureusement trop hautes, et je ne gagne que quelques égratignures de plus à m'entêter. Alors que je me bats contre mon environnement, la voix de Stella me parvient. Tout doucement, elle reprend conscience, je me hâte de retourner près d'elle pour la rassurer.

— Chuut, ma belle, je suis là, on va s'en sortir, lui dis-je, en caressant son front.

— Humm... Cora ? Tu ne devrais pas être là, baragouine-t-elle, dans un état second.

— Oui, merci, je sais, toi non plus tu ne devrais pas être ici !

— Je... suis ... désolée.

— Arrête ! Il faut que tu t'accroches, on va sortir d'ici, je te le promets.

Oui, mais dans quel état ? Oh, je t'en prie, c'est pas le moment, saleté de conscience !

— Non... Cora... Tu ne... comprends... pas.

Un grincement de porte me fait sursauter. Je me retourne pour faire face à notre geôlier. Malgré les quelques percées de lumière, il est trop loin pour que je puisse voir son visage. Il avance d'un pas assuré, faisant résonner le claquement de ses chaussures sur le sol.

— Qui êtes-vous ? Qu'est-ce que vous voulez ? lancé-je à l'inconnu, sur un ton trahissant ma panique.

— Tu m'as si vite oublié ?

Mon corps tressaille, mon sang se glace, cette voix, je l'ai déjà entendue... Non, ça ne se peut pas, ce n'est pas...

L'inconnu stoppe son avancée à quelques mètres de moi, en travers d'un halo de lumière, qui me donne la confirmation que je redoutais tant.

— Alors, ma p'tite chatte, ça te revient ?

Les tremblements me submergent, je croise les poings contre ma poitrine comme si je pouvais dissimuler mon malaise. Il est là, devant moi, ce putain de blond gominé ! Quand on a la poisse, c'est jusqu'au bout !

J'avais tellement fait d'efforts pour enfouir cette pourriture loin, très loin dans mon subconscient, que le choc me semble insurmontable. Telle une gazelle blessée devant une hyène affamée, je ne peux pas m'enfuir, je ne bouge pas d'un pouce, tétanisée par la peur.

— Je suis tellement heureux de te revoir, reprend-il en gagnant du terrain, tu sais que tu m'as causé pas mal d'ennuis ces derniers temps.

Mon cerveau est sur le point d'imploser. Mes cellules se débattent comme si elles aussi voulaient prendre la fuite. Je n'ai plus de mots pour lui répondre. Il faut que je gagne du temps, que j'essaie de l'amadouer, mais c'est au-dessus de mes forces, je n'ai qu'une envie, c'est de lui cracher à la gueule ! Et je doute qu'après ça, ce malade décide de me laisser en vie.

— Je dois le reconnaître, poursuit-il, tu es coriace, mais pas assez pour ce qui t'attend, je le crains.

— Non, Mitch... Laisse-la ! articule péniblement Stella.

Mitch ? LE *Mitch ?* Son type ? Oh merde, j'hallucine ! Dans un réflexe, je me masse les tempes, c'est un cauchemar.

— Je pensais que tu serais heureuse d'avoir une compagnie, mon p'tit sucre, dit-il en regardant mon amie.

— C'est vous le responsable de son état ? éructé-je.

— Les junkies... Tellement simples à manipuler. Cela dit, je n'ai pas eu besoin de trop la pousser, elle est insatiable ! ironise-t-il.

— Espèce d'enfoiré !

— Humm... Cora... Cora... C'est ton amie qui a rendu tout cela possible.

Je fronce les sourcils d'un air dubitatif.

— J'avais besoin d'un cheval de Troie, je ne pouvais pas prendre le risque que l'on me relie à ta disparition. Ton amie est tellement généreuse, qu'elle m'a fourni tout ce dont j'avais besoin. Tes données personnelles, ton emploi du temps... Elle m'a même servi de coursier. Je voulais te discréditer, t'isoler, t'apeurer.

Je lorgne sur mon amie à demi-consciente. Des larmes perlent à la lisière de ses yeux. Je l'observe plus en détail et réalise qu'elle porte les lambeaux de ma nuisette disparue, puis je m'arrête sur ses ongles... roses. Je commence à raccrocher les wagons dans mon esprit embrumé. Je n'ai rien vu venir, comment a-t-elle pu ? Comment aurais-je pu me douter qu'elle se retournerait contre moi ? Je n'arrive pas à croire que son addiction ait été plus forte que notre amitié.

— Pourquoi ? soufflé-je, déconcertée.

— Pourquoi je fais tout ça ? Ou pourquoi *elle* l'a fait ?

Le détraqué me fixe de ses prunelles abrasives, disloquées par la folie.

— Crois-tu qu'elle était vraiment ton amie ? Toi, qui passais ton temps à la sermonner sur sa vie ? Toi, qui l'as abandonnée ? Qui l'as dénoncée comme toxico ?

Sa dernière interrogation me foudroie.

— Je n'ai jamais rien dit ! le coupé-je.

— En effet, c'était moi, reprend-il satisfait, mais le principal est qu'elle ait cru que c'était toi. Suite à cela, votre patron l'a mise sur la touche et j'ai pu exercer mon art à ma guise. Au début, elle s'amusait beaucoup, puis elle a commencé à avoir des remords. Ah, les femmes...

— Les photos, le site internet, c'était vous ? reprends-je, sonnée par ma prise de conscience.

— Exact ! Si ton connard de power ranger, ne squattait pas ta vie, je me serais donné moins de mal, une chance pour moi qu'il ne soit plus de ce monde !

Touché-coulé, ces derniers mots me poignardent en plein cœur. Accroupie sur le sol, je me tiens les côtes. Submergée de soubresauts, le front à terre, je m'effondre.

— Le pneu crevé, la Mercedes, mon chat, les freins de ma voiture... pensé-je tout haut.

— Je te l'ai dit, tu es coriace, j'ai dû en venir à saigner ce pauvre animal pour te forcer à prendre la route.

Je me sens tellement coupable... Si je l'avais laissé faire ce soir-là, aller au bout de sa lubricité, mon chat serait sûrement en vie, Jullian aussi...

Je me liquéfie sur le sol poisseux, imbibé de l'eau salée que j'y déverse, anéantie, recroquevillée, vaincue.

— Voilà, jubile-t-il, tu comprends enfin où est ta place, à terre, à mes pieds... Reconnais ton maître !

Je pars à rire. Un rire frénétique qui me secoue de douleur, mais voilà, mes nerfs ont lâché, ma lucidité est elle aussi sur le point de plier bagage. Si j'ai bel et bien perdu l'homme de ma vie, mon sort m'importe peu et je ne vais sûrement pas lui donner la satisfaction de l'implorer, ce salaud.

Je redresse ma tête dans sa direction et lui ris au nez. J'oppose mes iris aux siens, contaminés par la même folie qui l'anime, lui renvoyant toute la haine et le mépris qu'il m'inspire.

— Je ne t'appartiens pas ! Et ne compte pas sur moi pour assouvir tes besoins sadiques de petite bite impuissante !

Une de ses paupières est prise de spasmes, signe que j'ai touché l'ego. Ses prunelles acérées sont chargées d'électricité. Je n'ai fait qu'attiser le feu, résultat bien loin de la castration que je comptais lui infliger.

— Il est temps pour moi de te présenter la suite du programme, renchérit-il comme si mon affront ne signifiait rien.

Sa bouche décharnée, s'étire en une grimace qui révèle toute la démence dont il est doté. Il se frotte les mains comme si le meilleur restait à venir.

— J'ai été condamné à payer une grosse amende, suite à notre première entrevue, tu vas donc me la rembourser. Ta copine a déjà commencé et à entendre ses cris, elle a adoré.

Mon palpitant commence à s'affoler, je ne ris plus. Il s'approche de moi comme le psychopathe qu'il est. Je pousse sur mes jambes pour reculer et me retrouve coincée contre le mur.

— J'ai beaucoup d'amis qui aiment... comment dire... les jeunes filles comme toi, teigneuses. Ils aiment la résistance et sont prêts à payer un bon prix pour pouvoir se défouler sans conséquence... Mais avant, je vais te prendre ce que tu m'as refusé et ce pourquoi j'ai dû payer !

Il déboutonne son pantalon, toujours debout devant moi, je tressaille de pied en cap. Je dois absolument trouver quelque chose pour me sortir de ce guêpier, je n'ai pas l'intention de me laisser faire, il m'a déjà tout pris. Foutu pour foutu, autant que je quitte cette vie comme je l'ai vécue, en battante ! Son caleçon sur les chevilles, je déclenche l'opération « bourses molles ». Ce n'est certes pas intelligent, ni prudent, et même ultra déplaisant, mais dans un élan qui me fait ciller de douleur, j'attrape ses bijoux de famille et m'y pends de tout mon poids, y plante mes ongles, les broyant de toutes mes forces. Mon agresseur hurle de douleur et chute en arrière. Toujours accrochée à ses roubignoles, je fais fi de ma douleur, si je lâche, je suis morte. Je garde l'espoir qu'il perde connaissance avant moi pour pouvoir m'enfuir. Ce que je n'avais pas anticipé, c'est le crochet que je reçois et qui m'assomme, me faisant relâcher mon emprise, ça y est, je suis perdue. Étendue sur le sol glacé, pantelante, je le sens m'agripper et me traîner vers lui. Je suis quasi aveugle. Privée du sens qui m'est nécessaire, mes doigts tâtonnent autour de moi dans l'espoir de trouver une bûche, bouteille en verre ou autre chose dont je pourrais me servir pour m'extraire de sa poigne. Hallelujah ! Je sens quelque chose... C'est quoi ? Une seringue ? Je ne vais pas pouvoir lui trancher la gorge avec ça... Il me grimpe dessus comme un forcené, je n'ai plus le temps de réfléchir. Lorsque je distingue son visage au-dessus du mien, je lui plante ladite aiguille dans l'œil. Beurk, trop dégueu ! Le sang me gicle dessus, j'en ai partout. Je crache le liquide tombé dans ma bouche et repousse mon assaillant de toutes mes forces. Il hurle comme une truie qu'on égorge. Vite, il me faut autre chose, sinon il va revenir à la charge. Je trouve une pierre, sûrement tombée d'un des murs en décomposition, m'en saisis et assène le coup de grâce sur cet enfoiré déculotté ! En plein sur le sommet du crâne. Il s'étale à plat ventre sur le sol. Je reste plantée, grelottante, prête à remettre ça, s'il se relève. Quand je suis sûre de sa défaite, je laisse tomber le rocher que je tiens, bien trop lourd pour moi, et me plie en deux, essoufflée, afin de canaliser ma douleur. J'ai envie de le crever, de lui fendre la tête en deux. La désolation qu'il a fait naître en moi me ravage, comme j'aimerais à mon tour lui ravager la gueule.

Cora, bouge-toi ! Cherche ses clefs, son téléphone, n'importe quoi !

Ah oui, pas bête. Je perçois l'intervention de ma conscience comme salutaire, et lui suis infiniment reconnaissante de ne pas avoir quitté le navire elle aussi, me laissant seule face à mes démons. J'avance chancelante jusqu'au cul qui me fait face. Je fouille ses poches et en sors un portable, je l'allume et compose le numéro des urgences. Ils localisent mon appel et envoient les secours. Je range le mobile toujours en ligne, dans la poche arrière de mon short et continue ma fouille. Je suis sûre que cet abruti va se réveiller d'une minute à l'autre, il faut que je trouve... Bingo ! Un trousseau de clefs ! Je me dirige vers Stella et tente de la faire se lever. Toujours comateuse, je dois user des derniers effets d'adrénaline que je possède, pour la sortir du bâtiment. Bien entendu, je verrouille le cadenas de la porte derrière moi, pour que cette enflure n'échappe pas à la justice.

CHAPITRE 37

En route pour l'hôpital, des hommes et femmes en uniforme s'affairent autour de moi. Branchée de part et d'autre, je m'égosille à demander des nouvelles de l'accident sur la nationale, mais tout le monde s'en fout. Préoccupés par mon état de santé, les soignants me répondent qu'ils ne savent pas de quoi je parle et qu'il est impératif que je me calme, sinon ils devront me donner des sédatifs. J'en peux plus des piqûres ! Pour ne rien arranger, un flic est là pour recueillir ma déposition, peut-être sera-t-il plus enclin à me donner des informations ? Me pressant de lui raconter ce qu'il s'est passé dans le hangar, lui non plus ne me paraît pas conciliant et ne lâche rien sur le sujet qui me préoccupe. C'est donc dépitée et éreintée, que je commence mon récit, décousu, maladroit. Ma pensée procède par bonds, allant d'un souvenir à un autre. Je pense que s'il reprend mon discours en partant de la fin, il aura peut-être la bonne chronologie. Je perds le fil de mes réflexions. Les bourdonnements qui tambourinent mon crâne sans relâche s'intensifient et me font perdre mes mots, les confondre... C'est comme ça que j'en viens à dire à l'inspecteur que « je suis plastifiée de bêler » au lieu de « je suis fatiguée de parler ». Il se tourne vers les ambulanciers, un brin perplexe, qui préviennent par radio les médecins. Je m'évanouis, juste après avoir entendu les mots : « traumatisme crânien ».

Trois jours se sont écoulés depuis que je suis arrivée à l'hôpital, trois jours durant lesquels je n'ai quasiment fait que dormir. À en croire les médecins, je suis tirée d'affaire. Ils se trompent. Mon corps peut feindre le rétablissement, ma psyché en revanche, est en état de mort cérébrale. Je n'ai souhaité contacter personne, ni ma famille, ni mes amis. J'ai besoin de temps avant de pouvoir me confronter à la réalité, qui est pour l'heure trop douloureuse. Je ne cesse de pleurer, et quand ce n'est pas le cas, je reste prostrée, m'emmurant dans le silence, m'apitoyant intérieurement sur ceux que j'ai perdus. Le monde après *lui* est sinistre, sans lumière, sans saveur. Je n'ai aucune idée de ce que je vais faire, imaginer rentrer chez moi me donne des crises de panique. Alors, pour soulager ma peine, je repense aux instants passés avec Jullian, à ses mains parcourant ma peau, à ses lèvres brûlantes sur les miennes. Je peux encore sentir sa chaleur m'envelopper, je revois ses yeux sombres dans lesquels je pouvais lire toute la ferveur de son âme. C'était l'homme de ma vie et on me l'a pris. Ce gros porc de Mitch l'a tué, à cause de moi… Une chance qu'il ait été arrêté, sinon je jure qu'après avoir retrouvé mes forces, je l'aurais mis en pièce !

Jullian n'aurait certainement pas validé cette idée, mais sans lui, je ne suis plus rien, perdue dans un océan de désolation, ne reste que l'ombre de celle qu'il a aimée… D'ordinaire, quand je m'enfonce un peu trop dans la mélancolie, j'ai pour habitude d'aller me réconforter au distributeur qui se trouve dans le couloir de l'étage et je m'empiffre de sucreries.

C'est donc armée de mon pied à perfusion, que je pars à l'assaut de ma consolation. Je dois avoir l'allure d'un zombie, pieds nus dans ma blouse d'hôpital, la tête criblée de bleus, mais c'est bien le cadet de mes soucis. Je ne compte plus plaire à personne de toute façon. Tel un automate, j'actionne les boutons de la machine pour me faire couler un chocolat chaud. Une main se pose alors sur mon épaule, m'arrachant à ma tourmente.

— Bonjour, Cora.

— Maria, comment allez-vous ?

Maria est une femme d'une cinquantaine d'années, elle aussi est une habituée des friandises. À force de nous croiser, nous avons fini par sympathiser. Sa bonne humeur et sa sollicitude m'apportent du réconfort. C'est une femme que je qualifierais d'enveloppante. Elle irradie de douceur, et l'espace d'un moment, je me laisse aller à profiter de ses bienfaits.

— Je suis fatiguée, mon fils aurait dû se réveiller depuis longtemps, mais il n'en est rien. C'est un mystère pour les spécialistes et le voir allongé dans ce lit, commence à avoir raison de mes nerfs.

Elle porte sur son visage les stigmates de l'épuisement. C'est une belle femme, blonde, les yeux ambrés. Il y a chez elle quelque chose de familier, qui me fait du bien. Son fils a subi une opération et reste endormi, les médecins n'en comprennent pas la cause. Elle le veille jour et nuit depuis qu'il est arrivé ici.

— Je suis sûre qu'il va finir par se réveiller, ce n'est qu'une question de temps, la rassuré-je.

— Vous avez sûrement raison, ma belle, je ne devrais pas dramatiser.

Elle m'offre un sourire complice, qui, je ne sais pour quelle raison, a cet effet apaisant sur mon âme tourmentée.

— Je suis sûre que vous vous entendriez à merveille avec mon fils, reprend-elle. Il faudra que je vous le présente, il n'est pas encore marié et j'adorerais avoir une belle-fille comme vous.

Les mères et leur envie de caser leurs progénitures…

— C'est gentil, Maria, mais je viens de perdre l'homme que j'aime et je ne crois pas être capable d'aimer à nouveau.

Décidément, quand il n'y en a plus, il y en a encore. Les larmes qui s'échappent de mes yeux, semblent inépuisables.

— Peut-être pas tout de suite, mais avec le temps, votre douleur s'estompera, tente-t-elle de me rassurer, en essuyant ma joue ruisselante.

Elle embrasse mon front tendrement, comme l'aurait fait mon amant. Ce geste est à la fois rassurant et cuisant. Je serre sa main en signe de gratitude et reprends le chemin de ma chambre. Si j'extrapole un peu ma douleur, je pourrai peut-être grappiller un tranquillisant qui m'aidera à dormir et avec de la chance, tout oublier.

— Mme Marino ? clame un infirmier dans le couloir.

Je me fige comme si j'étais pétrifiée sur place. « *Marino* »… Comme Jullian Marino ? Se pourrait-il ? Je me retourne au seuil de la porte de ma chambre, mais ne vois personne, ai-je rêvé ? Je dois en être sûre, s'il y a un infime espoir que je puisse parler à un parent, je dois savoir… Je me précipite dans le couloir, aussi vite que ma perche et mes jambes me le permettent. Il est désert, pas âme qui vive. Les chambres se succèdent le long des murs. Ceux-ci s'étendent tellement qu'il me vient des vertiges. Heureusement, j'ai la sève en ébullition. Sans hésiter, j'investis chaque chambre en appelant Mme Marino, sous les yeux indignés, voire effrayés, des patients. Je vais finir par me faire enfermer chez les fous, si je rôde trop longtemps en importunant les malades. Alors que je referme une énième porte, je vois un infirmier sortir d'une autre à quelques pas de moi. Sans réfléchir, je me rue vers la chambre en question.

— Mme Marino ? m'époumoné-je à bout de souffle.

— Oui ? Cora ?

Maria ? Si j'avais su que la femme que je cherchais était ma nouvelle amie. Je balaye la pièce des yeux, un homme assis dans un fauteuil me fait tiquer, la ressemblance avec Jullian est saisissante ! Lorsque mes pupilles pivotent encore, je sens mon cœur exulter de joie. Il est là, mon espoir, mon amour, ma vie. Allongé dans un lit, qu'on dirait trop petit pour lui, une jambe dans le plâtre, un appareil respiratoire fixé au nez, il demeure endormi. Sans aucune pudeur, je me précipite à son chevet, et caresse son doux visage inanimé, passe ma main dans ses cheveux en bataille, en lui embrassant le front, à mon tour. Le savoir en vie me regonfle d'amour.

CHAPITRE 38

— Cora, que se passe-t-il ?

Le couple stupéfait me dévisage, incompréhensifs de ce qui se joue sous leurs yeux. Les miens remplis de larmes, je chuchote à l'intention de Jullian :

— Tu n'es pas mort.

— Cora, vous connaissez mon fils ? demande Maria, encore dans le flou.

— Oui, c'est lui, l'amour de ma vie, lâché-je entre deux sanglots.

— Bonté divine !

Ma nouvelle amie me prend dans ses bras, m'étreignant avec tout l'amour dont dispose une mère. Son mari, déboussolé, regarde aux quatre coins de la pièce, suspicieux que ce soit une caméra cachée. Maria me fait asseoir, et me demande de lui raconter ce qu'il s'est passé. Sa requête est plus que légitime, je me dois de leur expliquer le contexte afin de combler leur manque. Ayant bien trop honte d'avoir impliqué leur fils dans mes problèmes, je m'attache à leur restituer les faits de cette lugubre soirée en laissant de côté mes propres aléas. Mon histoire est accueillie avec la plus grande attention. Notre conversation s'étire sur le reste de la journée, et me permet d'apprendre que Minou a survécu. C'est un vrai miracle, que je ne saurais expliquer. Il est en convalescence dans la demeure des Marino, dans laquelle on panse ses blessures et on le nourrit au thon. Cette pensée allège ma tourmente, bien que mes entrailles continuent d'être rongées par un sentiment de culpabilité. Mon amie me donne également plus de détails sur l'état de santé de Jullian. Il a plutôt eu de la chance, si j'en crois ses dires. Il souffre d'une fracture du fémur et de quelques ecchymoses. Une fois en possession des tenants et des aboutissants, le couple se rapproche de moi, m'offrant leur soutien. Mais voilà, je me sens plus mal encore, de leur avoir sciemment dissimulé les véritables causes de notre accident. L'heure des visites arrive à son échéance et je me retrouve seule face à celui que j'aime. Je ne quitte pas la chambre, après avoir informé les infirmiers de mon lien avec le patient, ils acceptent de placer un lit de camp pour que je puisse rester auprès de lui. Je m'allonge à ses côtés. Je respire sa peau gorgée de soleil, m'enivrant de son essence si singulière. J'embrasse les courbes de sa mâchoire en lui susurrant :

— Mon amour, réveille-toi, je ne peux pas vivre sans toi.

Je donnerais tout ce que j'ai pour entendre le timbre de sa voix. Je reste blottie contre lui, ma joue posée sur son cœur, qui bat avec force. Je ferme les yeux, bercée par cette douce mélodie, m'enfermant dans une bulle de quiétude que je n'avais pas ressentie depuis notre séparation forcée.

Le lendemain, aucune amélioration. Je suis dépitée et je m'en veux, si nos routes ne s'étaient jamais croisées, il ne serait pas dans ce lit, perdu dans un monde où je ne suis pas. Aujourd'hui, Maria est revenue seule, son mari devant faire tourner l'entreprise familiale. Elle est pleine d'attentions envers moi, aux petits soins, j'imagine qu'à défaut d'avoir son fils, elle pense avoir gagné une fille. Être acceptée au sein des leurs, devrait me réjouir, pourtant le nœud qui me compresse l'estomac se fait de plus en plus virulent. Je dois soulager ma conscience et faire preuve de sincérité. Elle mérite de connaître la vérité justifiant que son fils se retrouve ici.

— Maria, je dois vous parler.

— Oui ma belle, qu'y a-t-il ?

Imaginer son sourire mourir dans quelques instants me fend le cœur. Me pardonnera-t-elle ? Je pourrais aussi bien me retrouver dehors pendue par les pieds que je ne trouverais rien à redire.

— Voilà, si Jullian est ici, c'est à cause de moi.

— Que dis-tu ? répond-elle, perplexe.

— L'homme qui m'a séquestrée s'en était déjà pris à moi, et c'est Jullian qui m'a sauvée à ce moment-là. Depuis, il ne m'a plus jamais laissée. C'est une victime collatérale, car moi seule étais visée depuis le début.

L'inconfort de ma confession est difficilement soutenable. Mes muscles se contractent par à-coups, je me contiens pour finir. La femme devant moi, ne dit rien, je ne parviens même plus à déchiffrer son visage. L'angoisse gagne du terrain.

— Tout cela pour dire, que si votre fils ne m'avait jamais rencontrée, tout cela ne serait jamais arrivé. Tout est de ma faute, finis-je par expulser dans un souffle.

Tête baissée, j'attends que la foudre s'abatte sur moi. Mais elle ne vient pas. Maria récupère mon visage en coupe et plonge ses prunelles dans les miennes.

— Tu n'es responsable en rien de ce qui s'est produit. Je connais mon fils, c'est un homme bon, et je suis fière de lui pour t'être venu en aide. De plus, il ne serait pas resté si tu ne comptais pas pour lui.

Ses mots s'insinuent en moi avec une telle intensité que c'est comme si elle avait réchauffé mon cœur de ses mains. J'esquisse un sourire reconnaissant. Elle m'embrasse sur le front, aussi émue que moi et reprend d'un ton plus enjoué :

— Et puis, il n'est pas mort ! Il aime juste être le centre de toutes les attentions ! dit-elle en élevant la voix dans sa direction.

Sa réplique me fait sourire, je comprends d'où mon apollon tire son espièglerie. Elle prend congé une heure plus tard, en fin de journée.

Comme à mon habitude, je profite du calme pour m'étendre contre le corps chaud de mon homme. Tous les sillons de sa peau sont ancrés dans ma mémoire. Je connais les courbes de son visage par cœur, redessine les contours de sa bouche avec mon doigt comme si par ce geste, j'espérais la réanimer, la voir se mouvoir, articuler un mot, n'importe quoi. Ses traits n'ont plus aucun secret pour moi, hormis celui qui les maintient inertes.

— Reviens, s'il te plait, ne m'abandonne pas.

J'ai bien conscience que son réveil ne dépend pas de moi mais ça ne coûte rien d'essayer. Je tente tout. Enfin, il y a quelque chose que je n'ai pas dit, des paroles que je n'ai plus prononcées depuis des années et qui me hantent encore. Mais est-ce que cela suffit ? J'ai compris depuis ma plus tendre enfance que ces mots ne pouvaient pas faire de miracle, voire même qu'ils donnaient à l'autre, le pouvoir de me détruire. Mais à cette heure, je me fiche des conséquences. Je vivrai tous les enfers pour cet homme, décimerai chacune de mes résistances, jetterai au feu tous mes principes, pour me rendre digne de son amour. C'est à mon tour de l'aimer et comme il l'a toujours souhaité, inconditionnellement.

— Je... t'aime...

Les mots s'échappent de ma bouche, amers, trop longtemps muselés. La boîte de pandore est ouverte et je dois laisser sortir tous ces maux qui me dévorent depuis trop longtemps.

— Je t'aime depuis toujours, comme je n'ai jamais aimé personne, c'est toi et personne d'autre.

J'inspire profondément, me libérant un peu plus.

— La dernière personne à qui j'ai prononcé ces mots ne me les a jamais rendus, je l'ai vue se perdre et n'ai pas réussi à la sauver. Alors je t'en prie, reviens-moi, mon amour.

Je pose le front contre son torse, implorant le ciel de me le rendre. Ma tête me joue des tours car j'ai l'impression de sentir ses muscles se durcir sous ma peau. Je me remémore ces sensations, sa main caressant mes cheveux, que c'est apaisant. Mais ! Je rouvre les paupières et constate que Jullian s'est réveillé. Je suis toute chose ! Ses yeux embués me contemplent avec tendresse. Oh mon Dieu, je ne rêve pas ? Je me rue sur son visage, recouvrant la moindre parcelle de mes baisers ravageurs. J'imprime mes lèvres sur les siennes avec dévotion. Sa bouche me répond avec douceur, mon corps s'embrase en une fraction de seconde. A présent affalée de tout mon long sur lui, il exprime une once de gémissement incommodé par ma charge. Je relâche notre étreinte, dans le souci de ne pas lui infliger plus de mal. Me voir aussi prévenante à son égard le fait sourire. Et lorsqu'il plonge à nouveau son regard de séducteur au fin fond de mon âme, il me répond :

— Moi aussi, je t'aime, Amore mio !

Mes poumons se dilatent, comme si je venais de renaître, je respire à nouveau. Je bois ses paroles comme du miel, venant effacer toute amertume liée à cette formule. Tout est parfait, je nage dans le bonheur. Je l'enlace, lui, caresse mon visage comme s'il doutait que je sois bien réelle.

— Que s'est-il passé ? me demande-t-il, soudain plus affolé.

— De quoi tu te souviens ?

— Du frein qui ne répondait plus, des tonneaux... Je t'avoue que c'est un peu confus dans ma tête.

Je me redresse, lui faisant face, les traits empreints d'affliction.

— C'était Mitch, mon harceleur, lui confessé-je. Il a saboté ma voiture pour que j'aie un accident et m'a enlevée. Stella et moi avons réussi à lui échapper, mais je n'avais aucune nouvelle de toi. Il m'a fait croire qu'il t'avait tué et puis j'ai rencontré ta mère et j'ai su...

Je stoppe ma tirade, prenant conscience du visage déconfit de Jullian, totalement largué.

— Mais putain, c'est qui ce Mitch ? Et où est le rapport avec Stella ? Et ma mère ?

Devant son agitation, je panique. Manquerait plus que je le fasse retomber dans le coma avec tout ça ! Surtout que mon propre hématome sous-dural, n'est pas totalement résorbé et menace de faire exploser ma caboche. Après nous avoir servi deux verres d'eau, je me réinstalle en tailleur, à ses côtés et m'applique à lui restituer dans les moindres détails tout ce qui s'est passé.

— J'aurais dû tuer cette enflure quand j'en avais l'occasion ! fulmine Jullian, tendu par mes révélations.

— Crois-moi, il ne s'en tirera pas, tenté-je de l'apaiser. Il a perdu, sa vengeance est un échec, et nous, une réussite.

J'appuie alors mes dires, d'une main que je glisse dans ses cheveux en bataille. Il est là et pour moi, rien d'autre n'a d'importance. Il cale sa joue contre celle-ci, apaisé par la chaleur qu'elle lui procure. Ses iris me dévorent et parviennent à faire éclater tous les derniers fragments de morosité survivant en moi.

Puis, sans préambule :

— Épouse-moi ?

Hein ? Il est encore dans le gaz ou quoi ?

Toujours sonnée par sa requête, je pose ma paume sur son front, vérifiant qu'il n'ait pas de fièvre. Il expulse un rire, qui me propulse sur la lune.

— Oui, je suis saint d'esprit.

Ramenant ma main dans la sienne, il poursuit :

— Cora, je n'ai pensé qu'à toi, pendant que je dormais, j'ai vu ce que pourrait être notre vie à deux et je ne veux pas laisser passer ma chance. Je veux t'avoir à mes côtés tous les jours de mon existence, si bien sûr, tu y consens ?

Je vais mourir sur place. Toutes ces émotions qui me percutent, j'ai l'impression de commencer à vivre pour la première fois.

— Tu n'as donc rien compris ?

Je vois la crainte dans ses yeux pointer le bout de son nez.

— Je suis à toi, pour toujours.

— Alors, c'est oui ? reprend-il surpris.

— Ouiiiii !

Il m'empoigne avec fougue, comme un adolescent surexcité et euphorique. Il butine à son tour l'intégralité de mon minois, ne me permettant plus de respirer. Je ris comme une andouille, sans me soucier du boucan que je fais.

— Ferme la porte, souffle-t-il à mon oreille entre deux baisers. Je vais te donner un avant-goût de ce que sera notre future vie conjugale, Mme Marino.

Les mots ne suffiraient pas à exprimer ce qu'il me fait ressentir, alors, ravivée du feu de son aura, je me lève, me dirige jusqu'à la porte et m'exécute. Je dégrafe ensuite ma blouse sous laquelle je suis dans le plus simple appareil. Il mord sa lèvre inférieure et me fait signe de le rejoindre. Avec l'état de sa jambe, il lui est impossible de bouger, peu importe, je suis assez fougueuse pour deux. Je prends un malin plaisir à le faire languir... Puis je finis par céder à mon propre jeu, répondant à l'appel de ce lien indéfectible qui nous lie. Je l'enfourche, lui retire sa blouse et viens butiner chaque aspérité de ce bronze magnifiquement sculpté. Il étreint ma chevelure afin de goûter ma bouche goulûment, mon cerveau se morcèle en de multiples éclats, libérant mes instincts les plus purs. Sa virilité érigée contre mon bas-ventre, me submerge de frissons. Mon organe vital bat à tout rompre. Lorsque je me glisse autour de sa colonne de chair, c'est une envolée de papillons qui s'échappent de ma poitrine, même avec une jambe en moins, il joue du bassin avec une aisance déconcertante, ses mains imprimées sur mes fesses, se font plus pressantes. Je me perds dans mes gémissements et ses ahanements. Il me pourfend de toute sa longueur, toujours plus vite et de plus en plus fort, je l'adjure de m'en donner encore. Lorsqu'il s'exécute, galvanisé par ma demande, mon cœur explose, ravagé par une déferlante qui inonde tout mon être d'une délectable béatitude qui se prolonge toute la nuit...

— Hum, hum!

Mes yeux papillonnent quelques instants, émergeant tranquillement de mon havre de paix. Lorsque je finis par les ouvrir pour de bon, c'est la douche froide! Un médecin ainsi que mes futurs beaux-parents se tiennent là, au pied du lit dans lequel je me trouve. Leur bouche entrouverte laisse deviner un état de choc, et pour cause, je me tiens vautrée sur leur fils, à poil qui plus est ! Paralysée par la surprise, je n'ose ni bouger, ni parler. Ma seule envie à l'instant T est de disparaître. Mon amant sort à son tour du sommeil, étirant ses membres autour de moi. Je ramène instinctivement le drap sous mon menton pour me soustraire aux regards effarés posés sur nous. À l'inverse, Jullian n'a pas l'air ennuyé le moins du monde par la présence de nos spectateurs. Pire, il jouit de la situation. N'ayant nulle part où me cacher, j'attends, dans un silence pesant que quelqu'un se décide à dire un mot, et à ma grande surprise, c'est mon homme qui déclare sur un ton solennel :

— Maman, papa... je vais me marier !!!

Il a osé!

C'était sûrement trop demander que de faire ça bien ? Genre avec une culotte sur le cul par exemple ?

Comme si cette annonce les avait réveillés d'un profond sommeil, le silence fait place à un brouhaha détonant. Ma belle-mère, dans tous ses états, nous saute au cou, nous embrassant à pleine bouche et scandant des formules en italien que je ne comprends pas. Mais nul doute qu'à son hystérie enjouée, il s'agisse de félicitations. Aussi rouge que mes cheveux, j'esquisse une grimace qui se veut être un sourire. Mon beau-père nous félicite également, avec un peu plus de pudeur que sa femme. Une chance qu'il ne se soit pas aussi jeté dans la mêlée, surtout quand il prend la bonne idée à Maria de rameuter tout le personnel soignant pour partager sa joie.

Jullian, s'amuse de ma pudeur en m'attirant plus près contre lui. Au creux de son oreille, je l'implore :

— Je peux fuir ?

— Oui, dans mes bras...

EPILOGUE

Deux mois ont passé, Jullian et moi vivons ensemble dans une villa en bord de mer, qui nous est louée gracieusement par ses parents. Nous avons tous deux arrêté la nuit, ce mode de vie devenait compliqué à gérer. Au-delà du fait que l'on se voyait peu, je soupçonne mon rital d'être un incorruptible jaloux.

Parce que toi non, peut-être ?

Ok, je l'admets, moi non plus, je ne supportais plus de voir toutes ces nénettes baver devant lui. Il a finalement décidé de se remettre dans les affaires familiales, ce qui lui donne le droit à quelques bonus, comme par exemple le logement de fonction, l'accès illimité à la suite de l'hôtel Danieli et j'en passe. De mon côté, j'ai repris mes études en psychologie, j'apprends maintenant à analyser l'homme avec un grand H, et je dois dire que je trouve le sujet passionnant ! Nous avons aussi reçu des nouvelles de la fliquette mal embouchée, Mitch est derrière les barreaux et ce, pour de bon. Déjà connu des services de police en France, il est accusé de séquestration et de proxénétisme. Pour ce qui est de Stella, elle suit une cure de désintox dans une clinique spécialisée. Elle m'a écrit plusieurs fois pour se confondre en excuses, et soulager sa conscience, cela doit faire partie de son programme de soin. La bonne nouvelle, c'est que j'ai enfin compris où étaient passées mes affaires disparues... Stella m'a avoué qu'elle passait souvent chez moi faire du shopping, une façon, selon elle, de se rapprocher de moi. Je sais qu'elle n'est pas mauvaise, je lui ai déjà tout pardonné, cependant, je me rends bien compte que je ne suis plus en mesure de l'aider et suis heureuse de savoir que l'on prend soin d'elle.

Sous l'insistance et la pression du clan Marino, j'ai enfin consenti à choisir une date pour le mariage. D'ici peu, je serai la femme de l'homme le plus sexy du monde !

Au bord de la piscine, je lézarde sur un transat, potassant les écrits d'un grand ponte de la psychanalyse.

— Amore mio, viens te baigner avec nous !

Je ne me lasserai jamais de l'entendre m'appeler comme ça. Je fais descendre mes solaires sur le bout de mon nez, en pinçant la bouche. Il est vrai que je le laisse s'occuper de nos amis, depuis que j'ai plongé les yeux dans ce bouquin. Pour accélérer ma décision, il m'envoie une multitude de gouttelettes. Je range rapidement mon précieux et me jette à l'eau, prête à en découdre. Matt et Tony m'encerclent en m'aspergeant à leur tour, les traîtres ! Heureusement, je peux compter sur Lena pour prendre ma défense, Jen n'est pas de la partie, car elle est en weekend avec un certain chippendale qui ne lui laisse aucun répit. À deux doigts de l'apoplexie, mon bodyguard vient à ma rescousse, comme toujours. Toussant afin de régurgiter le trop d'eau avalé, je l'entoure de mes jambes comme si je m'accrochais à la vie.

— Ah non, Mme Marino, interdiction de mourir avant de m'avoir donné une descendance ! Ma mère ne l'accepterait pas et viendrait te harceler jusque dans la mort...

Ah, ça l'amuse !!

— A ce propos, je ne savais pas comment te l'annoncer mais... je suis enceinte !

L'amusement qu'il arborait, quitte spontanément son visage. Je ne saurais dire si cette nouvelle l'enchante, mais en tout cas, elle a l'effet d'une bombe.

— Et de jumeaux, renchéris-je.

Il manque de s'étouffer et je jubile.

— D'ailleurs, j'ai déjà pensé aux noms que nous pourrions leur donner, donne-moi ton avis... Chlamydia et Syphilis ?

Il hésite un instant, se rendant compte de ma supercherie, il part à rire et je le suis. Eh oui, la vengeance est un plat qui se mange froid, quoique, lorsqu'il pose sa bouche sur la mienne, je dirais qu'elle se déguste. J'ai pris ma revanche sur la vie, je suis aimée, choyée, comme je ne l'ai jamais été. L'avenir qui s'offre à nous est rempli de promesses. Pour le meilleur et pour le rire, dans la joie et la bonne humeur, jusqu'à ce que la vie nous dévore...

C'est mon happy end à moi, et il est digne des plus beaux contes de fées !

FIN.

REMERCIEMENTS

C'est maintenant à moi de m'adresser à vous. Pas trop déçus ? J'ai tellement de choses à dire et en même temps, je ne sais pas par où commencer... Je dois me concentrer pour taper les bonnes lettres sur mon clavier, tant je suis toute excitée de vous parler enfin.

Ce livre est ma première aventure littéraire, un univers dont les intervenants m'ont accueillie à bras ouverts ! Et je ne les en remercierai jamais assez. J'ai l'impression d'avoir créé ma Team et le moins qu'on puisse dire, c'est qu'elle assure grave !

Si je procède par ordre chronologique, je dois commencer par remercier Laëtitia (Lély Morgan), pour m'avoir partagé ses lectures et sa passion pour l'écriture. Sans s'en rendre compte, elle a réussi à m'insuffler l'audace de griffonner ce qui est aujourd'hui sous vos yeux. Nos sessions d'écriture se transformaient bien vite en sessions papotage néanmoins, tout ce temps passé ensemble est riche d'échanges. Merci à toi, de partager tes ficelles, de m'éclairer lorsque je suis dans le noir et de voir le bon dans tout ce qui t'entoure, une super nana !

Un grand merci à toutes les auteures avec qui j'ai eu l'occasion de sympathiser, qui m'ont partagé leurs expériences, conseillée, soutenue et grâce à qui j'ai pu choisir la direction à prendre dans l'édition. J'ai une très grande affection pour chacune d'entre elles et leur travail. Vous êtes de sacrées working-girls !!

J'ai eu la grande chance de découvrir des bêta-lectrices attentives et consciencieuses qui ont pu partager leurs observations sur mon manuscrit avec une bienveillance qui m'a énormément touchée. Alors un grand merci à Laëti, Amélie, Maëlla, Angélique, Marie, Marine et Céline. Vos retours et votre enthousiasme m'ont fait chaud au cœur !

Merci également à Sarah Conte d'avoir pris en charge mon bébé pour qu'il soit présentable. La crème de la crème !

Un petit mot pour C.Line avec qui j'ai eu un bonheur infini de travailler. Une personnalité qui fait écho à la mienne et avec qui j'ai partagé bien plus qu'une simple relecture. Merci pour ton soutien, ta disponibilité et ta gentillesse. Heureuse de te compter dans la team. Tu es la badass de mon cœur !

Dans la même lignée je remercie aussi Audrey Notte qui est à l'origine de cette magnifique couverture et de toutes les illustrations liées à mon Roman. Je sais que je suis une emmerdeuse de première et que j'envoie des messages à n'importe quelle heure du jour et de la nuit, mais là aussi j'ai été conquise par ton écoute, ta bienveillance et ton professionnalisme. Je suis flattée d'avoir ton soutien et de bénéficier de ton talent (un gros poutou sur ta p'tite joue !).

Bien entendu, je dois également remercier ma famille qui me suit dans toutes mes aventures rocambolesques, sans jamais s'offusquer de mes choix, mais en me donnant toute leur affection. Ma première lectrice : ma mamie d'amour, 85 ans et toujours à l'affût ! (Elle vous fait penser à quelqu'un ?).

Les amis, toujours fidèles au poste, un grand merci à vous de m'avoir inspiré tous ces personnages.

Un grand MERCI à mon mari, mon beau gosse, mon roc, mon John, (oui parce que 80% des beau-gosses s'appellent John) qui me soutient dans toutes mes entreprises et qui est l'inspiration de cette histoire, car petite confidence : certains faits dans ce livre ont réellement été vécus. Voilà pourquoi ce roman a une saveur toute particulière pour moi.

Merci également à mes deux enfants qui me permettent d'affuter mes répliques cinglantes 365 jours par an ! Ils sont à un âge où il est compliqué de leur expliquer que maman ne peut pas leur lire son livre pour l'histoire du soir... (Et comme ils m'écoutent vachement bien, je prie pour qu'ils n'amènent pas le roman en classe ! ^^) La fierté que je lis dans vos yeux, me donne des ailes, je vous aime mes sales gosses ! Même si vous êtes aussi indisciplinés que vos parents...

Et enfin, mais pas des moindres, merci à vous lecteurs, qui m'avez fait confiance pour vous distraire, qui avez accepté mon humour et mes expressions olé-olé ! Je suis plus qu'heureuse de partager cette aventure avec vous et de vous embarquer dans mon univers. N'hésitez pas à me contacter via les réseaux pour me donner vos impressions, je suis une grande pipelette comme vous pouvez le deviner, à la longueur de ces lignes.

Le mot de la fin ? Non c'est trop triste !

N'ayez crainte, je vous garantis que nous ne sommes pas à la fin, mais au début de, je l'espère, une longue épopée !

XOXO

Caro M.

Printed by Amazon Italia Logistica S.r.l.
Torrazza Piemonte (TO), Italy

56250401R00212